1ª edição - Agosto de 2023

Coordenação editorial
Ronaldo A. Sperdutti

Capa
Juliana Mollinari

Imagem Capa
Shutterstock

Projeto gráfico e diagramação
Juliana Mollinari

Revisão
Alessandra Miranda de Sá
Maria Clara Telles

Assistente editorial
Ana Maria Rael Gambarini

Impressão
Lis gráfica

Proibida a reprodução total ou parcial desta obra sem prévia autorização da editora.

© 2023 by Boa Nova Editora.

Av. Porto Ferreira, 1031 | Parque Iracema
CEP 15809-020 | Catanduva-SP
17 3531.4444

www.**lumeneditorial**.com.br
www.**boanova**.net

atendimento@lumeneditorial.com.br
boanova@boanova.net

Dados Internacionais de Catalogação na Publicação (CIP)
(Câmara Brasileira do Livro, SP, Brasil)

```
Daniel (Espírito)
    Uma jornada para transformação / pelo espiríto
Daniel ; [psicografado por] Vanir Mattos Torres. --
Catanduva, SP : Lúmen Editorial, 2023.

    ISBN 978-65-5792-083-1

    1. Romance espírita 2. Obras psicografadas
I. Torres, Vanir Mattos. II. Título.

23-164677                              CDD-133.9
```

Índices para catálogo sistemático:

1. Romance espírita psicografado : Espiritismo   133.9

Eliane de Freitas Leite - Bibliotecária - CRB 8/8415

Impresso no Brasil – Printed in Brazil
01-08-23-3.000

VANIR MATTOS TORRES
PELO ESPÍRITO DANIEL

UMA JORNADA PARA TRANSFORMAÇÃO

SUMÁRIO

NOTA DO AUTOR ESPIRITUAL	7
CAPÍTULO 1	9
CAPÍTULO 2	23
CAPÍTULO 3	38
CAPÍTULO 4	56
CAPÍTULO 5	78
CAPÍTULO 6	99
CAPÍTULO 7	131
CAPÍTULO 8	155
CAPÍTULO 9	185
CAPÍTULO 10	207
CAPÍTULO 11	227
CAPÍTULO 12	244
CAPÍTULO 13	270
CAPÍTULO 14	287
CAPÍTULO 15	306

NOTA DO AUTOR ESPIRITUAL

Esse título diz bem o que se passou. Homens como João Desbravador, Bira, Jessé, Divino e muitos outros ali adentraram rastejando, tamanha era a carga que traziam, e, através de Tomé, deu-se a transformação!

Transformaram-se em pessoas do bem, tementes a Deus e com a consciência da preservação daquela magnitude criada por um Deus que até então desconheciam.

Que muitos Tomés existam...

As matas pedem socorro para que não haja devastação. Se o verde perecer, só existirá um deserto onde vida terrena não mais haverá!

Então, o Criador de todas as coisas chorará, pela falta de amor e consciência de seus filhos amados!

Daniel

CAPÍTULO 1

Em uma mata fechada, onde tudo deveria continuar belo e harmonioso, feridas e feridas se abriam e jaziam no solo, carbonizadas árvores que se podia dizer centenárias!

O plano espiritual estava em alerta! O pulmão do planeta estava doente! E quem causou essa grave doença... que iria causar danos a ele mesmo, foi o insano ser humano!

Enlouquecidos pelo poder de ganhar dinheiro, não se importavam com o que deixavam para trás. Queimadas e queimadas de dar tristeza a Deus, aos homens de consciência e aos animais!

Nesse ponto começa nossa história.

Responsável que era para que não acontecessem abusos ambientais, Tomé foi com a família viver desses recursos naturais.

Uma cabana bem preparada, só usando o que de fato precisaria, logo estava ali instalado com sua pequena família.

À noite acendia, na clareira frente à casa, uma pequena fogueira, e todos sentavam ao redor. Ali desfiava aventuras vividas e era escutado por todos com olhos arregalados. Falava da pintada, que do homem sente o cheiro de longe; do jacaré, que à noite tem seus olhos brilhantes e, assim identificado, sua matança era facilitada; dos símios espertos, que, mesmo desconfiados, vinham em sua mão tomar os alimentos; e da cobra traiçoeira, que fica à espreita para dar o bote.

Um espetáculo da Mãe Natureza!

Tomé, homem simples do povo, amava toda criação de Deus. Desde a pequena plantinha, as árvores centenárias e seus habitantes. Fez sua inscrição e foi aceito para esse trabalho de guarda-florestal, que para ele era mais do que um trabalho, era uma missão: tentar resguardar a obra de Deus. Ele foi até lá levado com a família com a promessa de que os guarneceriam de quinze em quinze dias. Suas crianças pequenas ainda não estavam em idade escolar, então, para ele e a família, estava tudo perfeito. Com as primeiras provisões chegaram-lhe os remédios, incluindo os para picadas de cobra e outros mais.

Ele estava tranquilo. Parecia que seria uma tarefa fácil; só que ele esquecera de que iria lidar com os seres sem consciência: os homens.

Antes dos primeiros raios da manhã, Tomé deixava sua rústica cama e, com cuidado para não despertar a esposa, andava com cautela para não acordar os pimpolhos e ia passar um café para saudar o novo dia. Caneca na mão com o líquido fumegante, cigarro de palha entre os dedos e o olhar absorto. Sentado à soleira da porta, deixava o dia chegar calmamente. O cheiro da mata, cheiro de mato fresco, cheiro de diversas qualidades de plantas e flores revigoravam-no! Calçou as botas calmamente e foi conferir se estava tudo em ordem na pequena horta. Esta ficava no terreno ao lado da moradia e quem cuidava era a esposa, enquanto ele ia em suas andanças, sempre levando as crianças, ensinando-lhes o ofício: preservar aquela magnitude!

Com cautela também levantaram-se da cama seus dois pequenos e, quando ele se deu conta, estavam os dois quase que colados em sua figura.

— Bento, Tinoco! Ainda é cedo demais para botar o pé fora da cama!

— Não é cedo para o pai, não é cedo pra gente, não é, Tinoco?

— O pai falou que, se a gente for preguiçoso, não pode ir em companhia!

Tomé os abraçou, dizendo que os esperaria, mas que voltassem pra cama, senão levariam um pito da mãe.

— Ela também já está de pé! Tá fazendo pão! — disse Bento.

— Bem... Já que estão todos despertos, vamos fazer um roçadinho do outro lado da casa.

Parecia que os dois estavam sendo chamados para uma brincadeira. Correram pra dentro da casa e logo voltaram com suas botas e apetrechos de mão.

No que de repente, a paz estava quebrada. Um estampido, pássaros deixando os galhos das frondosas árvores assustados, e o coração do simples homem disparou.

— Crianças, voltem! Fiquem em casa e não saiam da barra da saia da mãe de vocês!

— Pai, vai onde? — perguntou Tinoco.

— Preciso averiguar algo que escutei e os habitantes desta terra também!

— Bicho grande? — quis saber Tinoco.

— Creio que sim...

Tomé sabia de quem falava. Aquele barulho só fariam as mãos do bicho homem!

— Podemos ajudar? Já *tamo grande* e *bom* de caça! — exclamou Bento.

— Crianças, obedeçam o pai! — falou a preocupada Lindalva.

Tomé pegou a espingarda de caça, colocou-a no ombro e se foi em passos firmes.

— Deus o acompanhe e o traga logo de volta!

Tomé acenou e desapareceu entre as vegetações. Mais adiante, moveu-se com destreza para que nenhum barulho fizesse que pudesse afugentar sua caça. Um cheiro não característico daquele lugar chegou às suas narinas, indicando quão próximo estava. Sabia ali perto existir uma clareira e era exatamente nesse lugar que estava quem ele procurava e por entre as folhagens, viu o que não gostaria de ver tão cedo: predadores! Eram visíveis uns seis homens. Nem se preocuparam em pôr sentinelas; estavam ocupados em retirar as peles dos animais por eles abatidos e com certeza, como eram atirados ao largo os bichos que tinham passado por suas facas, só comeriam os que estavam na fogueira a assar.

Tomé era de uma simplicidade incrível tanto quanto era astuto. Sabia que sozinho nada poderia fazer naquele momento. Dar voz de prisão para aqueles homens naquele instante era morte certa. Sabia bem do que eles seriam capazes. Estava acostumado àquele tipo de pessoa, mesmo quando ainda naquele lugar não vivia.

Eram sagazes, e Tomé sabia que teria que ser mais do que eles. Combatê-los corpo a corpo em número inferiorizado era combatê-los sem chance de vitória. Teria que usar de artimanhas e teria que deixar a noite cair para executar seu plano. Voltou pra casa e alertou a esposa. As crianças teriam que estar silenciosas e, da chaminé da rústica habitação, fumaça nem pouco poderia sair. Se aqueles homens chegassem até lá, sua família correria perigo. Descansou um pouco, contou histórias para os meninos e falou dos homens maus que não tinham amor a Deus e nem à Sua criação.

Quando a noite desceu sobre a mata e só havia luz do luar, Tomé pôs-se a caminho. Logo chegou ao acampamento. Os homens, com certeza exaustos, dormiam, ou pareciam fazê-lo. Teria que ter cautela. Esperou, esperou... e, quando certificou-se de que de fato estavam em sono profundo, começou a pôr seu plano em prática. Como um bom pescador que era, não lhe foi difícil pescar as peles armazenadas. Aos poucos, já tinha o suficiente para seu propósito. Esgueirando-se nas sombras da noite, deu continuidade ao seu plano. Depois, bem escondido, mas com visão completa do acampamento, esperou o amanhecer.

Um dos homens levantou e pôs algo na frigideira, que aguçou as narinas dos outros, e logo todos se puseram de pé. Tomé a tudo assistia na maior tranquilidade.

Os homens sentaram-se em roda, riram, comeram e logo levantaram, com certeza para dar seguimento ao que faziam na véspera.

— Onde estão as peles? — gritou o que parecia comandar a situação.

— Estão onde as colocamos! Está dormindo ainda e não as vê?

— Seu grande idiota! Pensa que não vejo o que deveria estar vendo? Chegue-se e veja se a quantidade de ontem é a mesma de hoje!

— Tens razão! Onde estão nossas peles? Gatuno! Tem gatuno nos arredores!

— Arredores? Só estamos nós neste inferno! Se tem gatuno, está bem aqui entre nós!

Os homens começaram a discutir e logo a confusão se formou. Um tiro para o alto, e os ânimos se acalmaram.

— Isso não vai nos levar a nada! Se alguém pegou as peles, guardadas em seus pertences com certeza estarão! Vou averiguar o saco de cada um!

Ninguém se opôs; tinham certeza de que nas peles não haviam tocado; não depois que tinham deitado.

Em quatro sacos bem divididos estavam as peles. Tomé ainda as enrolara com as vestimentas que cada um trazia em seu saco para parecerem escondidas.

— Traição! Seus vermes!

— Alguém colocou estas peles em meu saco. Não fui eu!

— Nem eu!

— Eu tampouco! Não sou louco!

— Alguém está brincando conosco!

— Vocês! Tenho certeza que não é nenhuma brincadeira! Bira, amarre-os!

Foi uma carnificina. Não sobrou ninguém para ver o que realmente aconteceu.

Tomé saiu dali sem carregar culpa. Matar para aqueles homens era só colocar o dedo no gatilho sem dó nem piedade, como faziam com os animais. Eles foram presas da própria armadilha. A ganância os cegou. Afastados dos valores morais, se afastaram também das diretrizes de Deus. Pobres espíritos... Mesmo desencarnados continuariam a querela, pois, quando a ordem foi dada a Bira, todos desconfiaram de todos. Agora desencarnados e ainda não se dando conta, queriam saber o autor, como chamavam, da brincadeira de mau gosto.

Tomé retornou à cabana levando tristeza por haver pessoas como aquelas que nem a animais poderiam ser comparadas, pois estes só matavam para sobreviver.

Ao adentrar a cabana, encontrou tudo como havia pedido. Sua mulher com seus dois rebentos ao lado e nada no fogo que pudesse com a fumaça indicar moradores por perto.

— O pai achou o que foi procurar? Caça grande? — perguntou Tinoco.

— Onde tá? Eu e mano vamos ajudar o pai! — exclamou Bento.

— Quietas, crianças. Parecia caça grande, mas foi engano. Vou me lavar, forrar a barriga e logo vamos ao roçadinho, pois prometeram me ajudar.

Lindalva não ousava perguntar mais. Se o marido dissera estar tudo resolvido, então era questão para ser esquecida.

No jantar...
— Homem, está pensativo...
— Fui ingênuo ao trazer você e as crianças pra este lugar. Pensei aqui ser um paraíso, mas esqueci do bicho homem.
— Pai, viu lobisomem? — quis saber Tinoco.
— Não, crianças. É só modo de falar. Quando suas pernas estiverem mais compridas e seus braços mais esticados, vão entender o que o pai de vocês quis dizer. Andem, crianças, raspem o prato que o trabalho nos espera.

Logo tudo ficou esquecido. Trabalho para eles era palavra mágica, pois significava brincadeira. Roçar a terra, molhar, colocar sementes e acompanhar a germinação era para eles indescritível.

Ali Tomé teria o que não poderia ser armazenado e, consequentemente, não lhe mandariam.

Tomé apoiou-se na enxada e ficou a observar seus pequenos. Os chapéus de palha iam pra lá e pra cá, tanto era o movimento que faziam.

— Pai, depois vamos à caça? — perguntou Tinoco.
— Não. Por ora vamos aqui permanecer. Temos muito a fazer; mas com certeza à tardinha faremos como sempre a fogueira.
— Mais histórias, pai? Muitas histórias?
— Sim, filhos... muitas histórias...

Era através das histórias por ele contadas que Tomé e sua mulher ministravam os ensinamentos para aqueles pequenos seres.

Naquele dia em especial, ele falou dos homens que se afastavam de Deus, pelas más ações praticadas; de se matar por prazer ou pela ganância. Falou dos homens bons e maus.

Não os queria ignorantes, a pensar que na terra maldade não havia, pois assim seriam eles as presas.

Lindalva o escutava e sentia tristeza em suas palavras. Sabia que algo grave acontecera, mas não ousaria perguntar, já que ele dera o assunto por encerrado.

A claridade da fogueira batia em seus longos e escuros cabelos e o brilho se estendia, dando de encontro à luz do luar.

Seus pequenos, apoiados em suas pernas, queriam manter-se acordados, mas seus olhinhos piscavam como as estrelas que ponteavam o céu.

Tomé jogou terra para apagar a fogueira e tomou em seus braços o filho menor, deixando que Lindalva conduzisse o outro para dentro da aconchegante habitação. Tudo o que ela encontrava na natureza de diferente transformava em enfeite, dando um aspecto agradável ao lar. Era hábil com as ferramentas. Então, quando Tomé retornava de suas andanças, na casa sempre havia novidades. As crianças nem esperavam que ele percebesse. Assim que o avistavam, nem deixavam que descansasse; puxavam-no pela mão para mostrar a nova arte. Logo eram tantas, que ficavam em um canto da sala empilhadas. Agora, uma vez por mês, vinham abastecê-los e as novidades vinham junto. Tomé ficou sabendo que uma estrada passaria bem perto dali.

— Como? — perguntou ele surpreso. — Haverá uma devastação se por aqui uma estrada fizerem! Árvores centenárias serão derrubadas e com certeza muitos animais perderão o abrigo!

— É o progresso, homem! Disso ninguém escapa, nem a natureza. Mas veja pelo lado bom. Algumas famílias aqui se instalarão e os que na estrada irão trabalhar. Você não se sente ilhado? Você e sua família aqui enfurnados, longe de tudo e de todos?

— Vivemos em comunhão com a natureza. Nada nos falta e companhia temos um ao outro, e todos, Deus também em companhia.

— É... mas não tem jeito, não. Quando decolei, vi que máquinas já estão preparadas para começar a viagem. Não se demorarão por aqui aparecer. Bem, confira o que lhe trouxe, porque já vou andando. Não quero que a tarde desça e tenha que fazer a travessia no escuro.

Naquela noite, Tomé não conseguiu pregar o olho. Já via as árvores tombando com suas frondosas copas a tocar o solo; queimadas como sempre faziam quando passagem queriam abrir; e os animais às tontas, sem saber quem invadia seu reino sem que pudessem se defender. Seria uma luta inglória pelas armas que os homens possuíam.

— Homem, sua testa franzida é sinal de grande preocupação. Não quer dividi-la comigo?

Tomé tomou-a em seus braços fortemente, querendo afastar os pensamentos funestos.

— Durma, mulher... já basta um tendo a cabeça a fervilhar.

— Então, estou certa... Soubeste de algo muito grave e não queres compartilhar comigo o que o aflige.[1]

— Sei que tenho que dividir com você bons e maus momentos, mas, por ora, deixe-me um pouco ficar a sós com meus ais. Logo, mesmo que não lhe conte, terás o que me preocupa sob suas vistas.

Lindalva calou-se. Sabia que o marido estava deveras preocupado e nem precisava que mais lhe contasse; a situação era muito grave. Logo amanheceu e Tomé desanuviou, pois seus pequenos não davam trégua nem para os pensamentos do pai. Estavam orgulhosos com a plantação que tinham feito e com os primeiros vestígios de que dera certo a semeadura.

---

1 Em certos trechos de diálogos de personagens, haverá uma mescla de segunda e terceira pessoas no discurso (por exemplo, "soubeste" e "queres"/"o aflige", em vez de "te aflige") algo que vai de encontro à norma culta da língua portuguesa. No entanto, optamos por manter o texto assim, em fidelidade à linguagem dos personagens. (Nota do editor.)

— Vê, pai! Este aqui fui eu que pus na terra!

— Não! — dizia Tinoco. — Vê meu pé aqui marcado? Fui eu que deitei aqui a semente!

— Parem os dois. Não importa quem fez o feito. O importante é que começou a germinação e logo teremos o que colher. Vamos, façam as pazes. Não esqueçam que trabalham em conjunto, um ajudou a semear, o outro a adubar e foi assim que ficou essa belezura!

As crianças, com tal elogio, agarraram-se à perna do pai, esquecendo a querela.

— Vou me embrenhar na mata... Quem quer ver onça--pintada?

— Eu, pai!

— Eu também! Sou um bom caçador. Vou levar meu estilingue e a trarei pra mãe colocar no chão sua pele. Vai ficar bonito de dar gosto!

— Tinoco... achas mesmo que vai dar gosto tirar a vida de um animal que goza de tamanha liberdade; que só incomoda se tiver fome ou for incomodado, para colocar no chão pra enfeite e pisar sobre a pele que já pertenceu a um animal do Reino de Deus?

— Eu pensei que a mãe fosse gostar; mas, se o pai diz que é assim...

— Sabes bem que a pele que temos na parede pertenceu a quem de velhice morreu. Lembra-se de quando a encontramos? Já estava no solo sem vida e a colocamos na parede em homenagem a quem viveu por aqui e conseguiu sobreviver. Ela será uma eterna lembrança. Agora vão! Peçam permissão à mãe de vocês para me acompanharem! Ela que vai dizer se merecem por aí se embrenharem!

Meses passaram sem que nada acontecesse do que Tomé temia. Para o lado do acampamento onde houvera tão triste acontecimento, ele deixou pra trás. Quem lhe trazia alimentos não falava mais sobre tal estrada. Tinha pressa de ir embora, e Tomé em ignorar o que se passava lá fora.

Mas do que tal homem falou logo deu vestígio. Logo ao amanhecer, quando Tomé ainda estava na soleira da cabana a enrolar seu cigarro de palha, deu de encontro a um olhar observador.

— Se chegue, se é de paz!

— Vim guiado pelo cheirinho do café! Bom dia!

— Bom dia pra quem se chega também! Se chegue que vou colocar na caneca o que lhe faz bem às narinas.

— Se não for incômodo...

— Está perdido?

— Não. Estou em um acampamento próximo daqui. Abrindo uma estrada. Sou encarregado e vim ver o melhor caminho pra dar continuação à obra.

— Neste pedaço de terra?

— Se for preciso...

— Tem que ter cuidado... Aqui habitam animais ferozes por você desconhecidos; pelo que vejo, não tens nem um facão à cintura... Não temes o perigo?

— Se olhar mais adiante verás por que não tenho com o que me preocupar!

Encostado em uma árvore um pouco afastado, mas ainda sob a visão de Tomé, um homem estava a espreitá-los, armado até os dentes.

— Bem, agradeço sua hospitalidade, mas vou me chegando. O que vim ver, já fiz o visto. Até!

— Não vai chamar seu amigo pra um gole de café?

— Não se faz necessário!

O homem tocou o chapéu com a ponta do dedo e, sem mais delongas, afastou-se, indo ao encontro de quem o esperava.

Uma mão em seu ombro fez Tomé certificar-se do que já pressentia; sua mulher estava a escutá-los.

— Homem, escutei o conversê de vocês e pouco entendi. Ele falou de uma estrada? Uma estrada...?

— Teus ouvidos não te enganaram. Haverá por aqui uma grande devastação... Já o sabia, mas não pensei que chegasse tão logo.

— Era esse o motivo de sua testa franzida...

— Como disse o piloto, é o progresso. Só espero que não seja desordenado.

— Não fique assim amuado. Quem sabe não será melhor pra nós e os meninos? Estamos aqui isolados do mundo... Gente não faz mal a ninguém, não é?

— Espero em Deus que sejam sábias suas palavras de que essa gente só esteja querendo abrir estradas.

— Se aquiete, homem! Será muito bom ter companhia! Gente pra prosear, mostrar o que pode se fazer com as maravilhas desta terra. Será que terá crianças no meio deles?

— Mulher, não é um passeio que estão a fazer. Acredito até que no meio deles não deva ter mulher, por isso é melhor que se cuide. Evite pôr os pés pra fora da cerca. Se na minha ausência algum deles aparecer, que hospitalidade não seja sua palavra: mande que volte quando eu aqui estiver. Agora vou fazer uma ronda.

— Vai levar os meninos?

— Não. Quero ver de perto o que está acontecendo. Sou responsável por este lugar e eles vão ter que me dar conta do que fizerem.

— Tomé, sua testa ainda tá franzida... Não é melhor deixar pra depois o que pensas fazer agora?

— Não precisa botar preocupação. Só vou espiar. Já falei que, conta do que fizerem, são eles que têm que me dar. Já sabem onde fica nossa moradia; eles que venham me falar! Cuide de Bento e Tinoco, não deixe que fiquem muito tempo aqui fora. Vou indo!

— Deus abra seu caminho...

Tomé tocou o chapéu agradecendo as carinhosas palavras e sumiu mato adentro.

Andou, descansou, observou os animais, descansou mais uma vez. Recostado em uma árvore com o chapéu caído no rosto para evitar a claridade, algo cutucou-lhe o ombro, e ele sabia que não era jeito de animal daquela redondeza e sim bicho homem. Tranquilamente, tocou a aba do chapéu, levando-o para trás na cabeça.

— Quem é você? O que está fazendo por estas bandas?

Tomé levantou-se, limpando as calças, respondendo com a mesma tranquilidade:

— Creio que o papel está invertido, moço... Quem tem que saber quem é você e por que anda armado por estes lados sou eu... já que por aqui sou autoridade.

— Autoridade? Isso é uma piada?

— Já vi que não sabe nada de lei. O moço sabe que é proibida a caça por aqui?

— Só caço homem, e essa caça não é proibida... Não quando eles são infratores! Procuro um bando que, pelos rastros deixados, estão por estas bandas!

— Quantos são esses?

— Os que caço são seis. Se aumentaram ou diminuíram o grupo, ainda não sei dessa conta!

— Vamos, sente que tenho algo a lhe contar. Como a prosa vai ser longa, é melhor que seja feita de acordo com minhas pernas.

Tomé tornou a sentar e esperou que o outro fizesse o mesmo.

— Não tenho tempo de ficar por aqui proseando! Tenho homens a achar e não quero fazer no cair da noite!

— Se sentar e me escutar, vai achá-los sem sair do lugar.

— Não disponho de muito tempo, peço que seja breve!

Tomé narrou em segundos todo o acontecido, sem omitir nenhum detalhe.

— Então os matou?

— Eles se mataram sem dó nem piedade, como faziam com os animais, para tirar-lhes a pele para ganho ilícito.

— Mas você fez-lhes a armadilha.

— Animal esperto não cai em armadilha. Dei a corda e eles se enforcaram. Não pensei que o resultado fosse tão trágico. Minha intenção era que se desentendessem e, separados, que pudesse prendê-los.

— Se são os homens que eu estava a procurar, fiquei sem meu ganho por captura!

— Preciso fazer uma averiguação sobre uma estrada que estão a construir. Se quiser, me acompanhe, iremos depois até o acampamento dos seis ou do que restou deles. Se lá houver o que comprove serem mesmo os que procura, ainda poderá ter o seu ganho.

— Me pagam por captura e não por cabeças roladas; ou pensa que ainda estamos no tempo em que se marcava no cabo do rifle o número de suas vítimas?

— Só quis ajudá-lo. Fico feliz por saber que não és um matador.

Tomé estendeu-lhe a mão em cumprimento, e o outro respondeu sem hesitar, apresentando-se e já se pondo em pé:

— João Desbravador é meu nome! Se temos que ir ao tal acampamento, é melhor nos pormos logo em marcha.

CAPÍTULO 2

João Desbravador era um homem sisudo e demonstrou ser de pouca fala.

Tomé tomou a frente e logo estavam diante de uma grande balbúrdia. João Desbravador ia seguir em frente, mas Tomé segurou-lhe pela camisa, o que não foi de seu agrado.

— Não vamos mais adiante. Quero ficar à espreita. Não tenho por que ir até lá.

— Então, por que veio?

— Quero ver se o que fazem está de acordo com a lei.

— De que lei está falando? Aqueles lá só conhecem a lei do dinheiro!

Batendo com as mãos no tronco de árvore que lhes ocultava, completou:

— Essa estrada é para buscar isto aqui! Isso pra eles é como se fosse o dourado ouro, só que as querem derrubadas e levadas daqui.

— Isso não! Não vou permitir!

— Quem pensas que és? O espírito da floresta?

O homem mudou sua expressão, dando uma sonora gargalhada espantando os pássaros que estavam por perto, chamando a atenção de quem não devia.

Um tiro tirou uma lasca da árvore bem em cima de suas cabeças.

— Esse foi perto! É melhor nos mexermos e ir adiante. Não creio que tenham errado a pontaria; com certeza querem nos intimidar!

— Se estão com essa atitude, tenho que lhe dar razão — falou Tomé. — Boa coisa não estão fazendo. Com esse aparato todo, será difícil intervir. Tenho que buscar ajuda.

— Ajuda de quem?

— Das demais autoridades. Daqueles que me indicaram este lugar para que fosse preservado.

— Já vi que és visionário. Um sonhador de verdade!

— Se não preservarmos as florestas, o planeta morre!

— Pra que se preocupar com isso? Achas que vais viver pra ver?

— Eu não... mas quem sabe os filhos de meus filhos e os filhos deles...

— Tenho que admitir que falas bonito. Dá quase pra acreditar!

— Preservar a natureza é preservar a vida!

— Creio que precisas de ajuda.

Eles falavam enquanto se embrenhavam mata adentro tendo de novo Tomé à frente, que conhecia cada pedaço de chão daquela região.

Depois de muito andarem:

— João Desbravador, vamos descansar um pouco, pois ainda temos muito chão até chegar ao acampamento.

De imediato, o homem sentou-se e tirou dois cigarros de palha do bolso, oferecendo um a Tomé.

— Junto a isso só queria uma caneca de café de minha mulher Lindalva!

— É casado?

— Com dois filhos a criar. Vim pra cá com minha família. Nada me faria abandoná-los.

— E os trouxe pra este lugar? Penso agora que tens a cachola frouxa! Primeiro diz que tens que cuidar deste mundão de terra, cheio de animais perigosos e lugares onde o homem nunca pôs os pés! Agora me diz que aqui também estão mulher e filhos?

— Aqui é um lugar maravilhoso em todos os sentidos. Em todos os lugares para onde olhamos ou que tocamos existe a certeza da mão do Senhor. Tento preservar Sua obra. Feche os olhos e fique em silêncio, deixe seus ouvidos captarem o som da mata... dos animais...

O homem continuou a olhar Tomé com olhos arregalados, já duvidando de verdade de sua sanidade.

— João Desbravador, você eu não sei, mas estou achando que minhas pernas precisam de força e isso só se dará se forrarmos o estômago.

— Trago alguma coisa em minha sacola. Uma fogueira acesa e logo teremos o que comer!

— Não preferes pescar? Estamos a poucos metros do rio.

— É assim que trabalhas? Onde está a vara de pescar que não vejo?

Tomé levantou-se, tomou um galho de árvore e logo duas lanças bem pontiagudas estavam prontas.

— Estás de brincadeira... Vais pedir que o pescado fique parado para que o acertemos?

— Aqui há peixe em abundância; é só esperar dentro d'água sem fazer movimento e logo terás a comida.

— Se assim dizes que é... Eu também estou faminto, mas acho que isso vai nos atrasar.

— Tens pressa?

— Tenho que procurar abrigo antes que a noite caia.

— Minha casa é modesta, mas como abrigo não tem lugar melhor!

— Está me dando pouso?

— Se assim lhe convier...

— Aceito de bom grado e agradeço a confiança!

— Então, vamos à pesca!

Tomé até esquecera sua preocupação e agora não tinha linhas em sua testa marcadas. Fora quem lhe trazia provisões, estava há muito tempo sem prosear com alguém do mesmo sexo e idade.

Tomé pescou com maestria; já o outro...

— Passaria fome se tivesse que fazer isso pra me alimentar!

Quando ele ia atirar a vara, fazia um estardalhaço tão grande, que nenhum peixe ficava sob sua mira.

— Já chega! Creio que o que pegou já dará pra satisfazer-nos!

— Espere mais um pouco. Agora tenho que pescar o que Lindalva preparará para o jantar. Ela faz um caldo de peixe que me obriga a rezar até depois da comida!

Depois de se satisfazerem com o pescado e Tomé guardar os que tinha limpado, partiram em direção ao que seria o acampamento dos procurados.

Não conversavam durante essa nova caminhada. Depois de muito caminharem:

— É aqui!

— Tem certeza? Não vejo nada que indique que aqui estiveram acampados.

— Muito tempo passou. Temos que procurar vestígios. Choveu muito nas noites passadas; folhas, água e terra misturadas levam pra longe sinais visíveis!

Os dois puseram-se a vasculhar pelos cantos, auxiliados por varas.

— Veja! — exclamou Tomé.

Debaixo de um monte de folhas, encontraram o que restara das sacolas.

Tomé lembrou o que avistara antes da briga: sacola por sacola foi posta em uma pilha para ser verificada.

— O cheiro é insuportável!

— Com certeza o cheiro vem das peles apodrecidas. Como vês, certinho como a história que lhe contei.

— Mas... esperava encontrar nem que fossem os crânios!

— Vamos fazer uma busca pelos arredores. Com certeza foram levados e espalhados por aí pelos animais. É a lei do retorno: o caçador virou a caça.

João Desbravador tinha os sentidos aguçados; logo descobriu uma fenda de uma impressionante árvore e, devido a sua largura, os restos mortais que procurava. Algum animal para ali os levara, tal como o homem, fazendo estoque de provisões.

— Veja, Tomé! Cinco crânios! Não falou que eram seis?

— Com certeza, um foi levado por outro animal.

— Vou procurar mais indícios de que aqui estavam acampados e, junto com o que sobrou deles, será a prova de que preciso.

Acharam alguns objetos enterrados que com certeza usavam nas refeições.

— Vou deixar aqui mesmo. Não posso levar pra sua casa, onde tem seus meninos, algo que para eles seria macabro.

— Agradeço sua preocupação. Meus meninos são curiosos; mesmo que colocássemos dentro do saco, eles não descansariam enquanto não mostrássemos o que dentro haveria. Como até agora eles ali permaneceram, é porque estão resguardados. Vamos colocar junto tudo o que achamos e fecharemos a brecha com pedras.

João Desbravador, quando abaixou-se para pegar uma pedra, sentiu-se tão mal que quase deixou-a cair em seu próprio pé.

— João, sente-se mal?

— Tonturas... De repente, as forças me faltaram. Sinto-me fraco... Creio que preciso de sua ajuda.

Tomé ajudou-o a se sentar e, apesar de não estar calor, sua testa estava banhada de suor.

— Será que foi o peixe?

Uma jornada para transformação | 27

— Não creio — disse Tomé. — Se fosse assim, eu também estaria me sentindo mal. Deve ser cansaço. É melhor, assim que recobrares suas forças, tomarmos o rumo de minha casa. Lá poderás descansar de pronto.

— Dê-me um pouco d'água... Minha garganta está seca...

Tomé estranhou o tom da sua voz. Era uma rouquidão que mal dava para entender o que falava.

Tomé deu-lhe o que pediu e, pegando-o pelo braço, aju-dou-o a se levantar.

— Vamos! Eu o ajudo! Sinto algo no ar e não é o que lhe falei há pouco.

Tomé abraçou o corpo do homem, jogando seu braço sobre o pescoço e tomando todo seu peso. Apesar de sua estrutura, Tomé era homem forte, devido à lida.

— Vamos parar... não vais aguentar muito tempo. Deixe-me aqui. Digas a trilha que tenho que seguir e, quando estiver melhor, a seguirei. Sua família o espera e o jantar está em sua sacola.

— Iremos juntos. Tenho certeza que, se nos afastarmos mais um pouco, você melhorará.

— Como podes ter certeza?

— Na verdade, não tenho, mas... almas penadas podem estar por aqui.

— Almas penadas? Quer dizer: fantasmas daqueles infelizes?

— Do lugarejo de onde venho, muitos acreditam nisso. Falam que, quando morremos, nosso espírito se liberta. Pode-mos seguir em frente, direto a uma tal luz, ajudados por bons espíritos, ou ficarmos a vagar, continuando a vida miserável que tínhamos, perturbando os que ainda aqui estão.

— Acha que foi isso que aconteceu comigo? — perguntou João Desbravador.

— Sabe rezar?

— Reza forte não é o meu forte... nunca liguei pra isso.

— É melhor começar a fazer.

— Você sabe?

— Sim. Minha falecida mãezinha era uma pessoa de muita fé. Oração era permanente em nosso lar.

— Sempre achei que os fracos eram os que precisavam de reza...

— A oração é o que nos faz fortes, independentemente de nosso corpo físico.

Tomé tirou de sua sacola um pequeno livro com folhas amareladas e bem castigadas pelos anos de manuseio.

— É um livro de oração?

— Pertenceu à minha mãezinha. Vou ler um trecho e você repete comigo.

João Desbravador foi repetindo as palavras que escutava e, sem perceber, levantou-se e começou a levar os braços ao alto, como se estivesse se libertando.

— Vamos adiante — disse Tomé.

— O mal-estar passou. Foi coisa de momento!

Tomé assentiu e pegou sua sacola para iniciar a caminhada.

Andaram um bom par de horas, parando de vez em quando para recuperarem as forças. Muitas vezes, se fossem em linha reta, não andariam tanto, mas nem sempre era caminho aberto a passagem.

Só pelo cheiro, Tomé sabia que teria armadilhas preparadas pela natureza. O que parecia um charco eram na verdade pequenos pântanos que engoliriam quem se atrevesse a lhes pôr os pés.

Cansados, avistaram a pequena habitação.

— Vives nesse isolamento com sua família e não temes por eles?

— Por que temeria?

— Feras, peçonhentas que estão sempre à espreita para dar o bote!

— Elas não ficam a espreitar com intuito de atacar, mas não esqueça que nós, os humanos, é que invadimos e perturbamos o que só a elas pertence.

— Se pensas assim, o que fazes neste lugar?

— Como já lhe falei, ajudo a preservá-lo. Para isso, tenho que aqui permanecer. Sente o cheiro? Lindalva acabou de passar um café! Vamos?

Tomé largou a sacola na varanda que antecedia a porta da sala e logo estava com dois pimpolhos agarrados às suas pernas.

— Calma, crianças! Comportem-se! Temos visita!

As crianças, na ânsia de abraçar o pai, nem perceberam quem vinha logo atrás.

— Este é João Desbravador. Um amigo que acabamos de ganhar!

— Obrigado pelo *amigo*. Farei o que puder para continuar a assim ser chamado.

Lindalva, um pouco afastada deles, esperava o momento de ser apresentada pelo marido. Com seu avental estampado por cima de uma saia de cor vibrante que lhe ia até os pés, lenço na cabeça do qual escapavam lindos cachos de brilhantes cabelos, era uma linda figura — tanto no todo que a compunha quanto na doce alma.

— Minha esposa Lindalva! Ela e meus rebentos são a razão de minha pobre existência.

João, todo galante, osculou-lhe a mão com sincera observação:

— Seu nome faz jus à sua figura! Com todo respeito, madame!

— Bem, todos apresentados, chega de rapapés! Mulher, sentimos de longe o aroma que nos aqueceu de pronto e estamos ansiosos para sorvê-lo!

— A mesa está posta. Fiz broa, que acabei de assar!

— Trouxe uns peixes, a respeito dos quais teci elogios a você por sabê-los bem preparar. Mais tarde, quem sabe, depois que acendermos a fogueira, como de costume, poderemos saboreá-los.

— Tomé, não faz precisão! Não quero dar trabalho a sua esposa. Um café reforçado dará para nos guarnecer até amanhã!

— De maneira nenhuma, seu João. Trabalho nenhum. Um pedido de meu marido é missão cumprida!

— Se assim é... não me farei de rogado. Já estou ansiando por esse caldo com a boca a salivar!

— Então, vamos à mesa!

E assim, a partir daquele dia, uma grande amizade formou-se naquela família, com alguém que sobre isso nada sabia. João Desbravador, até aquele momento, era um ser solitário; até por causa disso que corria atrás de meliantes e assim tinha seu ganho. Não tinha pouso certo. Sua moradia era onde os rastros de quem teria que prender o guiassem. Vivia de cidade em cidade; como não era muito falante, amizade nem poucas ele tinha.

Não era um ermitão, mas, apesar de muitas vezes ter convívio com várias pessoas, não se apegava a ninguém; não até conhecer a família de Tomé.

Lindalva fez-lhe uma cama aconchegante em um canto da pequena sala, contra sua vontade, que era acampar pelas imediações. Tomé, as crianças e a própria Lindalva negaram veementemente. Não era hospitaleiro deixar que dali se afastasse, ainda mais em hora tão avançada. Para as crianças, era novidade das boas. Quem disse que conseguiram ficar muito tempo em sono profundo? Antes de o sol nascer, lá estavam os dois serezinhos parados em frente a João, à espera de que acordasse; ele, acostumado a sentir quem dele se aproximasse, mesmo estando a dormir, dando conta de que eram os dois, pelos passinhos avaliados, pensou logo em pregar-lhes uma peça. Fingiu que ainda dormia e começou a contar histórias mirabolantes e um pouco assustadoras.

Os dois, mesmo que dali quisessem sair, agora não poderiam. Pareciam estar pregados no chão.

Tomé, que escondido os observava, sabia tratar-se de uma brincadeira de seu novo amigo e hóspede.

Logo, uma sonora gargalhada pôs os dois a correr, indo parar direto nas pernas de quem os observava, segurando o riso.

Uma jornada para transformação | 31

— Então, crianças, não queriam acordar João Desbravador? Vão lá e o façam!

— Não, pai! Só fomos olhar o tamanho dele! Eu disse ao mano que ele era maior que um urso. — disse Tinoco.

— Eu disse que era maior! Um gigante! — exclamou Bento.

— Então, se foram conferir, deveriam agora lá estar.

— Não! Nós vamos pra cama, senão a mãe vai nos dar pito!

Os dois nem deixaram João falar que tudo não passou de uma brincadeira. Correram a se meter sob as cobertas, e nem seus rostinhos dava pra se ver.

— Bom dia, João! Creio que meus meninos o acordaram!

— Que nada! Já estou há um par de horas desperto. Espero se firmar mais o dia pra me pôr a caminho!

— Vais mesmo partir? Pensei que teria alguém que me ajudasse com aqueles lá, que estão armados até os dentes... Sozinho nada poderei fazer, e sair para pedir ajuda seria uma temeridade, pois teria que deixar minha família entregue à própria sorte. O perigo ronda e creio que não hão de querer testemunhas do que fazem.

— Achas mesmo que as autoridades não sabem desse desmatamento abusivo para a construção dessa estrada?

— Isso é o que eu queria saber! Não me falaram nada sobre isso. Se fosse o certo, quando mandaram provisões, junto teria vindo o alerta.

— Sabes bem de escrita?

— Como não? Fiz prova e tudo para ocupar este lugar!

— Poderias escrever sobre essa situação e levarei para quem enviares! É só me dizer onde é e pra quem, e coloco na mão!

— Não é seu caminho, bem sei... Tem outros planos, tem seu ganho a receber.

— Você me ajudou e graças a isso terei meu ganho. Dormi sob seu teto e esta acolhida pra mim não tem preço. Vá! Coloque tudo no papel e partirei logo agora!

— Pensei em tê-lo aqui nem que fosse por uns dias!

— Voltarei. Precisas de ajuda e não faltarei a quem me chama de amigo!

Tomé abraçou-o. Parecia que o conhecia há tempos; de outros tempos...

As crianças ficaram desoladas, pois, quando se atreveram a colocar os pés fora da cama, quem os impressionara já tinha partido.

Lindalva teve o mesmo sentimento.

— Tomé, ele nem esperou que eu assasse uma broa. Levaria para comer no caminho!

— Ele voltará. Teve pressa de ir e terá com certeza pra voltar!

— Como podes estar tão certo disso?

— O abraço, o sentimento entre nós dois me disse isso!

Lindalva pouco entendeu. Há pouco tinham se conhecido...

Tomé estava preocupado. O lugar não era mais seguro para sua família. Apesar de estar constantemente rodeados de perigos que habitavam a mata, nada se comparava com o perigo que os rondava agora. Tomé sabia o que a ganância fazia com os seres humanos.

Uma vozinha despertou-o.

— Pai, não vamos à caça? — era Tinoco.

— Não. A roça está precisando de cuidados, é lá que vamos trabalhar!

— Mas tá tudo certinho... nem tem nada pra colher! — exclamou Bento.

— Então, vamos semear.

— Mas... já deitamos semente na terra. O senhor falou que era hora de esperar... — disse Tinoco.

Tomé teve que assentir. Seus filhos eram pequenos, mas muito espertos. Ele não queria falar do perigo que os rondava; que não poderiam de casa se afastar.

— Então, já que não há semeadura nem colheita, vamos pegar a viola, deitar uns cantos desafinados e depois prosear.

— Mas... pai, ainda é de manhã! — disse Tinoco.

— Precisa ter hora pra esse gostinho?

— O pai tá esquecido... Noutro dia falou que isso só podia ser feito depois das tarefas prontas e de a mãe acabar a lida!

— Isso foi outro dia! Hoje temos razão para festejar. Temos um novo amigo que logo estará de volta; por isso quero afinar a viola e ensaiar com gosto umas cantigas.

— Se é assim...

Os dois meninos correram a pegar os banquinhos, colocando-os em roda, e foram pegar os gravetos para a tão esperada fogueira.

— Bento, Tinoco! Não tem precisão de fogueira! Ela clareia as noites e nos aquece do frio, e agorinha não existe nenhum dos dois. O sol está a pino e frio não está; só um frescor que um leve agasalho bastará!

As crianças largaram os gravetos sem pouco entender. Sol a pino? Onde estava ele que só o pai via? Frescor? Estava um frio danado! Uma fogueira pra aquecer as mãos seria muito bom; mas, se o pai falou...

O que Tomé não poderia dizer era que nenhum sinal que pudesse chamar atenção poderiam pôr em prática.

Eles já sabiam de sua moradia, então, teria que ter cautela. Ele, as crianças e Lindalva eram a parte mais fraca. Não teria como confrontá-los. Seria uma luta desigual.

Os meninos já estavam sentados em seus banquinhos a esperá-lo.

— Fiquem aí quietos que vou chamar a mãe de vocês!

Quando ele adentrou a casa, deu de encontro com a bela figura, que já estava a escutar desde o primeiro tró-ló-ló.

— Pregaste sempre a verdade e agora tens que fugir dela.

— Não quero assustar os meninos. Daqui não posso me afastar e não quero eles sozinhos lá fora. Mulher, vamos comer o que sobrou de ontem. Fumaça, nem pouca pode sair da chaminé!

— Tomé, eles já vieram até aqui; já sabem de cor o caminho... Não é melhor arrumar as trouxas e partir?

— Abandonar tudo? Minha responsabilidade por esse lugar?

— E a responsabilidade com seus filhos? Estás preocupado. Isso é visível em suas feições. Podemos esperar até a chegada de novas provisões e aproveitarmos para partir deste lugar.

— Assim será; só que partirão você e as crianças. Eu ficarei. É questão de honra!

— Honra? Que honra há em morrer por algo que não lhe pertence?

— Lindalva... não a estou reconhecendo... Sabes muito bem que tudo isso em que podemos pôr os olhos nos pertence. Pertence a todos os filhos desta terra.

— Então, por que só você tem que cuidar? Como você mesmo diz, pertence a todos. Se quiserem destruir esse legado, que depois sofram as consequências quando estiverem perante o Juiz Maior!

— Mulher, não estás a falar com o coração, por isso Deus a perdoará. Temes por mim e pelas crianças, mas lhe prometo que nada nos acontecerá.

— Como podes prometer o que não podes cumprir? Estás sozinho contra os que querem essas terras invadir sem dó nem piedade, pois atropelam a natureza, os animais e com toda certeza o que mais estiver em seus caminhos! Vamos partir! Vamos hoje! É só o tempo de arrumar as trouxas. Podemos contar às autoridades o que está acontecendo e depois voltaremos!

— Já fiz isso. João Desbravador levou uma carta que será entregue às autoridades competentes. Ele retornará com ajuda e com certeza a solução para esse problema.

— Se você já resolveu... só nos resta esperar, e que Deus nos ampare!

O que Tomé não sabia era que na primeira cidade em que João apeou teve que permanecer, pois nele se instalara uma febre que o fazia delirar. Em um hotel de segunda, um lugar fétido — na verdade, um antro de jogatina —, ele se instalou em um dos quartos. Como não apareceu na hora da refeição nem nas outras mais, foram até seu quarto.

O dono da estalagem na frente, chave na mão, já antecipava que algo errado havia com seu novo hóspede.

Encontraram-no caído, meio corpo sobre a cama, desfalecido tal qual um moribundo.

Um médico foi chamado, e seus bolsos revirados para tal pagamento e mais o das diárias do estabelecimento.

Como de honesto o dono do estabelecimento nada tinha, ficou com tudo o que nos bolsos havia. Justificou-se ele perante aos demais que ali estavam no momento, pois ele não entrara sozinho, já que testemunhas eram necessárias, pois lá dentro não se sabia o que teria havido. Cogitou-se a possibilidade de assassinato, já que a isso estavam acostumados por causa das jogatinas. Compressas e mais compressas foram em sua testa colocadas para debelar a fúria da febre, mas, apesar da aparência forte, João Desbravador estava alquebrado.

— Se ele permanecer assim, teremos que arrumar outro lugar para ele ficar! Não posso ter em meu estabelecimento alguém que possa estar com doença de aparência contagiosa!

Ao que o doutor respondeu:

— Pelo que tiraste de seus bolsos, a estadia dele está paga por uns bons meses!

— Devolvo tudo! Só não quero que meus assíduos fregueses fujam daqui com medo de uma possível peste.

— Se aquiete! Este homem só está febril. Seu peito está limpo; como não carrega em seu corpo nenhuma chaga, creio que mais à noitinha a febre ceda e ele volte a si. Veja na sacola dele umas vestes para serem trocadas, pois estas em seu corpo estão de seu suor encharcadas!

O homem foi fazer o que o doutor pediu e um grito de espanto não se fez demorar.

— Virgem Nossa Senhora! Acuda aqui, doutor! A sacola está cheia de esqueletos, e é de gente, sim senhor!

— Tá variando, homem?

O doutor falava já indo ao encontro do que o assustado homem dissera que na sacola achara.

— Crânios? Esqueletos? A que vem ser isso?

— Tá perguntando à pessoa errada! Quem pode responder tá ali estirado!

— Seu Beto — disse o doutor ao homem —, não vamos tirar conclusões precipitadas. Um saco cheio de esqueleto não quer dizer que temos aí deitado um assassino!

— Então, é um louco. Daqueles que visitam as catacumbas e tiram tudo o que podem dos mortos!

— Até os ossos?

— Como posso saber? Deve ser um desvairado que gosta de andar com essas coisas macabras! Vou chamar o delegado. Ele que coloque algemas no tal antes que ele desperte!

Assim falando, sem dar chance de o doutor replicar, lá se foi esbaforido atrás do delegado.

CAPÍTULO 3

Enquanto isso, Tomé tentava tirar uns sons da viola sem tentar cruzar o olhar com Lindalva, que esperava dele a resposta de se irem dali.

— Pai, tá fraco? Nem dá pra escutar direito o que pai tá tocando! Não é, Tinoco?

— Agorinha mesmo eu ia perguntar se o pai tá com os dedos doídos. A música tá tão fraquinha que dá dó dela!

— Crianças, seu pai tá cansado. É melhor se recolherem, que tá frio aqui fora.

— Mas o pai disse que tava até sol!

— Vamos, crianças! Deixem de arreliar.

Os dois deixaram os banquinhos e saíram em resmungos:

— Gente grande é complicada... Se é para ficar assim, é melhor ficarmos pequenos mesmo, não é, Bento?

— O pai tá esquisito de dá dó... A mãe tá diferente; o pai tocou e ela nem cantou. Acho que tão zangados com a gente.

É melhor ir pegar umas flores pra enfeitar a casa e o cabelo da mãe. Quando o pai faz isso, ela é só sorriso.

— Como vamos passar? Quer levar outro pito?

— A janela! Eu trepo em um banquinho e coloco outro lá fora; assim é só galgar a janela que o pé vai dar no banquinho.

Assim fizeram e logo, em silêncio, sumiram das vistas dos pais.

— Tinoco, estas daqui a mãe tá cansada de ver! Vamos mais para a beirada do rio que tem umas bonitas de dá dó!

— É perigoso. O pai não vai gostar nadinha!

— Quando ele vir as flores, vai até esquecer da traquinagem. Vamos enfeitar o cabelo da mãe e fazer um colar de flores para o pai!

Convencidos, puseram-se a correr. Só que, distraídos sobre como presenteariam os pais, foram em direção contrária ao rio.

Um vozeirão fê-los estremecer:

— O que duas crianças tão pequerruchas estão fazendo neste lugar? Estão perdidas?

Os dois meninos pareciam duas estatuazinhas.

— O gato comeu a língua de vocês?

Imediatamente, como se fosse uma ordem, colocaram o órgão para fora da boca.

— É... parece que não foram comidas pelo gato... Então, podem falar. Aonde estão indo?

— Pegar... flores... — respondeu Tinoco.

— Flores?

— Pra mãe... e um colar... pro pai.

— Não sabem que é perigoso andar em mata fechada? Aqueles que lhes cuidam não merecem pais ser! Por isso, vamos andando! Vou levá-los ou acabarão comidos por algum animal, ou pensam que só existem em historinhas?

— O pai diz pra não ir longe nem falar com estranhos...

— Bem, já que estamos a conversar, é sinal de que já nos conhecemos; só faltam as apresentações. — Esticando a mão para os meninos, foi levando e sacudindo a mãozinha de

Uma jornada para transformação | 39

cada um: — Sou Bira. Por aqui, quase perdi a vida! Fui salvo graças ao instinto animal que trago dentro de mim!
— Animal...? O senhor?
— Depois me explico melhor. Agora quero saber o nome de cada um.
— Tinoco...
— Bento!
— Agora que já foram feitas as apresentações, vamos andando!
— Vai levar a gente pro pai? — perguntou Tinoco.
— Não deveria, mas também não posso andar por aí a caçar com vocês dois pendurados. Sabem a direção da casa de vocês?
Os dois se entreolharam, sem saber o que responder.
— Bem... se eu vim daquelas bandas e lá não tem moradia, é porque é só voltarem, que com certeza encontrarão o caminho.
Tinoco puxou Bento, que foi segurado pelo homem.
— Calma! Querem ficar perdidos de vez? Eu vou na frente. Sigam-me!

Enquanto isso, na casa dos meninos:
— Lindalva, não acha que eles estão quietos demais?
— Depois de levarem um pito, devem estar em suas camas.
— Vou até lá. Eles são pequenos ainda para entenderem o que estamos passando. Mas não são tolos. Sabem que algo está no ar e não é bom...
Lindalva nem se mexeu. Queria ir embora daquele lugar, apesar de ter ido ali morar com sua família carregando na trouxa todos os sonhos de uma mulher apaixonada. Viver naquele paraíso com Tomé e seus filhos era tudo o que poderia querer em sua simples vida. Agora, vivia um pesadelo sob ameaça de invasão de quem não tinha o menor respeito por aquele hábitat, e com certeza nada os impediria de seus intentos.

— Mulher! Mulher! Os meninos não estão em casa! Deus meu! Uma cadeira está embaixo da janela, mas... são tão pequenos...

Lindalva, como se impulsionada por uma mola, foi rodear a casa à procura dos dois e deu de encontro com uma cadeira ali fora perdida.

— Tomé! Homem de Deus! Veja como eles são ardilosos! Fugiram, Tomé! Fugiram!

— Calma, mulher... Por que fugiriam?

— Desculpe... nunca tinha falado com eles daquele jeito...

A mulher estava agora aos prantos.

— Lindalva, não é momento de nos culparmos e sim ir-lhes no rastro — falou Tomé, abraçando-a e tentando manter o equilíbrio, mas olhando a mata que se fechava logo à frente, visivelmente preocupado.

— Fique aqui que lhes vou em encalço.

— Não! Desta vez vou junto! Não aguentarei ficar aqui a esperar!

— Então, calce suas botas que, pelo tempo, já devem estar um bocado afastados.

— Não diga isso... Se assim for, já devem ter dado de encontro com algum...

— Lindalva, não é com esses pensamentos que iremos ajudá-los. Confiemos. Estamos aqui a resguardar a obra do Senhor e tenho certeza que a nós Ele não desamparará, também resguardando nossos filhos... Vá se calçar e na caminhada oraremos.

Assim foi feito, e logo estava ele colhendo indícios para saber o rumo que haviam tomado. Tomé tinha olhos de águia. Uma plantinha amassada... uma folhinha verde que com certeza não cairia fora do tempo do galho. Pedrinhas no caminho fora do lugar, deixando sua marca, foram dando aos dois a direção certa dos meninos.

Enquanto isso, um pouco longe daquele lugar:

— É este aqui, seus guardas. Veem este saco? Está cheio de ossos! Com certeza, esse aí é um maquiavélico assassino que gosta de andar com os esqueletos de suas vítimas nas costas! — falava o dono do malcheiroso lugar, quarto sombrio, úmido, mas pouco acessível para qualquer mortal.

— Um momento! Creio que o senhor, devido às circunstâncias, está deveras alterado, mas o que este homem carrega não o aponta como um provável assassino — o doutor falava aos guardas calmamente, tentando não julgar quem estava inconsciente.

— Como podemos colocá-lo no xadrez desse modo? — um dos guardas falou, enquanto o outro examinava o saco, confirmando as palavras do hoteleiro.

— Prenda-o na cama! Coloque-lhe algemas!

João Desbravador agora suava aos borbotões. A febre estava cedendo, e ele emitia uns dolorosos gemidos.

— Ele está mal? — perguntou o guarda ao doutor.

— Pelo pouco que se sabe dele, ele veio da floresta. Mata fechada, cheia de riscos e febres misteriosas. Não sei se sobreviverá...

— Não sobreviverá? Quem me pagará pela hospedagem?

— Senhor Beto, creio que no momento a saúde deste homem deva ser nossa única preocupação — respondeu o doutor.

O hoteleiro estava mais irado do que de costume.

Os dois guardas estavam parados, sem saber que atitude tomar.

— Creio que a melhor solução será levá-lo para o xadrez e deixá-lo a ferros!

— Isso não é humano... — falou o doutor.

— Ele não parece com nenhum ser humano que conheço! Não o quero mais em meu estabelecimento! É um direito meu!

Foi como se ele estivesse dando as ordens. Dois homens foram chamados e, com os dois guardas, lá foi João Desbravador levado para o xadrez inconsciente, enrolado em colchas e lençóis, sem o menor cuidado. Ali era a lei, e o que carregava na bagagem o incriminava. O doutor só pôde acompanhar o cortejo e continuar a cuidar dele mesmo que fosse no xadrez, em situação tão precária quanto a do quartinho em que ele se encontrava.

Já na cela, foi colocado sobre um catre.

— Quero que me devolvam a minha roupa de cama!

— Não tens medo de que seja uma febre infecciosa? Não foi por isso que o queria fora de seu estabelecimento?

— Que fique bem claro que qualquer um de meus hóspedes que adoeça terá de mim todos os cuidados. Esse aí carrega indícios de sua maldade e, até que se prove o contrário, terá que ficar a ferros!

Ele se eximia de culpa por estar ali deitado um homem indefeso.

— Não quero parecer sovina e sem coração. Deixe que ele fique com essas roupas de cama!

O homem foi saindo e resmungando:

— Já estavam ficando imprestáveis mesmo... Não perderei grande coisa.

Mais doente que João Desbravador estava aquele homem. Doente no espírito. Pobre alma... Só conseguia enxergar em seus semelhantes cifrões.

Enquanto isso, Tomé e Lindalva percorriam o caminho feito pelos meninos, com os corações a pulsar tão forte que pareciam tambores a ecoar pela mata — a comunicação entre os povos indígenas.

— Tomé, sei que conheces esta mata como ninguém, mas as crianças com certeza saíram sem rumo... Como podes ter certeza de que foi essa direção que tomaram? Esses indícios que colhes podem ter sido feitos por algum animal...

— Onde está sua fé? Se orarmos pedindo ajuda e nisso não acreditarmos... é melhor não mais fazermos, pois será em vão.

Nem bem acabou de falar, aguçou o ouvido e seu coração acelerou ainda mais.

— São eles, Lindalva! São eles! Vamos!

Ele a pegou pelo braço, se embrenhando pela mata sem afastar os galhos que batiam em seu rosto como se chicote fossem. Não demoraram muito para achar o trio.

— Pai! Mãe!

A mulher correu a tê-los nos braços, envolvendo-os, querendo ter certeza de que não estava a sonhar.

— Meus filhos, se os tivesse perdido, perdida estava também... Perdoem as palavras ásperas ditas por esta que os ama muito.

— Amam? Quem ama protege suas crias, não deixando-as à mercê dos perigos! — falou Bira, realmente indignado.

— Falhamos, admito; Deus perdoe a nossa falta. Envolvidos em nossas preocupações, esquecemos o sentimento de nossos pequenos... Meu bom homem, em que posso ajudá-lo, não para compensá-lo, mas em agradecimento? — perguntou Tomé.

— Sou um caçador. Estive há tempos aqui com meus companheiros. Situação difícil... da qual não quero falar por ora! Quero ver se encontro algumas armadilhas aqui deixadas pelo meu grupo.

Mais uma vez o coração de Tomé se acelerou. Um caçador! Seus filhos estavam a salvo, mas... como poderia aquele enviado de Deus ser caçador?

E o homem continuou:

— Bira é meu nome. O de suas crianças já sei: Bento e Tinoco.

Tomé estendeu-lhe a mão se apresentando, como fez imediatamente Lindalva.

— Tomé, não é melhor irmos andando? Está esfriando e as crianças nem agasalhadas estão! Também tenho que preparar algo que agasalhe nossos estômagos. Senhor Bira, o senhor nos acompanharia?

Tomé gelou... Não era o que exatamente queria que acontecesse. Apesar da gratidão, não gostaria de ter um caçador sob seu teto. Sabia, porém, que o convite feito por sua mulher expressava a gratidão que ela sentia por seus filhos estarem a salvo.

— Gostaria muito de aceitar esse convite, mas quero achar o que procuro antes do anoitecer. Nos vemos por aí! Crianças, não saiam mais da barra da saia de sua mãe! O perigo está à espreita, só espera o momento certo para dar o bote. Até!

Lá se foi ele, sem esperar resposta.

Quando ele falou em dar o bote, as duas crianças agarraram-se à saia de Lindalva, parecendo querer fazer parte dela.

— Crianças, estão com medo? Cadê a coragem de antes?

— A gente só queria pegar flor... — murmurou Bento.

— Errado foi saírem sem consentimento, que decerto não teriam; já que chegaram até aqui, façam o que vieram fazer! — disse Tomé.

As perninhas dos dois ainda teimavam em tremer; dar o bote lembrava-lhes cobra venenosa, sobre a qual o pai tanto os alertava.

— Agora que acabou a surpresa, precisa mais não. A mãe nem está mais arreliada...

— A intenção de vocês foi louvável. Nada como dar flores a quem amamos... Essa dádiva de Deus é tão sublime quanto o amor que temos a Ele, por isso vamos pra casa e no caminho colheremos as flores que vieram buscar. — disse Tomé.

Susto passado, agora riam, contando ao pai a aventura:

— Pai, hoje, quando a fogueira for acesa, eu e Tinoco é que vamos contar um causo.

Tomé os olhou com enlevo, pensando em como seus meninos estavam crescidos, mas lembrou também que sua preocupação, agora com aquele encontro com o caçador, era maior.

Enquanto isso, em uma fétida cela:
— Doutor, ele não desperta! Estará agonizando? — perguntava o preocupado delegado.
— É a febre. Enquanto ela não for embora, ele ficará assim em delírio.
— Como posso ter aqui um homem nesse estado, mesmo que seja um criminoso?
— Preferia que não o tivessem trazido para cá. Mas, de qualquer forma, continuarei a tratá-lo.
— Quem o pagará se esse tal bater com as botas?
— Deus! Espero que, quando preciso for, minhas dores sejam minimizadas, como faço agora com as dores de outrem.
— Se não temes ser contaminado, faça o que tem que fazer, mas depois não diga que não foi alertado do perigo!
O homem saiu batendo com as botas no chão, mostrando quanto estava perturbado com a paz quebrada onde ele se achava um rei; ali tudo acontecia, menos ordem e respeito.
De fato, a paz estava quebrada, pois, assim que o delegado sentou-se e colocou seus pés sobre a mesa rústica de trabalho, entrou esbaforido o dono do estabelecimento onde havia se hospedado João Desbravador.
— Delegado, com sua licença! Creio que isso deva ficar aqui na delegacia, pois faz parte das evidências de que estamos lidando com um assassino profissional!
— Que saco é esse?
— Seus guardas deixaram em meu estabelecimento, mas creio que o lugar dele seja aqui! — Ele falava e colocava em cima da mesa o dito-cujo.

— Saco de ossos... Não serão de animais?
— Com esses crânios?
— Deixe aí. No momento estou muito atarefado... — Ele falava e se espreguiçava, mostrando quão difícil era seu dever.

O homem saiu fulo da vida. Há tempos queriam depor aquele delegado, mas sempre que alguém falava sobre isso em alto e bom som... desaparecia!

Se aqueles homens acreditassem em algo mais do que aquela torpe vida que levavam, com certeza teriam como ajudar João Desbravador e outros mais que se encontravam em situação igual à dele. Se o doutor percebesse que, mais do que remédio para o corpo, aquele ser ali deitado necessitava de orações para dissipar o que agora o vinha consumindo... Mas, naquele pequeno lugarejo, a fé não imperava. A bebida era consumida em excesso, o que resultava em brigas, separações e dores nas famílias que ali se instalaram no início, cheias de sonhos por aquela terra cercada de mistérios.

Voltando às crianças:
— Pai, o caçador vai voltar? Ele sabe onde a gente mora? Ele pode ficar e ensinar eu e meu irmão a colocar armadilhas?
— Tinoco, a vida já é cheia de armadilhas. Por que nós, os chamados seres humanos, precisaríamos colocar mais?
— Pra caçar!
— Vocês já aprenderam que só se caça para se alimentar, e há animais certos pra isso. Já falei pra vocês que as armadilhas, como o próprio nome diz, não escolhem; vários animais que não poderiam servir de alimento caem e morrem. É isso que querem fazer?
— Pai, Bento é que quer fazer isso...
— Pai, ele tá faltando com a verdade. O pai já falou disso e sei que é errado!

— Crianças, já perceberam que não estão falando a mesma linguagem e que isso não é bom? Vamos nos apressar que a mãe de vocês ainda tem que botar comida no fogo! A travessura de vocês fará que nossas barrigas fiquem vazias por um bom tempo!

Assim falando, Tomé colocou os dois a pensar. Ficar sem comer para aqueles dois era castigo pesado.

Os meninos calaram-se amuados. Tomé e a mulher trocaram olhares e um sorriso tocou-lhes um canto da boca.

Um tempo passou desde esse acontecimento, sem maiores novidades para Tomé. Ausentar-se de casa ele não queria, pois vivia na esperança da chegada de João Desbravador ou alguém avisado por ele.

Duas semanas passaram-se e nada! Tomé começou a ficar inquieto, e sua mulher, apesar de não mais tocar no assunto, ele lia em seus olhos que ali ela não queria mais permanecer. À noite pegava-o parado à porta de casa, com o olhar perdido no firmamento.

— Olhas o céu estrelado? — perguntava-lhe.

— Não... oro e peço a Deus misericórdia... — respondeu Tomé.

— Sofres, não é? Tomé, sinto que o perigo nos ronda e não é animal selvagem... Temo por você, por nossos filhos... por nossas vidas!

— Acredite: se em mais duas semanas ele não voltar, nem notícias tivermos, arrumaremos nossas trouxas e partiremos.

— Talvez seja tarde demais.

— Não tens fé?

— Sim, mas ela me diz que devemos sair daqui.

Nesse instante, uma explosão muito longe dali fê-los estremecer mais do que a terra.

— Pai! Pai! Trovão! Eu e Tinoco não *tamos* com medo não! Só que viemos ficar aqui com vocês.

Ele falava já agarrado às pernas de Tomé, enquanto o outro se enroscava na saia da mãe, cobrindo o rostinho, temendo ver os clarões.

— Calma, crianças. Já passou. Deve ser obra mesmo da natureza, como Bento falou.

Ele sabia que não era verdade o que dizia, e mais uma explosão veio confirmar as palavras de Lindalva. O perigo estava cada vez mais próximo.

— Crianças, temos que fazer uma longa viagem. A mãe de vocês vai agasalhá-los bem, não esquecendo de colocar as botas... Vamos partir antes do anoitecer!

— Mas pai... os raios anunciam as tempestades. Se a gente botar o pé pra fora de casa agora, vamos ficar sem abrigo. Não é isso que o pai sempre diz? — perguntou Tinoco.

Tomé ficou pensativo. Parecia que aquela criança estava lhe dando um recado. Se o perigo estava a rondar, ali seria o melhor lugar para se defenderem.

— Não está pensando em mudar de opinião, está?

— Lindalva...

— Homem! O que precisa mais para fazer você entender que nada poderás conter sozinho? Este lugar é imenso, cheio de artimanhas das quais você é conhecedor, e sei que nos guiará para fora sem perigo iminente. Eles devem ser numerosos... Tomé! Como poderá contê-los?

Um toque na porta deixou-os em suspense.

— Pai, não vai abrir?

Tomé afastou o menino de suas pernas e foi atender quem batia em sua porta, em um local onde geralmente quem se chegava entrava por baixo da porta ou pelas brechas nas madeiras que faziam as vezes de paredes.

Ao abrir a dita, Tomé não ficou surpreso; já o esperava. Seu coração o alertara; algo mais além, ou alguém.

— Seu Bira, entre e se assente!

— Pelo seu tom, parece que já me esperava!

— Não com muita certeza, mas o convite foi feito, e, depois de passar um tempo na mata, um abrigo que nos acolhe é convidativo.

— Espero ser mesmo isso... Não quero ser um intrujão!

Lindalva passou a frente de Tomé para responder, mas ele não a deixou terminar a frase:

— É uma lástima ter vindo em tão...

Tomé segurou-a pelo braço, não sem perder a delicadeza, e sussurrou em seu ouvido:

— Mulher, não o faça...

Lindalva baixou os ombros, derrotada, e se retirou levando as crianças.

— Creio que cheguei em péssima hora, não é mesmo? Questão de família é questão que só ela pode resolver.

— Tens razão, mas o convite está feito e confirmado. Por favor, se assente. Tens filhos?

— Não! Não...

— Então, creio que não devas saber como é. Agrados demais por parte de um dos pais geram pequenos conflitos.

Tomé pediu perdão por estar mentindo, mas não sabia se podia confiar em alguém que a ele estava ligado por trágicas circunstâncias.

— Senhor! — chamou Bira.

— Desculpe. Falavas algo que perdi?

— É que em um momento parecias estar distante. Obrigado pela acolhida, mas creio que vim em um momento pouco propício.

— Estava a pensar; falaste ser um caçador. Que tipo de caça fazes?

— Igual a qualquer caçador! Venda de peles!

— Um caçador de verdade só caça para se alimentar e alimentar aos seus, que dele dependem... não mais do que isso.

— Creio que bati mesmo em porta errada — ele falou, tocando o chapéu, indo em direção à porta de saída.

— Bira, não é verdade? Seu nome?

— Exatamente, como já fomos apresentados.

— Bira, falo o que acho certo por deveres morais e também dever de minha profissão.

— Guarda-florestal?

— Cuido para que essa beleza toda seja preservada... Quem a criou também pediu que a usássemos com discernimento. Os animais fazem parte de uma cadeia alimentar e, se alguns são extintos, há o desequilíbrio; como uma discussão em família, por exemplo.

— Falas bem e até acho que tens razão. Muitas vezes me pego pedindo desculpas para o vento pelo que faço.

— Vento?

— Sim. Não dizem que, se orarmos, nossas preces chegam até Ele? — Ele falava e apontava para o alto. — Então, peço desculpas ao léu.

— Se o fazes, mas persistes no erro, como poderás obter perdão?

— Se não caço, como sobreviverei?

— Essa não é a maneira mais adequada de sobreviver. Lembra-se de quantos animais que já caíram em armadilhas foram jogados de lado por não servirem? Quantos animais vejo aleijados por caírem em armadilhas e se soltarem, levando delas as marcas...

— Nunca parei pra pensar.

— Ainda está em tempo.

— Não acredito. Sou velho demais para aprender outro ofício.

— Aprecia de verdade toda essa obra de Deus?

— Me sinto bem na mata. Prefiro assim estar do que entre humanos, que se destroem, se matam em questão de segundos, como animais selvagens.

— Os animais, mesmo os selvagens, só atacam se estiverem com fome ou ameaçados. Já o homem...

— Tens razão. Eu mesmo, tempos atrás, fazia parte de um grupo, pouco conhecido meu. Só quem liderava era meu conhecido. Passei a morar com ele desde os meus doze anos, depois da partida de minha avó. Por ele fui criado. Tinha um pequeno sítio. Meu avô foi um desbravador, mas pouca terra conseguiu. Uns poucos alqueires, era o que ele tinha. Muitas vezes foi passado para trás, como contava. Mesmo com essa terrinha, ele plantava, vendia algumas coisas e ainda nos alimentava. Morreu arando a terra que ele tanto amava... Meu tio sempre se dedicou à caça, nunca à terra, e assim cresci. Agora ele também findou... aqui perto, em um acampamento!

Tomé sentiu-se inquieto. Não se sentia culpado, mas estar ali em sua casa com um daqueles que vira em massacre não era o que gostaria.

— Você diz que não conhecia os outros quatro que faziam parte do grupo. Como pôde se associar a quem não conhecia?

— Como sabe que éramos eu e meu tio e mais quatro?

Tomé ficou embaraçado.

— Você mesmo o disse.

— Não me lembro de ter dito.

— Você o fez sem sentir.

— Deve ser, mas é melhor mesmo eu ir andando. Não quero ser motivo de atritos entre você e sua mulher.

— Com certeza não será. Lindalva!

A mulher apareceu com a fisionomia mais tranquila, apesar de estar escutando a conversa dos dois e não entender a ligação dele com seu marido.

— Lindalva, quem encontrou nossos filhos, e somos agradecidos por isso, quer se retirar sem mesmo fazer a refeição!

Tomé queria lembrar-lhe de que quem estava ali sob o mesmo teto que eles era merecedor de toda atenção e hospitalidade.

— Desculpe, senhor Bira. Estava meio arreliada e deixei as boas maneiras de lado. És bem-vindo a nossa casa como também a nossa mesa. Vou acabar de preparar a refeição que nos sossegará o estômago.

— Lindalva, sem muita lenha...

O homem de bate-pronto se levantou.

— Falta lenha? Vou agora mesmo buscar!

Tomé levantou-se rápido e colocou uma das mãos em seu ombro, fazendo-o se sentar.

— Lenha temos o bastante, mas a fumaça na chaminé é que tem que sair pouca.

— Está entupida?

— Também não é o motivo... Creio que lhe devo uma boa explicação para isso tudo.

— Se não quiser falar, fica o dito por não dito.

— Enquanto minha mulher cozinha, desfiarei o que se passa por estas bandas, ou quem sabe não será para você novidade, pois deve ter passado por eles.

— Bem, ligando que estás aqui por dever preservando o lugar e aqueles que vi fazendo derrubadas entrando com aquela estrada, deve mesmo estar falando do que vi.

— Eles estão na ilegalidade.

— Como eu?

— O seu prejuízo ao lugar é menor, mas não menos condenável.

— Me darás voz de prisão?

— Você já falou que não gosta do que fazes e ainda é tempo de mudar isso e pagar com juros a este lugar o mal causado.

— Creio que não estou entendendo.

— Preciso de alguém comigo para lidar com essa situação. Espero ajuda a qualquer momento das autoridades da cidade. Um amigo, João Desbravador, levou em confiança o pedido de ajuda e também escrevi sobre o que está acontecendo por estas bandas. Estou preocupado com a demora. A situação estremecida entre mim e minha mulher, que bem viste, não se deu por causa dos meninos, e sim por ela querer partir. Ela acha que corremos perigo e creio que esteja certa.

— Por que os atacariam?

— O desmatamento irregular, a fauna, a flora, nada para eles importa. Querem a estrada e tombarão mais do que árvores seculares que estiverem em seus caminhos!

— Quer que eu fique e lhe ajude?

— Seria sua remissão.

Uma jornada para transformação | 53

O homem coçou o queixo, levantou, andou de um lado para o outro, sentou-se de novo e falou sobre o avô:

— Se ele estivesse aqui, com certeza terias um braço forte nessa luta.

— Seu tio?

— Não, meu falecido avô. Ele contava que veio em caravana para uma terra desconhecida, mas nunca derrubou uma árvore sequer. Toda terra por ele adquirida e depois firmada por usucapião era mato.

— Deve ter sido um grande homem.

— Se era! Já que vou ficar, será que poderia armar minha barraca lá fora? Nas imediações de sua casa?

— Não será preciso. Este teto sempre dará para mais um. Sou muito agradecido por não ter deixado meus filhos irem adiante. Eles não têm muita noção do perigo. São pequenos e não sabem dos perigos que os rodeiam.

— Por que trouxe sua família para um lugar tão ermo?

— Não conseguiria ficar longe deles. Minha mulher é órfã de pai e mãe e era única filha. Parentes os tem, mas muito afastados... Como poderia deixá-los? São responsabilidade minha. Não conseguiria ficar aqui sem sabê-los bem. Se queres saber, ela não veio forçada; também aprecia essa magnitude colocada por Deus para nós humanos, embora às vezes, muitas vezes, não saibamos o valor do que nos foi dado com tanto amor. A natureza é sábia e tudo nos oferece. O homem em sua ignorância destrói o que lhe servirá e aos seus descendentes.

Bira o escutava extasiado. Parecia estar escutando seu avô.

— Apesar de tudo que falaste, eu aqui dentro de sua casa ficando quebrarei a rotina de vocês.

— Nesse momento, não há rotina, nos olhos de minha mulher só vejo medo...

— Agradeço a hospitalidade e tudo farei para merecê-la. Será que sua mulher estará de acordo?

— Como eu, Lindalva é agradecida pelo que fizeste; mas, se ficas mais confortado, perguntaremos!

Lindalva estava em meio aos preparativos para a refeição, mas não alheia à conversa que se desenrolava na sala.

— Não pude deixar de escutar o que falavam. Seja bem--vindo... O teto que nos acolhe o acolherá também. Na verdade, queria partir. Sinto uma angústia em meu peito como nunca senti antes. Mas, se meu marido diz que tem que ser assim, eu tenho que confiar que, além do senhor que chega para nos ajudar, a ajuda do Alto não faltará...

Tomé completou cheio de esperança:

— Não esquecendo de João Desbravador. A qualquer momento, tenho certeza de que nos dará notícias; ou pessoalmente ou a ajuda mandada por ele. Então, esperemos e confiemos.

Lindalva olhou para aquele que falava com tanta certeza e queria do fundo da alma sentir o mesmo. Amava-o muito. Quando ele lhe falara para onde iriam caso concordasse, não hesitou. Deixaram para trás a humilde habitação onde residiam e partiram sem saber o que os aguardava. Quando Tomé chegou em casa com aquele papel timbrado, estava nervoso. Reuniu a pequena família e fez um discurso. Falou da preservação da natureza, sem a qual a vida na terra deixaria de existir. Falou das aves raras, das árvores seculares, dos animais que precisavam ser preservados ou seriam extintos. As crianças pouco entenderam, mas, se o pai dizia ser certo, para eles certo seria ir para esse lugar tão maravilhoso. E assim foi nos primeiros meses, até chegarem as primeiras preocupações: os caçadores e agora aquela estrada.

CAPÍTULO 4

Voltando a uma pequena cidade, um pouco longe dali:

— Estou preso? Qual foi o meu crime? De que me acusam? — João Desbravador sacudia as grades da cela, deixando os dois guardas que estavam ali naquele momento apavorados.

Ele parecia um animal enjaulado!

Um dos guardas foi até a casa do delegado, que saíra para o almoço e completava-o com a sesta.

O rapaz entrou na casa sem bater e foi direto para onde o delegado ressonava.

A balbúrdia foi geral.

A mulher do delegado, dando conta de que o guarda entrara sem pedir licença, agredia-o com palavras; o guarda falava ao agora desperto delegado coisas que ele ainda não assimilava; já o delegado começara a esbravejar por ter sua sesta interrompida.

O rapaz, vendo que não se faria entender, porque a mulher do delegado a suas costas não parava de falar, achou por melhor deixar a casa e toda a situação, voltando à delegacia.

Logo entrava no recinto o furioso delegado, ainda colocando para dentro da calça a fralda da camisa.

— Quero saber por que interrompeu minha sesta. Rebelião aqui na delegacia?

— Quase isso, seu delegado. O preso despertou e parece ter forças para arrancar as grades que o prendem!

— Despertou? Então, por que não chamaram o doutor para aplicar nele um sossega-leão?

— Não queríamos agir sem sua autorização.

— São uns incompetentes! Vão chamar o doutor!

Os dois iam sair em disparada, mas um foi segurado pelo braço.

— É preciso ir os dois?

— O senhor...

— Você fica; vou até a cela ver o que acontece. Monte guarda!

O rapaz fez sinal de continência e, assim que o delegado deu as costas, ele deixou-se cair na cadeira, pois suas pernas estavam bambas. Não bastasse a ida e vinda até a casa do delegado, ele temia quem estava por detrás das grades, quando lembrava o fardo que ele carregava.

João Desbravador ainda estava meio alquebrado. A pouca alimentação injetável e a febre que o consumira debilitaram-no por demais.

— Então, sossegou? Podemos ter um dedo de prosa?

João não moveu um dedo.

— Sabe quem está falando? Sou o delegado desta joça! Fique de pé que exijo respeito!

João levantou-se devagar e devagarzinho foi o delegado se afastando da grade que os separava.

— Eu também... Respeito é o que mereço e vejo que isso não está acontecendo. Prisão arbitrária!

— Então, prove que não esconde nada além de um saco cheio de ossos humanos! Prove que sua mão não está suja de sangue!
— Sangue? Está louco? O que viram é prova que achei de quem fui capturar! Mercenários eram eles, e procurados em vários lugares, até por homicídio. Pelo menos, quatro deles!
— Pode provar o que dizes?
— Tenho documentos. Além do saco com os ossos dos procurados, eu também carregava uma mochila com meus pertences e algum dinheiro. Se eu estou aqui nesta joça, como o senhor mesmo a designou, e nada tenho comigo, com certeza está na espelunca onde me alojei!
— Hum... Dinheiro?
— Uma boa quantia. Espero que ainda esteja lá ou darei como roubo!
— Vou averiguar.
— Não vai me soltar?
— Ainda não. Tudo muito misterioso... Não disse que tem documentos? Será o primeiro passo para sua liberdade. Volto em um instante!
— Espere! Ainda tem junto uma carta endereçada às autoridades mandada por um guarda-florestal que se encontra com sérios problemas de invasão de terra!
— Mais essa! Além dos ossos, vieste com um saco cheio de problemas.
O homem se retirou batendo com as botas no chão, deixando João desolado com aquela situação e por saber que alguém longe dali dependia dele.

Na casa de Tomé:
— Ele vai ficar aqui, pai? — Perguntou Tinoco.

— Será nosso hóspede, crianças! Tratem-no bem. Por causa dele, vocês não se embrenharam mais na mata e deram de encontro com o perigo!

Os dois abaixaram as cabecinhas, lembrando-se daquele dia inesquecível.

— Vamos! Não estou dando um pito! O que tiveram que aprender, já aprenderam.

Crianças, como são pura transformação, logo o sorriso apareceu para iluminar suas faces.

— Ajudem seu Bira a se instalar. O quarto de vocês com certeza dará para abrigar mais um!

— Não... Eu me instalarei aqui mesmo, na sala. Não quero incomodar!

Nem bem acabou de falar, teve que ir atrás de suas sacolas, carregadas pelos meninos.

— Eles são rápidos! Parecem formiguinhas trabalhadeiras. — comentou Bira.

— E somos, não é, pai? — perguntou Bento.

— Verdade pura! Depois vão lá fora mostrar o que semearam e o que já está quase no ponto da colheita.

Lindalva colocava os pratos na mesa e demorava-se a arrumá-los. Seus pensamentos a faziam agir vagarosamente.

— Mulher, estás em devaneio — falou-lhe Tomé, enlaçando sua cintura.

— Tomé, desde que estamos juntos, sempre o acompanhei. Não importava para onde fosse, ao seu lado me sentia segura e livre de todos os perigos; isso era enquanto éramos só nós dois. Sinto que o perigo nos ronda e temo pelas crianças... O que acha que mudará com a chegada desse moço? Aqueles que estão vindo com a estrada o temerão? Com certeza são numerosos e rirão de sua força.

— Lindalva, esqueces que não estamos sozinhos... Somos obreiros do Senhor e no momento certo ele agirá. Confiemos... Sei que estou exigindo demais de você. Longe da civilização, sem outras companhias para trocar ideias, prosear.

— Nunca senti falta disso que falas. Tenho todo meu tempo tomado pela família que Deus me deu. Eu os amo... por isso, temo. O que faria se algo lhe acontecesse?

— Mais uma vez peço que confie no Altíssimo. Ele não nos desamparará. Lembra quando nossos filhos se embrenharam por essa mata fechada? Oramos e a mata se abriu, revelando o caminho deles, e mais, com alguém barrando o caminho que os levaria para mais longe, mais perto do perigo. Lindalva, acredite que tudo se solucionará. Logo João Desbravador chegará com notícias de que ajuda teremos.

A mulher enxugou as mãos no avental e abraçou-o. Como o amava! Como agradecia todas as noites a bênção de ter uma família, já que passara a infância de um lado para o outro, sem ter pouso certo. Por isso temia por seus filhos. Não os queria órfãos como ela fora. Não se lembrava de ter tido brinquedos ou simplesmente brincado ao longo da infância. Sempre escutara que tinha que pagar com serviço o custo de sua estada. Fisicamente nunca sofrera maus-tratos, mas, no coração, sentia o pesar de não ter seus genitores em sua caminhada. A mesa acabara de ser posta e logo todos estavam a rodeá-la.

— Hum... Quanto tempo não sinto o cheiro de comida fresquinha. Lembra o cheiro que saía das panelas de minha avó.

— Espero que o gosto esteja condizente com o cheiro. Aí de fato ficarei orgulhosa com a comparação!

Todos riram e o ar ficou mais leve. Por um momento, a preocupação saiu com a fumaça que se desprendia das panelas.

Pela manhã bem cedo, Tomé e Bira saíram com o propósito de averiguação. Nada mais do que isso. Andavam sem confabular. Os olhos de Tomé indicavam para onde iam. Paravam para um breve descanso e nem assim trocavam palavras. Assim tinham combinado. Palavras o vento leva, e eles queriam manter-se incógnitos. Um barulho acirrado mostrava quanto eles estavam perto. Um estalido, um galho seco quebrado e armas apontadas para as costas dos dois os fizeram entender que não estavam tão ocultos quanto acreditavam que estariam.

— Adiante! Se espirrarem ou moverem a cabeça, vão ser adubos desta terra!

Tomé orou... Pediu ajuda divina. Em segundos, pensou em Lindalva e seus meninos aguardando sua chegada.

— Nada tememos porque nada devemos. Só estamos a observar. — disse Tomé.

— Como dois ratos em um buraco? Por que não foram adiante e se apresentaram?

— Íamos fazer isso, mas não deu tempo. — disse Bira.

— Sinto cheiro de armação... Andando, que o chefe vai resolver isso!

Não tinha outro jeito senão atender àquela ordem. Tomé temeu, pois alguém já o conhecia.

A movimentação no lugar era grande como também era grande a devastação do local. Tomé sentiu uma tristeza imensa invadi-lo ao deparar-se com troncos empilhados daquelas que tinham sido árvores majestosas! Suas copas ao léu faziam uma espécie de cercado ao redor do acampamento para onde foram levados.

— O que temos aí? Hum, um desses já conheço! É uma espécie de duende; vive em meio à mata.

— Um caipora! — comentou um dos homens.

— Seja o que for, quero saber o que faz por aqui. Fale logo, que não tenho tempo a perder! A obra já está atrasada. O prejuízo sairá do meu bolso!

— Por acaso vocês têm autorização para fazer esta obra? Não acredito que esta estrada que estão fazendo vá dar em algum lugar! — falou Tomé.

— No que lhe interessa onde vai dar ou para que ela servirá?

— Fui nomeado para tomar conta destas terras e sei que o que fazem é irregular. Estão mexendo com o ecossistema. Estão poluindo o rio, matando animais em extinção, derrubando árvores centenárias... Não sabem que prejuízo estão dando à natureza...

— Prejuízo estou tendo eu perdendo meu tempo a escutá-lo. Fora daqui! Você e esse outro que parece nem língua ter!

— Se falasse seria repetitivo, pois faço minhas palavras as dele! — falou Bira.

— Vocês deram sorte de eu estar hoje de bom humor e não os pôr a sete palmos de terra! Vou acender um cigarro... Quando acabar de pitar, não quero ver mais os dois por aqui, entenderam? Fora! Nem pensem em me aprontar alguma, pois farei muito pior para aqueles que habitam uma casinha que não sai do meu pensamento, pois imagino quanto deve ser aconchegante!

Tomé gelou! Sua família, não! Puxou Bira pela camisa e, ainda sob ameaças de rifles, embrenharam-se de volta na mata.

— E agora, Tomé? Fomos pegos feito lebres em armadilha e a situação ficou pior! Viu quantos homens ele tem sob comando?

— Sim, vi... Vi que ele não tem amor ao próximo, à natureza, a Deus e a ele mesmo, pois, se o tivesse, não estaria se embrenhando por esse caminho sem volta.

— O que faremos agora?

— Vamos para casa. Esperemos. João Desbravador já deve ter chegado onde autoridades, com certeza, tomarão providências. A demora deve ser por ter que resolver suas próprias questões.

Enquanto isso, um pouco longe daquele lugar:
— Tem certeza, doutor? Ele não é louco?
— Delegado, em vez de temê-lo como se louco fosse, não seria melhor interrogá-lo?
— Já o fiz! Ou pensa que estou aqui de enfeite? Sou uma autoridade competente! Ele falou de uma mochila com seus

pertences, dinheiro e até uma carta. Nada achei, e seu Beto nada viu.

— Estranho... Quando estive no quarto a atendê-lo, lembro-me de ter visto algo como isso que citaste.

— Uma mochila, além do saco?

— Exatamente. Se meus olhos não me pregaram peças, estava no canto do quarto, sobre uma cadeira.

— Então, afanaram?

— Não posso testemunhar isso, mas é melhor o delegado, competente como sabemos ser, averiguar quem esteve naquele recinto depois que o homem foi trazido para cá.

— Ele diz que a carta é de extrema importância... questões de terra. Vou mandar um guarda averiguar!

— Não é melhor ir pessoalmente? Sua figura impõe respeito, e, se alguém furtou a dita, temerá sua figura e com certeza a largará em algum canto.

— Realmente! Além de ser um bom doutor, tens sabedoria nas palavras.

Naquele homem, a vaidade imperava, e o doutor usou-a para fazê-lo cumprir com sua obrigação, que era averiguar o que tinha acontecido com os pertences de outrem.

Na hospedaria, a chegada do delegado com a acusação de furto transformou o lugar em uma balbúrdia.

Seu Beto fazia pose de indignado; quem lá trabalhava achava um insulto tal acusação; mas, na verdade, todos sabiam que o hóspede em questão chegara ao local com um saco e uma mochila.

— Vou pedir aos meus guardas que aqui venham e façam uma busca. Se a tal não aparecer, enquadro todos, inclusive o dono do estabelecimento!

— Delegado, com todo respeito, venho lembrar-lhe de nosso parentesco... Colocaria na grade seu compadre? Será que cometi um delito ao hospedar tal homem?

— No momento quem lhe fala é uma autoridade e, como tal, sem parentesco. Mandarei meus dois oficiais e esperarei na delegacia o resultado da busca, ou prisões logo se farão!

Ele saiu batendo as botas, e seu Beto ficou a coçar a cabeça. Como poderia saber que naquela mochila teria uma correspondência importante? Para ele, aquele homem já era finado e, temeroso em levar um calote, apossou-se dos bens do homem. Justificou-se com a ação dizendo para si mesmo que era o certo. Quem lhe pagaria as despesas quando o tal fosse para o outro lado? Ele, se precavendo, apossou-se do dinheiro e jogou a mochila em um quartinho onde eram guardados móveis imprestáveis.

Assim que saiu o delegado, ele tratou de procurar a dita e colocou-a embaixo da cama onde se deitara João Desbravador. Quando os guardas foram fazer a busca, ficou fácil encontrá-la.

— Está tudo aí, delegado. Nada foge dos olhares de águia de seus subordinados — falou um dos guardas, colocando sobre a mesa a tal mochila.

— Merecem uma medalha por agirem com tanta precisão!

Ao receber a mochila, João Desbravador estava mais calmo.

— Verifique se não falta nada. Não abri, pois cabe a você averiguar.

João Desbravador nem pensou no dinheiro; sua preocupação era a tal carta, e ela estava do mesmo jeito, intacta!

— Está aqui, delegado! Creio que não pairam mais dúvidas sobre minhas palavras.

João estendeu-a através das grades, e o delegado hesitou em pegá-la.

— Para mim?

— Não és uma autoridade? Então, creio que lhe diz respeito!

O homem pegou-a meio escabreado, sem ter como se furtar a isso.

Leu-a com atenção e devolveu-a.

— Então, o dito não era verdadeiro? — perguntou João Desbravador.

— Creio que houve um engano em sua prisão, mas ainda tens muita coisa a esclarecer; aqueles ossos? — perguntou o delegado.

— Valem uma quantia... É a prova dos desqualificados que eu procurava. Eram meliantes, procurados, e eu, encarregado de procurá-los, como fiz e trouxe provas.

— Precisava de tanto? A doença que carregas deve ser efeito de tal carrego!

— Não creio... Mas, se me libertares, me libertarei também de tal missão e entregarei esse fardo às autoridades devidas.

De imediato o delegado mandou que o soltassem.

João Desbravador continuou na cela a mexer na mochila.

Indagou o delegado:

— Não tinhas pressa?

— Pressa tenho, mas verifico se estão aqui todos os meus pertences.

— Conferiu-os?

— Hum, meu dinheiro tomou asas...

— O que quer dizer com isso?

— Que ele voou!

— Desde que me foi entregue, não mexi na dita, e ela foi-lhe entregue da mesma maneira que me chegou! Se algo lhe falta... Guardas!!!

Os dois apareceram como um furacão, batendo continências e botas.

— Voltem à hospedaria e tragam o dono do estabelecimento.

— Seu Beto?

— Se existir outro dono do qual não me recordo, traga-o também!

O delegado estava para lá de irritado. A calma de sua delegacia tinha ido embora com a chegada daquele homem que estava ali a sua frente.

— Delegado, delegado... Não disse que eu poderia sair?

De pronto, o homem abriu a cela, dando graças por aquele homem estar indo embora junto com seus problemas.

João andou pelo corredor da pequena delegacia e sentou-se na primeira cadeira que encontrou.

— Vais ficar aí?
— Meu dinheiro?
— Vou fazer averiguação e logo que o encontre lhe devolverei, esteja onde o senhor estiver!
— Não posso arredar o pé daqui sem ele. Tenho que pagar o quarto e a conta do doutor. Não quero ser procurado por não arcar com minhas despesas.

O delegado coçou a cabeça resmungando:
— Mais essa...

Longe dali, ou em um lugar de paragens abençoadas:
— Homem, demoraram tanto! Por quê?
— Nem pergunte, mulher, nem pergunte!
— Boa coisa não foi... Pela cara de vocês, o bicho era mais feio do que temiam.
— Nem pergunte, mulher, nem pergunte!

As crianças interromperam o fraco diálogo, e Tomé respirou aliviado por não ter que dar mais explicações. Não poderia mentir, mas contar o que de fato passaram a levaria a fazer as trouxas e sair dali como uma rajada de vento!

Longe dali:
— Quer dizer que vais ficar a esperar, mesmo que o desenrolar do furto não venha tão cedo? — perguntou o delegado.
— Como já lhe falei, não tenho como me deslocar sem minhas rúpias — esclareceu João Desbravador.

— Rúpias?

— Dinheiro que ganhei por um trabalho pra lá de bem pago por estrangeiros que estiveram por aqui ilegalmente.

— Ocultas estrangeiros na ilegalidade em vez de denunciá-los para que fossem extraditados? Vejo que fiz mal em tirá-lo de trás das grades!

— E me manteria sob qual acusação?

— Dinheiro ilegal!

— Qual? O que me surrupiaram?

— Seu João Desbravador, quanto mais esticarmos a conversa, mais enrolado o senhor fica; creio que é melhor voltar à hospedaria e esperar o desfecho da averiguação.

— Voltar aonde tudo aconteceu? Aquele lugar é suspeito e lá não porei mais os pés!

— Não tinhas pressa em levar a tal carta às autoridades competentes?

— Já o fiz... Ela não está em suas mãos?

O homem tirou a dita do bolso e devolveu-a rapidamente a João.

— Nada tenho a ver com o que está escrito. Creio que deva procurar autoridades que dizem respeito a essa carta. Tenha um bom dia! — falou o delegado, dando o assunto por encerrado.

João não teve como ali permanecer, pois, pela fisionomia do delegado, ele o queria longe dali.

Andou pelas curtas ruas sem rumo, pois nem dinheiro tinha para alugar uma montaria ou abastecer sua barriga, que já estava a roncar.

Pensou em Tomé, naquela família que conhecera e que lhe dera ânimo e o acreditar de novo no homem. O que o impulsionava a caçar seus semelhantes era o não acreditar mais na raça humana como pessoas de bem. Tomé fê-lo acreditar que ainda existiam pessoas boas, que se preocupavam com a criação do Senhor. João temia que algo ruim lhes acontecesse e, ao voltar, só encontrasse uma cabana vazia e vidas destruídas. Queria agora poder rezar como Tomé lhe falara. Agora, nem seu ganho podia receber, já que o material recolhido que serviria de prova que encontrara os meliantes fora confiscado pelo delegado. Também, não interessava mais.

De repente, não queria mais esse viver. Já se imaginava construindo uma casinha bem ao lado da de Tomé; ia brincar com seus rebentos e sair para caçar, mas só o que seria consumido, como lhe ensinara aquele simples homem; mas isso só se daria depois de pararem aquela obra, que mais parecia uma grande ferida na natureza! Tocou o bolso e sentiu a carta que lhe fora devolvida; com certeza, naquela cidade, ajuda não conseguiria; ir para mais longe com os bolsos vazios era impossível!

Enquanto isso, na casa de Tomé:

— Crianças, se já acabaram, vão se lavar, trocar a roupa e cama!

— Mas, pai... não vai ter moda de viola e fogueira? — perguntou Tinoco.

— O senhor prometeu... — completou Bento.

— Crianças, obedeçam seu pai. Hoje eles tiveram um dia duro e creio que queiram descansar cedo.

— Dona, se me permite, seria bom umas cantorias pra afugentar a tristeza — disse Bira.

— Quem está triste? — perguntou o astuto Tinoco.

— Creio que não me expressei bem. Queria dizer que um pouco de cantoria é alegria na certa!

— Tudo bem! Faremos isso sem ir lá fora. Teremos cantoria sem fogueira. — disse Tomé.

As crianças correram a ajeitar os banquinhos e os três entreolharam-se. Sabiam que o perigo os rondava e não precisavam de uma fogueira para aproximar os indesejáveis.

Logo Bira mostrou que não era só um caçador. Por um momento, os adultos daquela pequena família esqueceram os dissabores da vida.

A roda feita, acompanhamento com batidas no piso de madeira, crianças no meio a dançar e tudo o mais foi esquecido.

A noite desceu e o silêncio se fez na pequena morada, mas com um despertar assustador. Um estrondo bem próximo dali colocou-os fora da cama com o coração a saltar da boca!

Tomé, só em manga de camisa, foi em direção à porta de entrada para enfrentar a friagem e o causador da explosão que fizera a terra estremecer.

— Não vá, Tomé! Está escuro... Não dizes que à noite todos os gatos são pardos? Deixa amanhecer e tomarás ciência do que está acontecendo...

— Sabemos o que está acontecendo e isso tem que parar, ou desta maravilha que nos cerca não sobrará pedra sobre pedra!

Bira se adiantou e, colocando a mão sobre o ombro de Tomé, ponderou:

— Sua mulher está coberta de razão. Acha que nos escutarão? Ou desta vez, sem dó nem piedade, nos meterão uma bala entre os olhos, porque, se saíres, irei junto!

— Sou responsável pelo que acontecer, para isso fui nomeado para aqui estar. Como posso ficar aqui de braços cruzados enquanto deitam por terra árvores centenárias?

— Se me convencer de que desta vez será diferente, de que eles nos escutarão, não hesitarei em lhe seguir.

— Sabes que não posso isso afirmar. Eles são capazes de passar por cima de qualquer coisa ou alguém que barre seu caminho.

— Esse tal João Desbravador que foi em busca de ajuda já deve estar voltando... — falou Bira.

— Essa demora me preocupa. Já devia estar aqui — ponderou Tomé.

As crianças, agarradas à saia da mãe, pouco entendiam do que se falava, mas o medo se instalou em seus corações.

— Vamos, crianças! Voltem para a cama e tentem dormir.

— Se o pai vai sair com seu Bira, eu e meu irmão temos que ficar acordados tomando conta da senhora!

— Ninguém vai a lugar nenhum! Voltem para suas camas! Bira, por favor, faça-lhes companhia.

O rapaz de imediato pegou os meninotes e, contando uma história de trovões, fê-los esquecer por que estavam de pé tão cedo.

— Vamos também, Tomé?

— Vá. Estou sem sono. Vou ficar e matutar alguma coisa.

— Ficarei com você.

— Se assim for, me sentirei na obrigação de acompanhá-la...

— Se assim é, vou me recolher, mas não se demore.

Tomé deixou a casa silenciar, pegou seu agasalho, suas botas e saiu de fininho, tentando não fazer o menor ruído. Lá fora, o frio cortava o rosto açoitando-o com seu vento gélido. Tomé levantou a gola do casaco, tentando proteger o rosto, e sumiu na mata na calada da madrugada.

De manhãzinha:

— Seu Bira, sabes de meu Tomé? — perguntou Lindalva.

— Ele não está a dormir?

— Não creio que tenha voltado para a cama. Logo que deitei, adormeci, e, quando acordei, não o tinha ao meu lado.

— Deve estar lá fora. Ele tinha me falado que a lenha estava escassa e teria que providenciar um estoque.

— Ele não iria sem tomar seu café...

— Não bote preocupação, vou lá fora procurá-lo!

Um breve lampejo de onde estaria fez o coração do moço disparar, mas nada falou sobre sua suspeita. Ele saiu de casa, mas sabia que nos arredores nem precisaria procurar. A essa hora, Tomé estaria bem longe. Longe da família e perto de sua maior preocupação.

— Louco! O que fará sozinho? Ele sabe que não convencerá esses homens com palavras; estão cegos pela ganância! Derrubarão mais do que árvores que estiverem impedindo a passagem!

Bira ficou sem saber o que fazer. Ir-lhe atrás, de nada adiantaria, pois o caminho era longo e quem o guiara da outra vez agora estava bem à frente.

— Seu Bira, achou-o?

— Senhora, como lhe falei, ele deve estar cortando lenha.

— Acredita mesmo no que está a me dizer?

Bira não ousou mentir mais para aquela mulher; mas, de fato, como Tomé nada falara, onde de fato fora só ele mesmo é que podia dizer.

— Ele, até onde meus olhos podem ir, não está. Será que foi caçar ou pescar algo para o almoço?

— Acredita nisso também?

— São só suposições... pois não quero acreditar que tenha ido até onde se deram as explosões sem me levar. Esse é nosso trato.

— Estou certa de que, de fato, nada sabe. Tomé é teimoso. Entre, tome seu café e esperemos. No momento, só o que posso fazer é orar com fervor para que nada de mau lhe aconteça!

Bira ficou acabrunhado. Queria até recusar o café, mas não deu tempo, as crianças acordaram e lhe puxaram em direção à mesa, que já estava posta com uma toalha xadrez, broa de milho e o bule de café fumegante que espalhava seu aroma pela casa. A refeição foi feita sob o tagarelar das crianças, que não estranharam a ausência do pai, pois muitas vezes, ao acordarem e darem por sua falta, a explicação vinha: era o serviço dele verificar se tudo estava em ordem naquele lugar abençoado por Deus.

As crianças contavam e recontavam a história sobre o grande trovão. Bira sorria, mas na verdade nem os escutava; seu pensamento estava com quem deixara ali naquela mesa seu lugar vago. O mesmo se dava com Lindalva. As crianças voltaram ao quarto para providenciar uma cabana e nem questionaram brincar fora da casa, pois o frio era intenso. Bira e Lindalva permaneceram sentados e assim ficaram por um bom tempo. Olhares perdidos num ponto qualquer, perguntando-se onde estaria Tomé.

Em uma cidadezinha não muito perto dali:
— Voltaste? Creio que me deves o alojamento — disse seu Beto.
— Se alguém deve algo a alguém, eu sou o credor! — respondeu João Desbravador.
— Como assim? Tudo o que lhe pertencia foi entregue na delegacia. Aqui não tem nada seu, pelo contrário!
— Não é isso que pensa o delegado, pois ele o espera e tem pressa! — falaram os dois guardas que estavam bem atrás de João.
— Então leve-o sem demora, e desta vez deixe-o trancado por mais tempo!
Um dos guardas pigarreou, sem saber como falar para aquele homem que o intimado era ele.
— Senhor Beto, o delegado o espera para umas explicações.
— Eu?! Creio que errou de pessoa, meu caro!
— Meu dinheiro sumiu, e o delegado ficou de dar conta! — disse João.
— E eu com isso? — falou o hospedeiro.
— Não és dono desta espelunca? Aqui me instalei e daqui saí sem sentidos... sem nada levar que não fosse meu próprio corpo. Mas não é para mim que explicações têm que

ser dadas. Enquanto isso, peço que devolva as chaves do meu quarto, pois preciso descansar enquanto espero o desfecho das averiguações, que, como disse o delegado, não se demorará!

O homem, furioso, nem titubeou; jogou a chave, que foi cair aos pés de João, que não se alterou por esse tipo de ação. Pegou-a calmamente e se dirigiu ao aposento que por ora estava pra lá de bem pago!

Assim que adentrou o quarto, jogou seu enorme corpo sobre a cama e ficou a pensar naquela família que vivia no interior da mata com muito pouco recurso, mas respirava liberdade. Lamentável era o que lhes estava chegando à porta. A paz fora quebrada e eles precisavam de ajuda. Com esses pensamentos, como se impulsionado por uma mola, tocou em seu bolso para verificar se ainda estava com a carta, e logo estava batendo a porta do quarto para seguir adiante. A princípio perguntou a um transeunte onde encontraria o doutor. Precisava saber o que lhe acontecera; sabia que precisava se cuidar. Alguém precisava dele e se sentia útil pela primeira vez na vida.

Em uma simples moradia, achou quem procurava.

— Esperava-o!

— O senhor que me cuidou, creio mesmo que me salvou!

O homem apontou para cima exclamando:

— Ele é quem salva! Sou apenas Seu ajudante...

Baixinho, quase calvo, jeito simples de se vestir e um jaleco não muito alvo, formava uma figura simplória aquele homem. O seu olhar transmitia honestidade.

João Desbravador desfiou sua história, nada omitindo. Contou como vivia e do que vivia até aquele momento.

— Tudo o que lhe contei ficou para trás, como aquele saco de ossos que está na delegacia. Encontrar Tomé e sua família fez-me acreditar de novo no ser humano. Por favor, só quero saber se o que tive tem gravidade, pois não quero ir ter com meus novos amigos e levar-lhes preocupação.

— Na verdade, pensei em malária. Sua febre altíssima, seus calafrios, perda de sentidos... mas creio que me enganei. Siga o caminho por onde enveredas agora e creio que desse mal não sofrerá mais...

— Mesmo sem entender estou mais tranquilo, só não sei como pagar-lhe.

— Não falei que sou ajudante do Senhor? Quem tem como, paga... Quem não tem... a conta fica com Ele. Faça jus à piedade divina.

João, sem saber por que, pois a isso não era acostumado, levantou-se e deu naquele homem um forte abraço, como não se lembrava de já ter feito em sua vida.

— Vá... Siga o novo caminho que se apresenta para você. Não mude mais o rumo, e o Criador agradecerá!

— Eu que agradeço Ele ter feito com que eu me encontrasse. Espero que devido a tanto tempo ausente, por conta de minha doença, a ajuda aos meus amigos não chegue tarde. Por ora, tenho que por aqui ficar. Limparam-me e não tenho como me locomover.

— Espere um instante.

Logo ele voltou e colocou nas mãos de João o que seria o contrário por paga pelo tratamento.

— Não é muito, mas creio que será o suficiente para chegares até onde tens que entregar a carta.

Num impulso, João beijou aquelas mãos já calejadas pela vida e foi embora deveras emocionado. Pensava que, assim como com ele, nem tudo estava perdido neste mundo de meu Deus!

João não voltou à hospedaria nem tampouco à delegacia. Deixava tudo para trás junto com a triste história de sua vida. A cidade indicada por Tomé não ficava longe. Tinha um ônibus de carreira caindo aos pedaços que fazia ligação entre as duas cidades, duas vezes ao dia, e naquele exato momento, junto com sua saída da casa do doutor, deu de encontro com a condução.

O motorista interpelado por ele logo encontrou a solução de seu primeiro problema.

Depois de forrar o estômago e fazer uma pequena sesta, iniciaria nova carreira até a cidade próxima.

João encheu os pulmões e respirou com vontade. Sentiu uma força interior como nunca havia sentido. Esperança renovada...

Entrou no dito e pediu para nele ficar até partirem.

— Não me apressarei! Não penses que por estar aí alojado partirei antes de tirar a minha sesta.

— Não se preocupe comigo. Se não se importa, também aproveitarei e tirarei uma soneca.

— Não estás a querer carona, não é? Se for isso, podes ir arredando o pé daqui! Se queres caridade, vá procurar o pároco!

João tirou o dinheiro do bolso, mostrando que queria adquirir a passagem.

— Não, pague depois! Vá que desista! Eu gasto o dinheiro e ficarás a ver navios!

João agradeceu, mas o homem nem escutou. Ele se alojou em um dos bancos que pelo menos não tinha mola a saltar.

O cheiro não era dos bons, pois o ônibus também servia para carregamento de animais e couro; estes, ainda molhados, deixavam o cheiro ainda pior.

Lá na casa de Tomé:

— Seu Bira, daqui a pouco a tarde desce e vai ficar mais difícil encontrar meu marido.

— Pensei em ir-lhe em encalço, mas creio que, ao me deixar aqui, ele o fez de caso pensado para cuidar de sua família.

— Ele não entende que é o alicerce desta casa... Sem ele, como ela se sustentará?

— Ele me falou que a fé juntamente com a oração são os pilares de uma família. Chame seus pequeninos e, como Tomé me ensinou, oremos com fervor, pedindo que os bons espíritos iluminem seu caminho e não deixem seus inimigos o verem...

— Aprendeste com meu Tomé; a fé já habita seu coração.

— Não a conhecia nem sabia que a tinha. Ele me falou que junto com a fé vem a esperança, e isso nos ajuda a acreditar em dias melhores.

— Meu Tomé é um bom servo de Deus... Ele acredita na mudança do ser humano, mas nós sabemos que nem sempre é assim. O dinheiro muitas vezes o cega. A ambição desmedida faz com que ponha abaixo o que a natureza mantém há séculos; isso sem falar em nossos animais...

— Nem me fale, que lembro que também já fui um desses. Os animais, para mim e outros tantos, só a pele e outras coisas mais que podem oferecer importa; quer dizer, *importava* no que me diz respeito...

— Estou tão agoniada. Sinto que algo de grave vai acontecer. Falei tanto para meu marido para arrumarmos a trouxa e partirmos, mas ele tem como função esse trabalho. Diz que não adianta vivermos só por viver. Temos que ajudar o Criador a preservar Sua criação, e assim os filhos de nossos filhos não sofrerão a consequência de uma terra devastada, sem nada a lhes oferecer. Será muito triste uma terra cinzenta sem o verde que nos alimenta a carne e o espírito, e não ter a água cristalina. Rios poluídos sem que neles nada habite... Será triste de se ver! Eu entendo tudo isso quando Tomé fala, fico orgulhosa de estar ao seu lado, mas temo que nem todos participem de sua ideia e ele pague por isso. Não faz muito tempo, um grupo de caçadores por aqui acampou. Depois de ouvir tiros, Tomé saiu e voltou arreliado. Sei que a questão foi resolvida, mas sobre isso ele nada falou. Sei mais um pouco pela conversa dele com João Desbravador. Esse veio no encalço dos seis, não eram pessoas benquistas pelo que escutei e pelo que mais um pouco ouvi; do grupo só acharam carcaças de cinco.

— Carcaças? Dos caçadores?

— Pelo que ouvi, ele veio para capturá-los, coisas de ganhos, mas chegou tarde e só conseguiu levar os ossos. Disse ele que, assim tinha que ser, pois era como provaria que, de qualquer maneira, tinha feito seu trabalho. Falei a Tomé que não achava certo. O que ele levou em um saco à terra pertencia para que descansassem em paz.

— Caçadores... Seis... Mas só acharam ossos de cinco...

— Deixemos essa conversa de lado, pois não nos levará até Tomé! Seu Bira, estás pálido; será que lhe fez mal minha comida?

Agora o rapaz, apesar do frio, suava aos borbotões.

— Minha nossa! Seu moço, não vá me pregar uma peça! Como vou lhe socorrer sem meu Tomé em casa?

Bira não escutava a mulher. Lembrava-se do acampamento, da carnificina da qual só ele sobrara. Temeu ao saber da história, pois se Tomé descobrisse ser ele o sobrevivente do acampamento, o entregaria às autoridades devidas. Mas não era o pior para Bira; sentia-se bem em meio àquela família. Sentia que com Tomé viveria em paz, longe das armadilhas aos animais e da vida.

— Moço! Seu Bira, estou ficando assustada! Beba esta água, que lhe fará bem!

Ela tocou em seu ombro e, mesmo sem escutá-la, ao deparar-se com o copo oferecido, bebeu a água com sofreguidão.

CAPÍTULO 5

Enquanto isso, João era acordado com um pouco d'água atirada em seu rosto.

— Desperte, homem! Um pouco d'água lhe fará bem!

João até agradeceu ao homem. Na verdade, estava precisando de um bom banho. Suas vestes estavam ficando até malcheirosas.

— Vais partir de imediato?

— Vou só abastecer esta charanga. Se quiser ir comer alguma coisa, lhe pego na volta.

— Quanto tempo?

— Já falei que espero!

— Confio em sua palavra. É importante que eu não perca esta condução. Tenho uma correspondência em minhas mãos que pode até salvar algumas vidas.

— Correio?

— Não... Só portador.

— Vá! Não se demore!

João nem esperou o homem falar mais. Foi direto à hospedaria. Um banho lhe refrescaria o corpo e a mente. Não criaram caso quanto ao banho. Seu Beto estava na recepção e nem quis dar de olhos nele. A conversa com o delegado não tinha sido nada boa. Tinha vinte e quatro horas para fazer o dinheiro aparecer, e como seria, se já o havia perdido na jogatina?

Além do banho, foi oferecido a João Desbravador um bom sanduíche com uma generosa fatia de carne assada. Com a roupa trocada e deixada para trás a que vestia, pois além de malcheirosa lembrava o catre, estava pronto para seguir viagem. Ao passar pelo dono do estabelecimento:

— Soube que vai pegar a paradinha[1]... Pretende voltar a esta cidade?

— A pergunta diz respeito ao que me afanaram aqui nesta espelunca?

— Se diz, tem que provar! Se sua moeda estrangeira sumiu, não sou eu quem tem que dar conta! Isso cabe ao delegado!

— Como sabe que o dinheiro não era dos nossos?

— Bem... bem... Escutei por aí!

— Se os bolsos da calça falam, é melhor perguntar onde ele foi parar!

— Está me acusando? Se for isso, o faça legalmente!

— Já o fiz. Por acaso não foi solicitado na delegacia?

— Sou amigo do delegado. Sempre o ponho a par do que se passa neste estabelecimento.

— Chega de tró-ló-ló, que tenho que pegar minha condução. Pode esperar por mim, que volto!

João saiu com um sorriso no rosto. Sabia que tinha deixado o homem com a pulga atrás da orelha. Voltar ali? Decerto, não poria mais os pés naquela cidade. Mas que o delegado pensasse que seria o contrário e continuasse investigando; isso se sua sesta interminável permitisse.

---

1 Um ônibus.

João sentia-se renovado. Sabia que sua vida a partir do contato que tivera com Tomé mudaria. Já se sentia auxiliando seu novo amigo a cuidar, como dizia ele, daquela magnitude. Não precisaria de ganho; sabia que a natureza lhe proveria. Precisava de pouco para viver. Já se sentia instalado em uma pequena habitação ao lado da casa de Tomé, onde colocaria uma rede e sentaria e escutaria os burburinhos da natureza. Apressava-se, pois não acreditava que o motorista do ônibus o esperaria indefinidamente. Como supunha, o homem já o esperava. Chapéu de palha caído no rosto, pés para o alto apoiados no volante. Algumas pessoas e bichos de todo o tipo já estavam instalados e impacientes pela partida demorada. Assim que colocou o pé no estribo, soou o ronco do motor e o chacoalhar da paradinha. João sentou-se e respirou fundo. Pela primeira vez rezou sozinho uma oração ensinada por Tomé. Pedia que suas preces fossem ouvidas para que a entrega da carta não chegasse tardiamente.

Na casa de Tomé, cada vez que as horas se iam, ia embora a esperança de que nada de grave tivesse acontecido a ele.

— Seu Bira, o senhor já foi lá fora inúmeras vezes e volta cada vez mais desolado. Será que não é hora de ir mais adiante para ver se Tomé não precisa de ajuda? Quem sabe não caiu em uma armadilha e não consegue se locomover? Pode estar perto e o pensamos bem longe... Não creio que de peito aberto tenha ido enfrentar os que ele sabe que são muitos!

Bira escutava e se lembrava dos últimos acontecimentos em que tinham sido ameaçados se por lá de novo fossem encontrados. Eles tinham vigias ao redor do acampamento, e Tomé não ignorava isso. Mas poderia ter encontrado alguns deles pelo caminho. Bira não estava desnorteado só pelo desaparecimento de Tomé; agora se perguntava se Tomé o acolheria mesmo sabendo que era o sobrevivente daquela chacina.

— Seu Bira, o tempo urge... Se a noite cair, vai ser mais difícil chegar até ele!

— Como caçador que fui, sei seguir trilhas... mas de animais, não de homens!

— Já foste com meu marido até o acampamento; tenho certeza de que foi a explosão que o fez sair às escuras!

— Tem razão. Pouco adianta ficar aqui a esperar sem ter certeza do acontecido. Vou me embrenhar nesta mata e lhe juro que só voltarei quando o encontrar!

— Sei que és um bom filho de Deus... Se andou por caminhos tortuosos, agora é hora de ir em direção à luz...

— Luz?

— Caminhos que levam ao Senhor por boas ações praticadas...

— Tenho muito que aprender e fazer até enxergar esse caminho... Do que fiz até agora, sinto o peso em minhas costas.

— Confie no Senhor e ore... Verás que, com a mudança de caminho, sentirás o alívio de que precisas, tanto no corpo como na alma. Agora vá e que os bons espíritos o acompanhem! Traga meu Tomé de volta, e até a natureza agradecerá!

Bira saiu emocionado. Nunca, em sua ainda breve existência, encontrara pessoa tão generosa. Simples no viver e no ser!

Com as palavras de Lindalva, sentiu-se fortalecido. Mesmo que tivesse que pôr sua vida em perigo, traria Tomé de volta para aquela família cristã.

Andou tentando achar algum vestígio do caminho feito por Tomé, mas agora, mais do que andar, apesar dos pesares, apreciava a magnitude daquele lugar pelo qual passara muitas vezes, sem ter de verdade ali estado! Cada barulho da natureza inebriava sua alma! O cheiro entrava por suas narinas e fortificava-o, cheiro de terra... cheiro de vida! Crescera aprendendo a fazer armadilhas e depois, com a passagem de seu avô, com seu tio aprendera a colocá-las. Andava pela mata só observando o melhor local onde cairiam os animais nessa cilada. Não lembrava ter erguido a cabeça para apreciar as frondosas copas das gigantescas e centenárias árvores.

Desviou seu caminho e foi até o rio. As margens eram quase encobertas pelas inúmeras folhagens, que faziam um emaranhado e abrigavam diversas espécies de formas e cores incríveis, em cuja observação Bira perdeu a noção do tempo. Para ele, tudo era novo. Ali agachado, tentando achar pistas de Tomé, sentia o cheiro da terra, cheiro de vida, vidas essas que ajudara a ceifar em armadilhas. Um galho quebrado, folhas bem amassadas ao chão e estas um pouco mais profundas; pelo tamanho e aspecto, diria que por ali passara alguém que bem poderia ser Tomé. Seu coração acelerou. Não sabia que direção tomar. Se preso fosse em nada ajudaria seu amigo. Teria que ter precaução. Tomé era esperto. Com certeza andara pela ribeira tentando não deixar vestígios de suas passadas. Era uma indicação, e Bira fez o mesmo. Ia com cautela, muitas vezes sentindo no rosto fustigarem-lhe as espécies que há pouco admirava, e levava isso como se fosse retaliação ao que fizera à natureza. Não sentia a dor, na verdade, dava-lhe uma imensa paz cada vez que sentia tocar seu corpo quem antes era insignificante para ele. Escutou um vozerio e manteve-se agachado, encoberto pela folhagem. O grupo fora pegar água e conversava enquanto pitava.

— Tolo esse guarda-florestal! Pensa que pode salvar o mundo e nem sabe salvar a si próprio! Agora quero ver se a natureza que ele tanto defende vai salvá-lo!

— O chefe não quer dar cabo dele logo porque sabe que alguém lhe traz provisões de tempo em tempo. Se não for encontrado, aí sim vamos ter problemas, apesar de o chefe saber que tem as costas quentes. Mas sabe como é... Sempre tem alguém que pensa como esse, que pensa ser o salvador da pátria ou o salvador das árvores e dos animais! Pobre ignorante! Agora está em nossas mãos. O chefe está pensando em colocar dentro da casa dele alguém do grupo a vigiá-lo. Um passo em falso, e toda a família fica neste lugar de vez!

Bira sentiu suas pernas bambearem, não tanto pelo tempo agachado, mas pela possibilidade de a família de seu amigo correr riscos. Ficou imóvel até o grupo afastar-se. Tombou no chão e respirou forte, pois nem isso fizera, com medo de chamar a atenção. Ficou ali sentado, apoiado sem saber em que, a pensar no que faria. Tomé, como escutara, morto não seria, então optou por voltar e pôr a família a salvo. Quando avistou a casa, o negrume tomara conta de tudo, e só uns tímidos raios de luar batiam no teto da habitação. Antes de tocar a porta, ela se abriu e a figura de Lindalva apareceu.

— Seu Bira, e meu Tomé?

— Achei notícias... Ele está vivo, isso é bom, mas vou dizer-lhe por que não fui tentar resgatá-lo.

— Entre e se abrigue. Vou colocar na mesa um caldo bem quente. Vá se lavar enquanto faço isso!

— E as crianças?

— Dormem. Já se faz tarde...

Bira pegou uma muda de roupa e foi para fora da casa, onde tinha um banheiro improvisado, onde Tomé fizera com que atendesse a todas as suas necessidades. Uma tina no alto estava sempre abastecida. Bira deixou a água cair sobre sua cabeça, tentando aliviar a tensão. Tirar aquela família daquele lugar não era tarefa difícil, mas levá-la para onde? Aquela mulher com certeza não iria sair dali com seu marido afastado, correndo perigo. Se tantas vezes ela quis arrumar a trouxa e partir, Bira tinha quase certeza de que desta vez não seria assim. Despertou, pois o banho estava sendo interminável, e alguém o esperava ansiosa. Sentou-se à mesa e tentou tomar o caldo antes de começar a falar, mas o olhar de Lindalva mostrava quanto ela ansiava por respostas.

— O caldo está muito quente... Enquanto esfria lhe narrarei o acontecido.

Uma jornada para transformação | 83

E assim ele foi desfiando o rosário.

— Seu Bira, o senhor está querendo dizer que eles vão ocupar esta casa e nos manter prisioneiros?

— Pelo que entendi, até a obra acabar.

— Isso poderá levar meses, anos... sem falar que Tomé não aceitará essa condição enquanto desbastam a obra do Criador!

— Pelo que escutei, não será dado a ele escolha...

Lindalva esfregava as mãos, mostrando sua aflição.

— Seu Bira, deixar este lugar era tudo o que eu queria quando essa confusão começou... Mas como poderia daqui me afastar e deixar Tomé entregue à própria sorte?

Bira não respondeu. Puxou para si o prato de caldo e, mesmo sem querer, fixou o olhar no prato, pois era a única maneira de não responder à pergunta que não tinha resposta.

— Seu Bira, o que será de minhas crianças?

A mulher levantou, deu uma volta no pequeno cômodo como se estivesse a rezar e voltou à mesa.

— Seu Bira um dia não deixou que minhas crianças ficassem perdidas, e sei de sua expectativa de aqui ficar e trabalhar com meu marido. Isso acontecerá, tenho certeza. Mas no momento preciso que leve-as para longe. O senhor deve ter algum parente em uma cidade próxima. Leve-as. Cuide para que nada lhes aconteça e eu ficarei aqui aguardando.

— Esses homens são perigosos. Estão armados até os dentes! Tomé não iria querer que aqui ficasse a esperá-lo numa situação dessas.

— Eu jurei a ele fidelidade... ficar com ele nas horas boas e ruins... Não vou abandoná-lo quando mais precisa de mim. Se esses homens aqui chegarem e ninguém encontrarem, não terão por que preservar a vida dele. Sem corpo não há vítima. Sem Tomé com vida, não há testemunha do que estão fazendo...

— Não tenho para onde levá-los. Sou um errante... Pensei aqui ter achado meu pouso certo, e agora...

— Deus!!! O que faremos então, seu Bira?

O rapaz continuou a tomar o caldo, e o fazia automaticamente; não sentia gosto nem cheiro. Não sabia que atitude tomar diante de situação tão delicada. Sua vida não fora muito tranquila. Muitas vezes saíra de algumas cidades corrido, até deixando os pertences para trás. Seu tio gostava de uma jogatina e sabia como trapacear. Às vezes suas jogadas ardilosas eram descobertas e, em meio à confusão, era só o tempo de chamar o sobrinho, que sempre estava às voltas com alguma rapariga, e sair da cidade antes que os esfolassem vivos! O grupo que ali chegara e nas armadilhas conseguira tantas peles não teve muito tempo formado; na verdade, nem bem se conheciam. Tudo fora muito rápido. Em uma bebedeira fizeram o acerto e, logo que a manhã desceu, estavam a caminho de onde poderiam obter ganhos escusos. Trabalhar dignamente nenhum dos seis queria. Diziam que era muito esforço e pouco dinheiro. Com a morte de quem lhe dava abrigo e comida, Bira se viu acompanhando quem nada tinha de bom a ensinar, nem o viver como exemplo. Quando se deu a confusão no acampamento por causa das peles e seu tio mandou que verificasse um por um, a desconfiança, o álcool que ainda estava nas entorpecidas mentes e a energia que os envolvia fizeram com que, como se selvagens fossem, se gladiassem.

Foi tudo muito rápido, como lembrava Bira. Enquanto se abaixava para verificar os sacos de peles, as armas que eram usadas para caçar foram utilizadas com tanto ódio, que não se sabia quem atirava em quem! Bira sentiu seu ombro queimar e tombou; quando despertou, viu a carnificina. Caminhando, foi até seu tio e viu que o tiro fora certeiro, como faziam com os animais... direto no coração! Sentiu ânsia de vômito pelo cheiro que estava no ar e, ainda cambaleante, as vistas já lhe faltando, chegou até o rio. Queria lavar o ferimento e a alma! Só lembrava ter tombado na água, e mais tarde, dias mais tarde, ter despertado na casa de ribeirinhos. Pouco falavam.

A única coisa que entendeu era que lhe cuidariam o ferimento de arma de fogo e depois teria que ir embora. Pelos olhares, sabia que não o queriam ali. Temiam-no.

Quando conseguiu se firmar em pé, deixou a habitação, agradecendo sem saudações calorosas. Sentia-se perdido. Sem o tio, apesar da vida que ele lhe proporcionava, não conhecia outra. De abrigo em abrigo, chegou a uma cidadezinha onde se condoeram de sua situação. Dissera a eles que tinha um fardo de peles e homens armados de tudo se apoderaram. Ganhou um prato de comida e bebida, e um colchão de palha para descansar seu corpo. Não sentia seu ferimento doer; sentia todo o corpo. Não lembrava quantos dias ali ficara. Sem alimento nem cuidados, a febre tomou conta de seu corpo, ficou ali esquecido. Quem se importaria? Quando despertou, a primeira coisa que viu foi jogados em um canto várias armadilhas e um facão. Esperou anoitecer e saiu daquele lugar sorrateiramente, levando o que não lhe pertencia, mas que para ele era a salvação. Alimentando-se de pesca e caça pequena, embrenhou-se na mata. Apesar de um bom tempo passado, queria achar vestígios de seu grupo e quem sabe enterrar seus despojos. Seguindo esse caminho, achou um novo caminhar, e agora estava prestes a se perder.

— Seu Bira! O senhor está longe, apesar de estar na minha frente.

— Desculpe. Esses acontecimentos me levaram de volta ao passado. Tempos atrás perdi uma pessoa muito importante...

— Está a falar isso porque perdemos Tomé?

— Não... Não! Não falam tanto de fé? Onde está a sua agora?

— É tudo o que me resta para ter esperança de que teremos ele de volta. Quiçá não teremos boas-novas com a volta de João Desbravador!

— Dona Lindalva, no momento o tempo é nosso inimigo... De uma hora para outra esses homens podem estar em sua porta!

— Tomé não mostrará o caminho de casa.

— Eles não precisam que ele diga; já o conhecem. Esqueceu que por aqui já estiveram?

— Então, esperarei... Quanto ao senhor, é melhor que por aqui não esteja. Será melhor partir e procurar ajuda.

— Não posso me ausentar quando mais precisam de mim. Nunca me senti tão útil e ao mesmo tempo tão desnecessário. Em uma coisa que falaste tens razão. Eu aqui ficando e deles também prisioneiro não ajudarei em nada, ao contrário, me embrenharei pela mata e ficarei à espreita. Quem sabe não mandam só um sentinela e será fácil torná-lo indefeso e salvar a família?

— Sem violência, seu Bira. Vou preparar uma trouxa com víveres e agasalho. Não se manterá lá fora por muito tempo com fome e frio!

— Sei me arranjar, já passei por isso!

Lindalva se apressou em preparar o oferecido, pois, como Bira tinha falado, o tempo era o pior inimigo!

Bira colocou o chapéu, agasalhou-se e pôs a mochila nas costas, ajeitando-se para o que viria em seu tempo preciso.

— Posso ver as crianças? Mesmo que elas estejam a dormir, quero delas me despedir!

Adentrou aquele cômodo minúsculo, onde só dava para dormir os dois, e na passagem a cama que fora feita para ele.

— São tão pequenos... tão indefesos...

— Ainda acho que seria melhor levá-los. Se algo nos acontecer, pelo menos estarão em boas mãos!

— Boas mãos? Estas mãos até hoje nada fizeram que valesse a pena lembrar.

— Encontrou-os quando estavam perdidos e em perigo, pois conheces bem a mata... A natureza também faz suas armadilhas!

— Que bom que pensas assim... Agora tenho do que me orgulhar. Acha mesmo que comigo estariam em maior segurança?

— Vamos acordá-los e perguntar!

— São muito pequenos para decidirem por si próprios.

— São astutos... São pequenos, mas não são bobos.

Lindalva acordou-os com um beijo na testa de cada um.

— O pai já chegou? Seu Bira...

Os dois lançaram-se em direção ao rapaz, um indo para a garupa e o outro tomando seu colo.

— Crianças! Isso é jeito de acordar?

— Cadê o pai? — perguntou Bento.

Bira, colocando os dois na cama, fez sinal para que ficassem quietos e calados, pois a mãe tinha algo a lhes dizer.

— Crianças, o pai de vocês está longe em uma tarefa muito difícil. Ele pediu que Bira cuidasse de vocês enquanto eu cuido da casa.

— Vamos lá fora semear? — quis saber Tinoco.

— Não, seu anta! O pai falou que agora era hora de esperar e colher!

— Crianças, isso são modos? Estou em uma conversa séria e vocês arreliando!

— Desculpa, mãe! Ele que começou! — disse Tinoco.

— Foi ele!

— Não importa a vez do mal feito. Se quem começou não tivesse par, calado ficaria! Voltando ao assunto: vocês vão com seu Bira até uma cidadezinha próxima. Vou dar até uma lista de víveres que estão a faltar. Não sei por que a entrega do mês não foi feita. Isso é estranho, seu Bira... nem tinha me dado conta! Crianças, peguem suas botas, seus gorros, que vou agasalhá-los bem.

— Mãe, pra que isso tudo? Tem tanta roupa que mal dá pra gente se mexer!

— Assim evitam picada de algum inseto e isso os protegerá do frio.

As crianças estavam eufóricas! Passear, ir até a cidade, era coisa que nem pensavam, era fora de questão, e agora o novo tio Bira ia com eles nesse passeio fantástico.

— Andem! Uma caneca de leite para cada um e um pedaço de broa, que podem ir comendo pelo caminho! Seu Bira tem pressa!

Enquanto isso, apesar do sacolejar do veículo, João Desbravador dormia a sono solto. A viagem era longa, o caminho era péssimo e o cheiro dentro do veículo era insuportável! Dormiu já pensando no caminho de volta, quando iria imediatamente procurar Tomé. Com certeza a burocracia não deixaria que lhe enviassem ajuda de imediato, então, teria que agir rapidamente, pois entre doença e encarceramento já se demorara demais. Sabia que nada deteria aqueles homens. Uma buzinada que mais parecia um grito anunciou que estavam às portas da cidadezinha. João despertou e a primeira coisa que fez foi tocar seu bolso para verificar se a carta ali ainda permanecia. Pôs-se de pé, já se ajeitando para descer, quando uma freada brusca jogou-o longe, fazendo-o cair por cima de toda a tralha que havia no corredor do veículo. Um caixote prendeu sua perna e a dor insuportável mostrava que algo de grave acontecera. Os poucos passageiros que ali estavam de pronto foram ajudá-lo, enquanto o motorista, a berros mais estridentes que a buzina do veículo, dizia que culpa não tinha, então, estava livre de qualquer retratação.

João gemia e não conseguia se levantar, mesmo com dois homens segurando seu braço.

— Está quebrada! Está quebrada! Vai ter que sair daqui em uma padiola! — gritava um homenzinho que ajudara a tirar de cima de João um caixote e outras coisas mais que tinham lhe caído em cima.

Logo a ajuda chegou, e ele foi transportado para um posto médico.

— Fratura exposta! — diagnosticou o doutor. — Vai ter que ser operado.

João, mesmo com os dentes trincados por causa da dor, respondeu, mais parecendo um urro:

— Coloquem uma tala e nem pense em me passar a faca. Tenho pressa e aqui não posso ficar!

Foi só o que pôde falar, pois uma seringa já preparada fê-lo dormir imediatamente. Do lado de fora da sala estava o motorista, que, sem se desculpar por sua parcela de culpa por ter sido inconsequente, pois gostava mesmo de dar aquelas freadas para fazer cair coisas e dar trabalho àqueles que carregavam em seu ônibus toda espécie de quinquilharias, gritava:

— Quero alguém que se responsabilize pelos objetos daquele homem que está lá dentro! Tenho que retornar a viagem e não posso ficar para fazê-lo pessoalmente!

— Senhor, deixe aqui que a ele será entregue. Posso lhe assegurar isso — falou uma doce mocinha, com certeza ajudante do médico.

— Esta é a bagagem dele. Essa mochila e esse saco que o delegado me entregou e disse ao meu passageiro pertencer! Este homem deve ser louco, pois parece carregar um saco com pedras!

Ele nem desconfiou do que dentro havia, pois o delegado fez questão de lacrá-lo bem, para evitar mais confusão. Ficar com aquela ossada em sua delegacia, jamais! Enterrar, disse ele, sem saber a quem pertencia, era um sacrilégio, pois o dito-cujo nem uma oração com seu nome teria. Quando soube pelos seus guardas que João Desbravador sairia naquele ônibus, a solução veio de imediato. O saco seguiria a quem pertencia!

Enquanto isso, na casa de Tomé:

— Tem certeza, senhora? Os dois são muito pequenos e já escureceu. Sabe que o perigo ronda estas matas...

— Logo o perigo estará dentro desta casa! Leve-os com você, seu Bira; tenho certeza de que cuidará bem dos meus meninos e logo todos estaremos de novo reunidos: o senhor, as crianças, João Desbravador e Tomé. Vá! Não os deixe sozinhos nem que seja por um momento. Sabe como é, são crianças e desconhecem o perigo.

Nada mais a fazer nem a falar, Bira pegou seu alforje, abraçou fortemente aquela valorosa mulher e partiu levando pela mão dois encantados serezinhos.

Lindalva ficou ali parada por um bom tempo. Nunca se separara de seus meninos, não por vontade própria. Agora só lhe restava sentar e esperar orando. Sabia que Bira tinha falado a verdade. Aqueles homens não tardariam a chegar e isso se deu ao amanhecer.

Cabeça apoiada na mesa, tombada pelo cansaço, não físico mas mental, escutou passadas fora da casa. Seu coração parecia que lhe ia saltar pela boca. Uma batida na porta sem delicadeza e ela imediatamente abriu-se, pois não a trancara. Seus valores maiores com certeza estavam em segurança e nada mais tinha a proteger. Dois homens adentraram sem cerimônia, tendo Tomé ao meio.

— Tomé! Valha-me Deus!

Abatido, sujo, descalço, pés a sangrar, mas rosto altivo e postura firme. Ela fez como se fosse ao seu encontro, mas foi detida com uma ordem:

— Fique bem aí onde estás! Onde estão as crianças?

— Foram caçar... Saíram ainda sem o dia clarear.

— Foram sozinhas?

— Não... Bira as levou.

Ela sabia que dele tinham conhecimento quando os dois por eles foram aprisionados, então não tinha por que não dizer que havia outra pessoa naquela moradia.

— Disseram-nos que eram bem pequenos... Não é muito cedo para caçarem?

— É questão de sobrevivência. É de pequeno que se aprende.

— Creio que falas a verdade. Não nos esconderia, pois não sabias de nossa chegada! Quero um homem lá fora e outro aqui dentro! Quero este homem detido aqui dentro até que completemos o que viemos fazer. Você, mulher, trate de se comportar, e assim todos ficarão bem. Esta terra é de ninguém e podemos abrir estradas ou nos apropriarmos do que quisermos, e não é um guardinha-florestal que irá nos impedir!

O homem acabou de dar as ordens, verificou se Tomé estava bem preso à cadeira e se foi como chegou. Lindalva, olhos fixos nos de Tomé, indagava o que poderia fazer. O homem que ficou dentro da casa em tudo remexia e parecia ser dono do lugar, tamanha a intimidade.

— Panelas vazias? É melhor se mexeres, pois tenho fome e meu companheiro também!

Barbado, chapéu caído no rosto, que não tivera a delicadeza de tirar ao entrar, roupa grosseira e botas imundas, que emporcalhavam onde pisava, faziam dele uma figura grotesca.

— Vá acender o fogo e bote comida na panela que eu quero sentir o cheiro antes de comer. Estou farto daquela gororoba do acampamento!

Lindalva levantou-se calmamente e foi fazer o que fora ordenado. Se ela por Bira não tivesse sido avisada do que aconteceria, com certeza teria se desesperado, mas, como a chegada deles não fora surpresa...

Quem estava surpreso com a reação dela era Tomé. Aquela história por ela contada de os meninos irem com Bira caçar não tinha para ele cabimento. Como souberam? Onde de fato estariam seus filhos? Se seu amigo ali não se encontrava, uma coisa era certa: seus meninos em boas mãos estariam. Por que Lindalva não fora com eles para se pôr a salvo?, perguntava-se, e a resposta estava no comportamento dela.

— Senhor, se queres que lhe sirva, coloque-se à mesa que lhe trarei o que há de melhor na casa!

— Espero que a verdade esteja em sua boca, pois há muito tempo nada que presta coloco em minha boca!

Lindalva, com a mesma calma, serviu-o perguntando:

— Quer que leve o mesmo ao seu companheiro?

— Daqui ninguém sai! Não ouse botar os pés fora desta casa! Quando eu acabar, trocarei de lugar com quem está de vigia lá fora. Se o outro chegar de uma hora para outra e se fizer de engraçado, levará chumbo nos fundilhos!

— Por favor, senhor... tenha clemência. Ele está com meus dois meninos.

Agora ela temia que Bira não fosse adiante com o propósito de salvá-los.

De novo acamado, agora distante de onde gostaria de estar:

— Doutor, como ele está? Ainda vai operá-lo hoje? — perguntou a mocinha que ajudava o médico.

— Me falta anestésico; já fiz o pedido e estão providenciando. Vou mantê-lo dopado, assim evitaremos que ele saia, mesmo com esta perna em frangalhos!

A mocinha olhava para João enternecida e ao mesmo tempo condoída, se perguntando quem seria aquele homem de aparência tão rústica e ao mesmo tempo afável. O que de tão urgente teria vindo fazer naquele fim de mundo?

Maristela colocou os pertences dele junto à parede, bem perto da cama onde ele se encontrava. Dissera com extrema segurança que a ele seriam entregues e se sentia responsável por isso. Ficaria ali de vigia até que alguém de sua inteira confiança viesse substituí-la. A noite foi embora e a manhã apresentou-se timidamente, fazendo aparecer no quarto o clarear da manhã. Um toque em seus cabelos fê-la despertar daquela situação incômoda.

— Senhorita Maristela, não me diga que ficou a velar esse aí como se velasse um defunto! — disse o doutor.

— Fiquei preocupada com a situação em que ele se encontra. Como soubemos, ele chegou sozinho à cidade e, como não tem familiares que saibamos para contatar, vi-me na obrigação de aqui permanecer, até porque seus pertences aqui estão e me fiz responsável por eles.

— Não é sua obrigação. Sei que gostas de aqui na clínica ficar, pois dissabores estão sempre a esperá-la em casa de seus tios. No armário grande tem guarda-pó, e um bom banho lhe fará bem! Eu vou aqui ficar, pois tenho que examinar essa perna. Todo cuidado é pouco; se tiver infecção, a operação será um desastre!

— Volto em um instante para auxiliá-lo; é só o tempo de banhar-me e me trocar.

— Aproveite e sorva um bom café. Não quero ter que cuidar de mais um. Minha pescaria já foi adiada e não quero que esse prazo se estenda!

A mocinha sorriu, pois sabia que ele estava a brincar. Era um bom médico e muito espirituoso. Apesar da diferença de idade, eram grandes amigos.

Lá se foi ela, deixando no quarto os dois, na verdade os sete... pois os cinco que pereceram pela batalha travada por peles agora buscavam o que João tinha como bagagem. Desde a delegacia, eles queriam se apoderar do que diziam a eles pertencer, só que estavam longe de poder carregá-lo!

Quanto mais próximo de João ficavam, mais sua situação se complicava.

Logo estava de volta Maristela, o que surpreendeu o doutor.

— Não acredito que tenhas feito tudo o que pedi que fizeste!

— Me banhei, estou de roupa trocada, me alimentei... Estou renovada!

Ele não estranhou a disposição, e sim o olhar dela para o paciente.

— Pouco sabemos desse homem, então todo cuidado é pouco. Ele, estando sob efeito dos medicamentos, dormirá até que possa operá-lo. Não é preciso que aqui permaneças.

— É uma proibição?

— Não! Mas não é preciso que fiques aqui confinada. Depois que eu trocar os curativos, vá dar umas voltas. Mude os ares. Uma boa conversa faz bem!

— Isso já faço aqui com o senhor. Este paciente o preocupa e para mim não é incômodo nenhum zelar por ele. De um momento para outro, ele pode despertar e alguém estando aqui será providencial.

— Creio que terei que providenciar um quarto na clínica para que possa aqui permanecer de vez!

Ela sabia que ele não falava a sério, mas, como em toda cidade pequena, a vida de cada um era um livro aberto... Não tinha vontade de ir para casa, não tinha por que voltar para casa.

Depois que o doutor terminou o serviço, ela ficou a sós com João e, por mais que quisesse tirar os olhos dele, não conseguia. Um livro que sempre a acompanhava e agora tirava do bolso foi a solução no momento.

Preces e mais preces era o que esse livro continha, e ela começou a lê-lo em silêncio, mas uma vontade se apoderou dela e fê-la ler alto, direcionando as orações para aquele que estava inerte sobre os lençóis alvíssimos.

— Se estou morto, creio que meus olhos me enganam, pois nada fiz que me fizesse merecer o céu e ser velado por um anjo...

— Senhor João! Não era de esperar que acordasse agora! Recebeu remédio em dose cavalar; daria para derrubar um animal de grande porte!

— Em parte sou isso...

— Creio que estás delirando; vou chamar o doutor!

— Não vá! Se meus olhos não se enganaram e se ainda estou vivo, deixe-me admirá-la...

— Senhor...!

— Não leve como gracejo, e sim como agradecimento. Acordei com suas preces; foi como bálsamo para minhas feridas.

— Não creio que só as preces curarão sua perna. No estado em que se encontra, só uma operação dará jeito.

— Falo das feridas internas. Feridas que trago na alma...

— Está me assustando. Vou agora mesmo chamar o doutor!

— Por favor, lhe imploro. Não me deixe sozinho. Se puder continuar a fazer o que cala minha alma...

— Se ficares tranquilo, continuarei, até porque a única coisa que no momento o doutor poderá fazer é dopá-lo de novo, pois ainda não chegou o que ele espera para operar. Não sente dor?

— Parece que meu corpo não faz parte de minha cabeça. Só sinto o que vejo...

— Pois bem, vou continuar, mas se sentires algo me pare que irei chamar o doutor de imediato.

Puxando uma cadeira para mais perto do paciente, Maristela citou com fervor as orações mandadas por espíritos generosos.

Em um canto do quarto:

— Que conversa melada é essa?

— Não foi você que disse pra ficarmos aqui?

— Não fui de acordo! — disse um outro.

— Não quer de volta o que é seu? — falou o que ainda se achava o chefe do grupo.

— Ainda não entendi. Se estamos mortos, que diferença vão fazer esses ossos?

Essa discussão foi o suficiente para começarem as intermináveis brigas. Atiravam-se um contra o outro, como tinham feito em vida terrena. Nada haviam aprendido; ainda não tinham encontrado quem os ensinasse.

Bem que os espíritos tentaram deles se aproximar, mas a energia por eles exalada era como um muro impedindo o auxílio. Pobres almas! Não importava a eles o motivo das brigas: peles, ossos, liderança... Qualquer coisa seria motivo suficiente, porque o que os nutria e os impelia a isso era a capa de ódio e maldades que os cegava, impedindo-os de irem ao encontro da luz.

Dois dias depois, João já tinha sido operado e estava em franco restabelecimento. As orações diárias citadas com fervor por sua amiga Maristela o nutriam e fortaleciam. Pôr-se de pé ainda era proibido. A operação fora delicada e, como dizia o doutor, todo cuidado era pouco para que não houvesse sequelas. João, agora em plena consciência, queria sair dali o mais rápido possível, para cumprir a missão que lhe fora destinada.

— Maristela, sei que não posso pedir nada a você. Tens sido de uma dedicação que com certeza ultrapassa a de uma enfermeira, mas estou agoniado!

— Estás impossibilitado de deixar esta cama, seu João, então, o que eu puder fazer para que fiques mais tranquilo, faça o pedido sem constrangimento.

— Tenho em meu poder uma carta para a autoridade local, na qual um amigo meu, guarda-florestal, pede ajuda. Muitos imprevistos aconteceram, impedindo-me de colocar a carta em mãos devidas. Enquanto isso não acontecer, esse meu amigo e a família dele correm um grande perigo!

— Creio que a situação que narras é grave, mas grave também é sua situação. Se quer me pedir ajuda para deixar esse leito, mesmo que eu quisesse, o senhor não conseguiria chegar longe, e mais: sua situação poderia se agravar e o senhor correria o risco até de perder esse membro tão danificado!

— Não duvido de suas palavras, mas não leve como abuso de minha parte se lhe pedir que seja o mensageiro, já que impossibilitado em fazê-lo estou...

— Era isso que querias me pedir com tantos dedos?

— Todas as vezes em que abri meus olhos, dei de encontro com a sua figura. Isso me deixou relaxado e confiante em que Deus misericordioso existe. Já fez tanto que me sinto constrangido em usá-la. Não cansas?

— Tenho meu momento de descanso, quanto a isso não se preocupe. Me diga onde tenho que entregar a tal carta que irei no meu horário de almoço. Creio que a dita esteja em suas vestes no armário. Vou pegá-la.

CAPÍTULO 6

Em outro local onde o verde era predominante:

— Tio Bira, tô com saudade da comida da mãe... — falava Bento com voz de choro.

— Eu também! Peixe é bom, mas do jeito que a mãe faz! — resmungava Tinoco.

— Crianças, então não sou bom cozinheiro? Vejam que beleza de assado! Bem temperado...

— Um pouco queimado... — falou Tinoco, agora rindo e caindo por cima do irmão, que também foi às gargalhadas.

Criança era e é assim. Não importa a mudança do mundo. Alegres, sinceras, despojadas de qualquer outro sentimento que não esteja de acordo com o que seus olhos veem e seu coração sente.

Bira entrou na brincadeira e, mesmo com a preocupação a lhe rondar a cabeça, desanuviava ao rir com aqueles dois serezinhos.

— Bem, se meu peixe está queimado e não querem comê-lo, vou fazer um enorme esforço e devorá-lo sozinho.

Não foi o que aconteceu. As crianças estavam com fome e Bira sabia que sentiam falta do leite e do regaço da mãe.

Bira tinha improvisado uma cabana entre as árvores e ficava o tempo todo de vigília. Desde que saíram da casa de Lindalva, ele ainda não conseguira pegar no sono. Só tirava cochilos. Ficava sempre com um olho fechado e outro aberto. Nunca tivera em mãos tanta responsabilidade. Teria que devolver os dois como haviam lhe sido entregues: vivos e saudáveis.

Estar em contato diário com aqueles dois, mais do que ensinar-lhes algo, estava com eles aprendendo. Aprendendo a se doar, dividir, cuidar de outrem, fazê-los rezar antes das refeições e ao dormir, ato que ele não fazia antes de conhecer aquela família.

Bira não sabia que direção tomar. Sabia que, se muito se afastasse, não poderia seu amigo salvar, mas como faria isso, se eles eram muitos e ele, além de ser apenas um, agora tinha aos seus cuidados dois seres que ainda não possuíam conhecimento da maldade humana? Bira os serviu e comeu sem sentir gosto, pois tinha em sua boca o amargor pelos caminhos trilhados. Aquelas crianças aos seus cuidados eram a esperança de ser uma pessoa melhor.

— Crianças, comam tudo e vamos adiante! Me ajudem a catar tudo para que nada fique pra trás.

— Vamos voltar?

— Bento, você só falta zoar! Como vamos pra casa se o tio Bira não fez as compras que a mãe pediu? Não escutou ela falar que estava ficando sem víveres?

— Tinoco, você me enche de orgulho! Como poderíamos voltar com as mãos abanando? A mãe de vocês nos confiou uma tarefa e temos que cumpri-la, ou aqui neste acampamento tem algum bebezinho?

— Eu, não! O pai diz que já sou grande e posso até semear — falou Tinoco, estufando o peito para parecer maior e estar de acordo com suas palavras.

— Bem, já que nos entendemos, bebam água e coloquem os agasalhos. Todos! Faremos uma boa caminhada!

Bira lembrou-se da cidade em que estivera antes de ali chegar, quando dera de encontro com dois perdidos. Iria até lá e quiçá conseguiria ajuda.

Na casa de Tomé:

— Tô ficando cheio desse marasmo! Mulher, vá lá fora chamar meu companheiro. Nem pense em fugir! Não esqueça que temos um pássaro na gaiola e gatos de montão pra dar sumiço nele!

Lindalva fez o que o homem pediu e logo estava de volta acompanhada.

— O que foi? Não acabamos de trocar de lugar?

— Estou cheio de ficar aqui de olho nesses dois. Fica aqui de guarda que vou até o rio. Vou me lavar e por lá me esticar um pouco!

— Sabes que não pode!

— Quem falou isso?

— Eu estou falando porque foi ordem recebida! Se algo acontecer, não é só sua cabeça que vai rolar!

— És um marica! Um homem amarrado e uma mulher que só sabe cozinhar; temes o quê?

— Se aparecer o tal com as crianças? Serão três contra um!

— Vou enlouquecer se aqui ficar sem arejar um pouco a cabeça! Não demoro.

Sem deixar o outro replicar, saiu não admitindo negociação.

Tomé estava abatido. Suas forças esvaíam-se ao pensar em seus filhos pela mata naquela friagem.

— Tomé... és o tronco que sustenta os galhos que são nossa família. Se enfraqueceres, nós desabaremos e cairemos por terra como galhos secos. As crianças estão bem... Sinto-as bem quando oro.

— Desculpe, mulher... Fracassei não por ter sido pego, e sim por me arriscar sem pensar que muitos dependiam de mim, e agora fraquejo mais uma vez... Perdoe-me.

— Tomé, fazes o que achas certo. Se és um obreiro de Deus e sua missão é proteger sua criação, não tens por que se desculpar.

— Querias ir embora e fiz ouvidos moucos. Não precisava estar passando por essa tempestade.

— Se meu companheiro deixava vocês ficarem nesse lero, o mesmo não se dá comigo! Mulher, não sinto cheiro de comida!

— Mas... acabaram de fazer a refeição. Os víveres não darão por muito tempo desse jeito.

— Faça milagre ou terás que pescar! Por falar em caça e pesca, quem levou seus filhos não deveria ter voltado?

— Devem ter acampado. As crianças estão acostumadas. Vou fazer o que me pediu.

Lindalva era forte como uma rocha e ao mesmo tempo frágil como uma flor.

Tomé abaixou a cabeça e pediu ao Pai Maior que protegesse os seus, já que impossibilitado estava para fazê-lo.

Não muito longe dali:
— Tio Bira, tem alguém vindo!
Eles já estavam prontos para partir.
— Venham, crianças! Vamos para trás daquelas árvores.
As crianças correram para se esconder, sem saber e sem perguntar por quê. Talvez estivesse em alerta o espírito de sobrevivência.

O tronco da árvore era de grande espessura e sua raiz formava ótimo esconderijo. Bira abraçou-os, pois o farfalhar indicava que quem vinha estava perto; um animal, ou, pior ainda, um dos homens à caça deles. Bira logo o reconheceu. As crianças quiseram sair de seus braços, mas ele tapou suas bocas, fazendo com a cabeça sinal de negação.

O homem recostou-se em uma árvore, enrolou um cigarro e pitou-o, parecendo não ter pressa de ir-se. As crianças remexiam-se, tentando se soltar. Bira foi no ouvido de cada um e falou:

— Inimigo das matas... aquele das histórias de seu pai.

Os dois arregalaram os olhinhos, como se estivesse a poucos metros deles o personagem malvado, destruidor das florestas das histórias contadas pelo pai. O homem que estava a poucos metros de Bira chamava-se Jessé. Crescera às margens da lei dos homens e de Deus. Fruto de uma relação contraditória em que sua mãe foi envolvida por um homem que se sentia poderoso, achando que tudo a sua volta lhe pertencia, fossem bens materiais ou pessoas, como aquela menina, Jessé nasceu sem ter quem lhe desse chão para se firmar desde os primeiros passos. Cresceu em meio a artimanhas e, com sua estrutura forte, logo encontrou um caminho para ganhar dinheiro; foram lutas e mais lutas até ser contratado para proteger os que com maquinários e maquinação cortavam aquela terra sem dó nem piedade!

Ele sentado, olhos fechados, nem se deu conta de quem também queria o abrigo daquela árvore. *Ela* estava a espreitá-lo, pronta para lhe dar o bote. As crianças, que sempre foram alertadas contra elas, ficaram apavoradas e agora não queriam mais se soltar de Bira; pelo contrário, se aninharam em seus braços ao ver o perigo rondando aquele homem. Bira sabia que, se aquele réptil fizesse o serviço, seria menos um no combate. Não sabia ele que esse era um dos que traziam aprisionados seus dois novos amigos. Pensou: "Que ela faça o serviço. Os dois se merecem; que vença o melhor!" Então,

Uma jornada para transformação | 103

veio todo o ensinamento dado por Tomé e Lindalva: todo ser merece uma segunda chance.

Sem mais esperar, tirou sua faca da cintura e atingiu em cheio quem estava pronta para destilar seu veneno! O homem despertou de seu marasmo e deu de encontro com a figura de Bira.

— Você! — Baixando o olhar, deu de encontro com o que lhe tiraria a vida. — Não sei se lhe agradeço ou lhe digo que és um tolo!

— Ninguém tem direito de tirar a vida de ninguém, mesmo que seja um animal repelente.

— Não pensou nem por um instante que ele estaria livrando seu amigo de um de seus carcereiros?

— Não lamento por ter salvo sua vida. Espero não lamentar que continue vivo...

— Com certeza estas duas crianças pertencem ao casal.

— Sabes que sim!

Ele mirou a arma em direção a Bira, mas atirou para o alto.

— Por que fez isso? — perguntou Bira.

— Era só vontade de apertar o gatilho, mas não sou tão ingrato a ponto de não ser agradecido a quem salvou esta miserável vida. Vão andando e nunca me viram por aqui! Entendeu?

Bira pegou sua faca, limpou-a calmamente, pegou as duas crianças, que pareciam fazer parte da árvore, pois estavam estáticas, e seguiu mata afora. Agora sabia que não poderia voltar à casa de Tomé, não com aqueles dois sob sua guarda.

Em uma cidadezinha pouco longe daquele lugar:

— Senhor João, devo agora ir almoçar; como pediu, vou entregar a carta à autoridade local.

— Diga-lhe da importância em mandarem ajuda imediata. Diga-lhe do perigo que corre aquela família. Fale também o que aconteceu comigo e, se quiserem meu depoimento, estou ao dispor!

— Farei tudo direitinho, seu João; não fique exaltado, pois isso comprometerá sua recuperação. Vou esperar que se acalme.

— Não, por favor... Já perdi tempo demais com essa carta em meu poder. Vá... Estou bem.

— Vou acreditar. Não espere que eu vá como uma rajada de vento. O posto policial fica na saída da cidade e não creio que irão me atender de pronto, pois depois do almoço costumam fazer a sesta.

— Eu sei. Lidei com isso noutra cidade. Espero-a sem ansiedade, se é isso que temes.

Em tão pouco tempo aqueles dois tinham entrado numa sintonia que só mais tarde o amor explicaria.

Maristela ajeitou-o nos travesseiros, cuidou para que o lençol que o cobria ficasse por total na perna onde ele havia feito a cirurgia, pois moscas teimavam em rondar o quarto, e se foi. Mais do que um paciente, ela cuidava dele com esmero, com um sentimento nunca experimentado.

Ainda em um canto do quarto:
— Quem é essa aí? Que carta é essa tão importante?
— Não é melhor segui-la e ver se não está falando de nós?
— O que temos a temer? Ser presos?
A gargalhada foi geral.

João Desbravador sentiu um frio inexplicável. Sentiu-se desconfortável e lembrou-se das palavras da doce enfermeira. "Deve ser isso", pensou ele. "Tenho que me acalmar, senão meu estado piora e mais me demorarei nesta cama."

Os cinco não queriam sair de perto do saco que continha o que lhes servira em vida. Não atinavam como aquele homem conseguira aquele feito.

— Sabe de uma coisa? — falou o que ainda se achava chefe do bando. — Creio que matei a charada! Esse aí deve ser o tal que roubou nossas peles! Esperou que nos matássemos e agora também quer ganhar dinheiro com nossa ossada!

Ao acabar de falar, foi em direção a quem já estava dormitando e tentou envolver com suas mãos o pescoço de João.

Nesse ínterim, entrou no quarto um grupo de senhoras cantando louvores, enchendo o quarto de bons fluidos.

O homem recolheu-se de novo no canto do quarto, junto ao grupo, resmungando:

— Essas carolas não têm mais o que fazer... Pensam que salvam almas com essas cantarolas!

Se ele pudesse sentir, deixar entrar no seu âmago o que ele dizia ser uma cantoria... sentiria a leveza no seu espírito e encontraria, junto com seu grupo, o caminho de luz — luz essa que deixa livre o caminho para os espíritos auxiliadores.

João Desbravador não despertou com as orações em forma de canções, pelo contrário, foi como um bálsamo, já que ele sentiu a garganta apertar, apesar de não ter sido tocado fisicamente.

Quando Maristela retornou, ele ainda dormia. Suas feições eram tranquilas, indicando que tudo estava a contento.

Mais tarde:
— Já chegaste há muito tempo?
— O suficiente para descansar. Estavas dormindo tão bem que evitei fazer barulho para que não despertasse.
— Entregou a carta?
— Sim, mas as notícias não são boas. No momento, disseram que não há contingente para tal serviço.

— Serviço? Vidas estão em perigo, e eles tomam isso como serviço! Terei que sair daqui o mais rápido possível ou será tarde para meu amigo e sua família!

— Sozinho, o que poderás fazer?

— Sou astuto; umas armadilhas poderão atrasar o trabalho deles, impedindo-os de se aproximarem da família de Tomé!

— Mas não será o suficiente. Pelo que me contaste, como guarda-florestal, a missão dele é proteger a floresta e não só a família. Se ele tem essa consciência, o que poderás fazer?

— Ajudá-lo a proteger também aquela magnitude. Como ele diz... aquela obra de Deus! Tenho certeza de que aquela estrada não dará em nenhum lugar. Creio que ela servirá para passagem dos inúmeros caminhões com carregamento de madeira, e assim devastarão a floresta!

— Se é assim como contas, nada impedirá que eles avancem mata adentro, e creio mesmo que passarão por cima de quem tentar impedi-los.

— Maristela... és um anjo bom que entrou em minha vida. Sei de sua condição e como boa enfermeira, que já mostrou ser, fará tudo o que o doutor disser.

— Exatamente.

— Ainda não terminei, me ouça com carinho. Hoje estou melhor e creio que amanhã já poderei me pôr de pé. Preciso desse tempo, tenho consciência disso, mas não mais do que esse tempo...

— Dois dias? Pensas que poderás sair daqui em dois dias? És insano!

— Não se você for comigo. Estava só atordoado enquanto você e o doutor conversavam. Não és feliz em família... Quem sabe não está na hora de formar a sua? Não tenho muito a lhe oferecer, mas um lugar belíssimo, água fresca, peixes saborosos, uma pequena cabana que Tomé me permitirá fazer, uma rede, os cantos dos pássaros e, à noite, a cantoria sob o céu estrelado, isso poderei lhe dar.

A mocinha baqueou. Suas pernas bambearam que chegaram a dobrar. Era um pedido de casamento; viver uma vida diferente do que aquela a que estava acostumada. Viver!

— Estás me oferecendo...

— Casamento? Sim. Só que sem padre, nem igreja, e sem papéis oficializando tudo. Não haveria tempo. Mais tarde faríamos tudo certinho.

— Nem bem me conheces, e eu... nada sei de sua vida...

— Sou isso que vês e de meu só aquela mochila.

— Tens algo mais! Este saco também lhe pertence e pelo peso não são roupas que ele contém.

— Sobre ele terei mais um pedido a lhe fazer. Este saco tem que ser enterrado em terra santa. Ele não me pertence... não mais!

— Terra santa, cemitério?

— Conseguirias?

— É preciso uma autorização, e terás que dizer de quem se trata. Parente? Não me diga que é uma ossada humana! Isso é fúnebre!

Em um canto:

— Estão falando de nós. Querem enterrar nossos ossinhos... ou melhor, ele quer se livrar da gente!

A atmosfera do quarto pesou. De novo, a energia foi trocada.

— Chefe, não é melhor a gente dar no pé? Não disse que queria procurar seu sobrinho? Ele se desgarrou e nem sabemos se parte dele está neste saco! Não quer juntar o grupo? Será que ele não está morto? Será que foi ele, e não esse aí, que ficou com nossas peles?

O que era tomado como chefe voou para cima do tal que falava de sua carne, e, ali no canto daquela enfermaria, quem pudesse ver teria à frente um amontoado de espíritos se engalfinhando, lançando para todos os lados faíscas de degradação.

Em seu leito, João Desbravador sentia os efeitos.
— João, estás pálido! Vou chamar o doutor!
— Não vá! Se você sair do meu lado, eu sufoco. Já estive desse jeito...
— Quando me ausentei?
— Não... Quando estava na floresta com meu amigo Tomé, depois que achamos essas ossadas...
— Não deverias ter pego.
— Era a prova de que eu precisava do grupo procurado. Achava que era meu trabalho... triste trabalho... Me ajude, parece que minhas forças estão se esvaindo...
— Por favor, não vá embora! Disse que iríamos embora juntos e eu pensei muito... Aceitarei seu pedido em ir morar no lugar que dizes ser maravilhoso. Vamos orar! Por favor, não durma...

Enquanto isso, duas criaturinhas assustadas andavam tão agarradas em quem confiavam que Bira não se deslocava daquele lugar com a rapidez que queria. Não sabia se seria por Jessé perseguido, já arrependido da ação praticada.
— Crianças, parecem bichinhos assustados querendo todos de uma vez só entrar na toca!
— Queremos voltar pra casa! — exclamou Bento.
— Leva a gente de volta? Tá frio, tá escuro e eu tô com fome! — disse Tinoco.

Bira abraçou-os, sentou-se calmamente ao pé de uma árvore de raízes enormes e acolhedoras, colocando cada criança em uma de suas pernas.

— Crianças, se voltarmos agora sem os víveres pedidos por sua mãe, ela ficará decepcionada conosco.

— A casa já deve estar cheinha de comida! Ele sempre traz tudinho pra gente. — disse Bento.

— Ele quem?

— O aviador! — respondeu Tinoco.

— Só que desta vez ele está atrasado e vai faltar comida no prato se não formos à cidade próxima comprar.

— Então, por que não vamos logo em vez de ficar aqui acampados, comendo peixes e raiz? — perguntou Tinoco.

— Para descansar, porque será uma boa caminhada! Vou fazer uma pequena fogueira para que vocês durmam um pouco. Logo que amanhecer nos poremos a caminho.

— Não quero mais dormir aqui no mato com cobra, morcego e até gato-selvagem!

— Tinoco, é só esta noite. A fogueira os manterá longe de nós. Vamos, se cubram que eu estarei de sentinela.

Em casa de Tomé já havia escassez. Os víveres não haviam chegado e Tomé temia que algo tivesse acontecido ao piloto ao pousar numa clareira bem próxima ao acampamento daqueles homens.

Não foi bem o que aconteceu. Realmente, ao pousar seu helicóptero, o piloto foi cercado por diversos homens fortemente armados. Foi levado ao acampamento e lá entrou em entendimento. Continuaria a trazer víveres, só que agora para novo endereço, por um punhado de notas postas em suas mãos e outras tantas cada vez que fizesse a entrega. O acordo foi feito e aceito sem escrúpulo pelo piloto, que nunca passou de entregador para aquela família, perguntando-se sempre como eram loucos de ali permanecerem. Longe da civilização, cercados de animais muitas vezes nocivos, era querer estar perto do perigo. Ele não entendia e nunca quis saber da missão daquela família. Tinha que entregar víveres, era seu dever, o local era quase o mesmo; quem dele comeria não era problema seu. Assim pensando, justificando seu ato para aliviar sua consciência, deixou Tomé e família em abandono.

Em casa de Tomé:
— É isso que chama de janta?
— Foi o que consegui na horta. Não é um caldo fraco. Apesar de ter ficado um pouco ralo, ele dará sustança.
— Jessé, um de nós tem que ir ao acampamento! Não vou ficar comendo esta lavagem que mais parece pra porcos! A comida do acampamento é ruim, mas pelo menos enche a barriga!
Só então que Tomé se pronunciou, pois ficava o tempo todo calado, orando pela sua família e por aqueles que estavam a praticar maldades.
— Os víveres já deveriam ter sido entregues. Estão atrasados demais; creio que a solução seja mesmo buscar algum ou caçar e pescar.
— Caçar? Pescar? Quem faria isso? Você, por acaso?
— Só o suficiente para nos alimentarmos — respondeu Tomé calmamente.
— O alvo com certeza seria um de nós! Pensa que somos tolos como você? Vive nesta mata com sua família como se fossem animais! O que ganha com isso? Vida miserável esta que vives!
— Deus nos dá a oportunidade de fazermos o melhor com nossas vidas... Viver aqui e cuidar da obra Dele nos coloca

em comunhão com tudo que é bom, sem maldades, intolerâncias, ódios...

— Se achas tudo isso, então o que somos? Frutos de sua imaginação?

— Não pertencem a este lugar; ajudam a destruir esta magnitude. Que o Senhor tenha piedade de cada um de vocês... De verdade, não sabem o que fazem.

— És um pregador acorrentado! De que valem essas palavras que em nada te ajudam? Em pouco tempo, quando a estrada estiver pronta, nossos bolsos estarão recheados do que falta a vocês.

— Dinheiro? É só isso o que importa a vocês?

— Dinheiro, sim! É o que importa, sim! Como acha que se compram fumo, bebida, comida e boas mulheres? Com palavras rebuscadas como as suas? Não és tolo como pensei; és louco mesmo! Jessé, é melhor tapar a boca desse pregador, pois está dando nos nervos!

— Por favor, não será preciso... Eu me calo. Só falei para oferecer meus préstimos.

— Então continue mudo, ou o faremos se calar!

Jessé estava sentado em um canto, pensando no que acontecera há pouco. Sabia que sua vida não valia um tostão. As palavras de Tomé, antes do acontecido, com certeza não surtiriam efeito, mas depois que sua vida fora salva e vira os dois meninos longe daquela casa, com certeza sem pouso certo, aquilo tocou o que ele nem imaginava que tinha e batia fortemente pelos seus semelhantes: o coração!

— Jessé, desde que voltou parece abobalhado. Viu por aí mula sem cabeça?

— Me deixe em paz! Não deverias estar lá fora?

— Sem rangar? Se só tem esta sopa rala, é ela mesma que vou comer! Bota aí meu prato, mulher! Deixe a panela na mesa, que com certeza vou repetir até encher o bucho!

— Pode comer até minha parte — falou Jessé distraidamente.

— Vou lá fora fumar e fico de guarda até que vá me render.

Jessé fechou a porta e o outro ficou coçando a cabeça a cismar. Algo acontecera. Aquele não era o Jessé que conhecera no acampamento. Brigão, contestador, sempre falava rispidamente, e não calmamente como fazia agora.

O prato cheiroso e fumegante colocado à frente dele mudou seu pensamento. Depois de ingerir tudo o que podia sem se importar se para os outros teria, arrotou que mais parecia um trovão ameaçando tempestade!

Ele foi render Jessé e por pouco tempo, mas minutos preciosos, Tomé ficou a sós com a mulher.

— Lindalva, como estarão nossos meninos? Esta mata esconde muitos perigos, e eles são ainda tão frágeis...

— Não estão desamparados. Bira vai cuidá-los com esmero.

— Mais uma vez te peço perdão!

— Tomé, você e as crianças são a razão de minha vida. Fez o que achou certo e não temos arrependimentos por isso. Deus nos proverá. Ele nunca desamparará aquele que tem fé.

Ela abraçou-o, colocando sua cabeça em seu regaço, e foi assim que Jessé os encontrou.

Lindalva afastou-se de pronto e ficou surpresa com as palavras do moço:

— Desculpe a intromissão. Vou lá fora fumar mais um cigarro e, a propósito, vi suas crianças. Eles estão bem, apesar da situação precária. Não estão longe. Estão acampados por aí com aquele rapaz. Que isso fique em segredo, senão a vida deles ficará em perigo.

Jessé se foi e, logo que a porta fechou-se, Lindalva foi aos prantos, amparada por Tomé em orações, agradecendo a ajuda recebida. Queria rodeá-la com seus braços, acolhê-la como ela fizera há pouco com ele, mas seus braços amarrados, presos à cadeira, impediam-no.

— Lindalva, tome assento e enxugue seu pranto...

Uma porta abrira-se, deixando passar mais um para o rebanho do Senhor...

Imediatamente como pediu Tomé, com a ponta do avental, juntou as lágrimas ao pano já umedecido pela labuta.

🦋

Nem bem amanheceu e Bira já estava a levantar acampamento.

— Tio Bira, *tamos* com sono...

— Não querem ir logo para casa? Esqueceram o pedido da mãe de vocês?

Como se fossem dois bichinhos-preguiça, os meninos ajudaram a catar e dobrar o que lhes cobria e logo estavam prontos para partir.

— É longe? Minha perna tá doendo — reclamou Bento.

— Doendo? Onde?

— Todinha!

Bira acomodou a mochila de jeito que desse para carregá-lo nas costas.

— Vou carregar Bento e depois carrego um pouco você — falou o rapaz, dirigindo-se a Tinoco.

— Eu, não! Já sou grande demais para ir no colo!

— Não é colo, é garupa — respondeu Bento, já acomodado nas costas de Bira.

Bira sabia que não seria fácil a caminhada; muitas vezes teve que colocar o menino no chão para abrir caminho na mata com seu facão. Antes do cair da tarde, achou uma pequena clareira às margens do rio. Lá havia restos do que teria sido um acampamento; caçadores, com certeza.

— Crianças, vejam! A providência nos guiou para este abrigo. Ficaremos aqui até amanhã e então nos poremos a caminho de novo! Não estão com fome?

— Minha barriga dói... — resmungou Bento.

— Me ajudem! A barraca está um pouco estragada, mas nos abrigará do frio e dos insetos.

— Das cobras também! — respondeu Tinoco, pegando tudo com muito cuidado para não ter surpresa. — Bento, não vá metendo a mão em cumbuca sem olhar dentro! Esqueceu o que o pai falou sobre bicho peçonhento?

Bira colocou a lona sobre a madeira que ainda estava em pé, fechou os buracos da lona como pôde e forrou o chão com seu cobertor, para dar mais conforto àqueles que estavam sob sua guarda.

— Tio Bira, nem quero comer, quero me espichar e dormir! — disse Bento.

— Sem comer? Vou pegar um bom peixe depois que acabar de fazer essa fogueira e vocês vão se regalar!

— Peixe!!! — falaram os dois pequeninos com uma expressão que fez Bira ir às gargalhadas.

Agora um pouco distante dali, em casa de Tomé:

— Lindalva, creio que estamos passando por uma provação pelo meu erro...

— Tomé, já lhe falei que, se não partimos antes, era...

— Por favor, me deixe continuar antes que ele volte, não lhe falei tudo o que aconteceu no acampamento dos caçadores. Usei de um ardil para que brigassem e se fossem daqui; só que não esperava o desfecho que se deu...

Ele continuou a narrativa, e Lindalva interrompeu-o com doçura:

— Tomé, és um homem de bem, um obreiro de Deus; nada farias que pudesse machucar quem quer que fosse, seja homem ou animal. O desfecho que se deu coube a eles, cabe unicamente a eles o que tiver acontecido. Creio, sim, que possamos estar passando por uma provação. Quem sabe Deus quer nos testar sobre se de fato confiamos que Ele nos guardará e aos nossos filhos de um mal maior. Sabias que não seria fácil sua missão. Se esmoreceres, nosso lar cairá por terra, pois você é a viga forte que o sustenta...

— Deus a colocou em meu caminho para ter forças e ser essa viga de que falas...

Ela abraçou-o e de novo a porta abriu-se, dando passagem a Jessé.

— Creio que minha fome chegou. Será que meu parceiro deixou algo na panela?

— Sente-se; ainda tem um pedaço de broa que guardei para a hora do café.

— Então deixe-a para mais tarde.

— Farei outra. Para isso não falta o que precisarei.

Quem estava ali sentado em frente a Tomé parecia outro homem.

— Por que vocês não vão embora deste lugar? Já sabem pra que lado estão as crianças; darei um jeito e direi que fugiram.

— Não poderia. Como encararia meus filhos com honra se fui um fraco? Agradeço sua ajuda, mas não é dessa forma que tudo se resolverá.

— Mais não posso fazer. Será minha pele que porei em risco.

— Agradeço mais uma vez. Deixemos a Providência Divina cuidar do amanhã.

— Queria ser assim como vocês; acreditar quando tudo parece perdido.

— Fé; se não a tivermos, seremos como um rio sem suas águas a correr; um poço seco, um solo árido...

— Não entendo como podes falar de fé com sua família em perigo. Achas que o Todo-Poderoso vai lhes poupar?

— Ele é justo. Sabe que estou aqui para cumprir a missão que Ele me designou.

— Creio que não o conheces, apesar de já ter caído em suas mãos!

— Creio que estamos falando de seres diferentes...

— Não conheceste meu chefe quando prisioneiro foi dele lá no acampamento?

— Poderoso, para mim e minha família, só existe um, e não faz parte dessa nossa vida terrena.

O homem com o dedo em riste apontando para o alto perguntou:

— Falas dele?

— Que outro haveria?

— Não conheço Seu poder. Quando Dele precisei e pedi ajuda, essa ajuda de que tanto falam, nada recebi. Por isso, desde então, meu Deus sou eu!

— É uma blasfêmia, mas tenho certeza de que serás perdoado por essa infâmia, já que, pelo que dizes, de fato não O conheces...

— Como podes ter tanta certeza dessa existência?

— Em tudo o que olhamos ao redor e não foi criado pelo homem tem a mão Dele...

— Creio que sou chucro e vou morrer assim. Nunca tive de ninguém atenção, a não ser que pagasse por ela... Então, deixe como está.

— Se não se interessasse, não estaria querendo saber. Acontecimentos podem mudar uma vida para melhor ou pior. Sem a fé que nos ampara desceremos ladeira abaixo sem conseguir parar...

— Você parece pregador; faz-me bem escutar suas palavras, mas creio que perdes o seu tempo. Minha vida foi poupada e não foi pelo Deus de que falas, e sim por um homem de bom coração.

— Com certeza a mão do Divino estava lá. Sempre está.

— Então por que as coisas ruins acontecem? Você, por exemplo; se acreditas tanto no que falas e se meu chefe não tem nenhum poder, quem deveria ser prisioneiro de quem?

— Quem sabe os acontecidos não se deram para que fossem salvos você, meu amigo Bira e também um homem para lá de especial que encontrei neste lugar, chamado João Desbravador.

— Se é tão especial como dizes, onde está que não lhe ajuda?

— Posso lhe falar, já que também queres nos ajudar. Ele está com uma carta em seu poder pedindo ajuda. Desmatamento indiscriminado é crime. Ele já deveria estar de volta ou a ajuda; estou deveras preocupado. As provisões que deveriam estar aqui também...

— Quanto a isso, não espere que chegue. O aviador fez pacto com meu chefe, e as provisões agora têm novo endereço.

— Como pode?

— Dinheiro! É só colocar um punhado na mão do indivíduo que até a crença ele perde!

— Não creio nisso...

— Não crê porque és um bom homem. Vá embora daqui enquanto é tempo! Seus meninos não estão longe; se saírem agora, antes de amanhecer os encontrarão.

Lindalva, que a tudo escutava calada, manifestou-se:

— Senhor, gostaria muito de ir ao encontro de meus meninos, mas, como meu marido falou, como olharíamos nos olhos de nossos filhos e como nos explicaríamos perante Deus?

Jessé os ouvia admirado. Para ele, parecia inacreditável que duas pessoas tivessem uma crença tão forte, capaz de enfrentar com resignação tal sofrimento, cabendo nele até o afastamento dos filhos.

— Farei o que puder para ajudá-los, mas não garanto quanto ao que está lá fora e aos outros tantos que estão a abrir a tal estrada.

Ele acabou de comer, tocou o chapéu e foi render o outro que estava lá fora de guarda.

Já os meninos:

— Tio Bira, tô com saudades da mãe e do pai; prefiro ficar com a barriga roncando, comer só peixe queimado, do que buscar comida lá longe... — falou Tinoco esfregando os olhinhos, com a fisionomia deveras cansada.

— Tio Bira, eu também! A mãe nem precisa fazer broa; as raízes já devem tá prontinhas pra serem colhidas. Peixe e raiz dá pra encher barriga!

— E o leite? Esqueceram quanto gostam de leite? Quentinho... Cheiroso! Vão abrir mão dessa gostosura?

Bira tinha que convencê-los a ir adiante. Não era uma tarefa fácil, mas situação pior seria voltar e cair nas mãos daqueles homens. Eles lhes tinham sido entregues sob condição de que os mantivesse a salvo de qualquer perigo; faria isso custasse o que custasse. Pela primeira vez na vida, sentia-se útil de fato. Sentia-se fazendo algo de responsabilidade; não decepcionaria aqueles dois que haviam confiado nele. Primeiro Tomé lhe estendera a mão, dando-lhe abrigo em sua casa, depois Lindalva entregara a ele suas joias mais do que preciosas.

Bem longe daquele lugar que deveria ser de muita paz:
— Está melhorando visivelmente! Mais umas duas semanas e terá alta. Foi uma bela operação! Creio mesmo que a cicatriz ficará quase que imperceptível — falava exaltadíssimo o médico, admirando o trabalho bem-feito. Quando ele se foi, deixando João aos cuidados de sua zelosa enfermeira, João não mais se conteve.

— Duas semanas? Ele está louco! Não posso aqui permanecer por mais um dia!

— João, se posso assim já chamá-lo, tenha mais um pouco de paciência para não colocar tudo que foi feito com tanto esmero a se perder. Essa cicatrização da qual o médico falou é de suma importância para não ter sequelas. Se queres ir para onde falaste, enfurnado na mata sem socorro imediato, como fará se o que precisa cicatrizar virar uma grande fenda aberta a todo tipo de infecção?

— Me desanimas falando assim neste momento; até me sinto sozinho, e não com alguém com quem poderia contar se isso de fato acontecer.

— Se está falando de mim, sabes que o acompanharei; mas, se falas da enfermeira, não tenho a competência de um médico. Farei os curativos se preciso for, mas, sem alta médica, é risco que creio que não devas correr.

— Maristela, se não morrer pela perna infeccionada, será por agonia de estar nesta cama aprisionado enquanto seres a quem muito me afeiçoei correm perigo! Cadê aqueles que o mandaram para lá? Cadê a ajuda pedida?

— Quem sabe estão a caminho...

— Será?

— Confiemos e esperemos mais um pouco; quem sabe não duas, mas uma semana e conversarei com o doutor, e a alta sairá? Se você tivesse por aqui moradia que ele pudesse fazer visita até ter a certeza de que risco não há, mas ele sabe que não tens paradeiro certo, por isso o segura aqui neste leito.

— Paradeiro certo? Como não? A casa de Tomé é ponto certo, não ficarei por aí sem rumo!

— Sabes bem o que quis dizer; é muito chão pra chegar até lá. Precisas de suas duas pernas sãs.

— Uma muleta não resolveria o problema?

— João... João... És bravo e sei como queres aquela família ajudar, mas se lá chegares arruinado e ao contrário do que pensas tiverem que lhe cuidar, de que adiantará tanta pressa?

— Está bem! Voltaremos a falar sobre isso em uma semana, não mais que uma semana, pois meu coração me diz que mais do que isso será tarde demais...

Voltando às crianças...

Amanheceu; o orvalho brilhava sobre as folhas, dando um frescor na mata que fazia com que Bira respirasse fundo, enchendo os pulmões com aquela energia que lhe daria forças para seguir para mais um dia. Olhou as crianças aninhadas uma na outra e teve dó em afastá-las cada vez mais do lar aquecido pelo teto e por afagos.

— Crianças... Crianças!

Os dois se sentaram imediatamente ao chamado, esfregando os olhinhos, porque só eles apareciam, pois os dois estavam enrolados por completo nas cobertas.

— Tio Bira, já é hora de ir?

— Sem comer? — completou Bento.

— Não sentem o cheirinho? Já estão a fritar dois bons pedaços de peixe!

— Peixe!!! De novo? — reclamou Bento.

— Crianças, os pais de vocês não ensinaram que devemos agradecer o alimento que é posto na mesa?

— Sim! Mas quando ele fala tem broa, leite, queijo que a mãe faz, às vezes até um bom pedaço de bolo!

— Tinoco, que tal se brincássemos de usar a imaginação?

— Não sabemos dessa brincadeira, não!

— É assim: vocês comem o peixe e imaginam estar comendo um bom pedaço de bolo. Se fecharem os olhos e usarem bem a imaginação, vão até sentir cheirinho de bolo feito pela mãe de vocês!

— Isso é que não! A mãe nunca fez bolo de peixe!

— Como falei, é só uma brincadeira. Sentem aí que vou acabar de prepará-lo e vocês verão como dará certo!

Assim foi feito. A cada pedaço de peixe colocado na boca, Bira lhes perguntava que gosto tinha e, de brincadeira em brincadeira... lá se foi todo o peixe! Alimentá-los bem, naquele momento, era a única preocupação de Bira. Fracos, como seguiriam adiante? Bira sabia que tinha que apressá-los; o tempo indicava que não seria bom estar fora de um abrigo, e ali onde estavam era por demais precário. Agora sabia onde os levaria. A cidade que o acolhera e cuidara de suas feridas com certeza não negaria abrigo agora que tinha em suas mãos duas crianças. Sabia não estar longe. Andou o mais rápido que pôde, pois carregava o menor na garupa; de vez em quando, escutava baixinho um lamento e logo os distraía, mostrando um ninho bem ao alcance dos seus olhinhos; logo o assunto era onde estaria a mãe dos filhotes.

— Ela com certeza foi buscar provisões para alimentá-los e nós estamos fazendo o mesmo!

— Tio Bira, nós somos os filhotes! Não era para a mãe e o pai saírem para buscar alimento e a gente ficar no ninho?

Bira engasgou enquanto pensava em como aqueles dois eram espertos. Ficou sem saber da resposta e, lamentando, teve que ignorá-la.

— Crianças, vejam aquela faixa limpa de mata indicando o caminho a tomar! Se nos apressarmos, antes de nossos estômagos roncarem estaremos sentados em uma mesa enchendo a barriga.

Foi uma alegria só. Eles estavam sujos, cansados, famintos e ansiando não chegar ao local das compras, mas sim retornar ao abrigo de seus lares. Foi uma caminhada boa. Logo viram o primeiro casebre diante de variadas plantações. Bira colocou o pequeno no chão, e os dois saíram numa correria só.

— Crianças, esperem! Não sabemos se tem cão de guarda! Crianças!

Os dois pararam de imediato, só os olhinhos se mexiam. Esperavam ouvir o tal latido ou aparecer em desenfreada correria um enorme cão, aquele das histórias do pai, que enfrentava cobras e até onça do mato. Bira aproximou-se, pegou os dois pela mão e se dirigiu ao casebre, temeroso pelo que poderia encontrar. Nem bem deu dois passos e apareceu uma figura na porta. Chapéu de palha caído sobre o rosto, camisa xadrez, calça presa por um suspensório que parecia puxá-la por demais, pois deixava bem à vista o par de botas bem surradas.

— Bom dia, senhor!

— Bom dia, seu moço! Que bons ventos os trazem para essa banda onde não se vê viva alma?

— Estamos procurando pouso. Meus sobrinhos estão sob minha guarda até entregá-los aos pais.

— Se chegue! A casa é humilde, mas o coração é nobre.

O ancião saiu da frente da porta, dando passagem ao grupo. Lá dentro um cheirinho de comida caseira impregnava o ar. Uma senhora robusta, com um grande avental a cingir-lhe a cintura, estava em frente ao fogão e, ao avistá-los, largou um grande sorriso.

— Não esperava visitas, mas os bons espíritos fizeram com que eu aumentasse o que daria para mim e meu velho comermos por uma semana. Com certeza sabiam que viriam!

Bira já estava arrependido por ter aceitado tão rápido a hospitalidade. Aquela mulher não parecia ter boas faculdades mentais. Ela largou a grande colher de pau que mexia na panela e veio em direção às crianças:

— Que belos que são! Ouvi quando falou que são seus sobrinhos! De onde vieram? Estamos aqui isolados e só a carroça nos põe em contato com a civilização; assim, mesmo de quando em quando, vamos até a cidade vender o que vem em demasia nas nossas plantações. Na verdade, nem dinheiro pegamos; os itens são trocados por nossas necessidades!

A mulher não parava de falar, enquanto apertava a bochecha das crianças.

— Mulher, tome fôlego porque está assustando nossos visitantes. Desculpe, meu bom rapaz, ela é assim mesmo; quando encontra quem lhe dê trela, não para de falar!

Enquanto isso, as crianças, que eram tagarelas, permaneceram mudas e grudadas a Bira.

— Agradeço a acolhida, pois as crianças estão cansadas e famintas.

— Se chegue e sente com estas lindas crianças à mesa, que já colocarei o que irá saciar essa fome!

— Se for possível e não for incômodo, gostaria de lavar as mãos e o rosto deles, e as minhas também, porque, como podem ver, estão uma lástima!

— Me acompanhe, rapaz! Tenho até uma muda de roupa para você; quanto aos pequenos...

— Não será preciso, agradeço mesmo assim. Um bom asseio estará de bom tamanho.

Bira o seguiu ainda com as crianças agarradas a ele, tanto que até dificultava locomover-se.

Fora da casa, o banheiro feito com tábuas, no alto uma caixa que armazenava água da chuva, uma pia e ao lado uma toalha alvíssima foram mais do que suficientes para dar um ar de alívio para aqueles três andarilhos.

Sentados à mesa com aqueles dois a lhes fazerem companhia, uma enxurrada de perguntas não deixava que Bira aproveitasse aquele momento, saboreando tão cheiroso alimento. Já as crianças pareciam lobos famintos em cima de suas presas!

— Devagar, crianças, senão a barriga vai doer e um bom bolo de fubá que irei fazer não poderão comer!

Bira desanuviou-se. Estava em casa de bons cristãos.

— Estão indo para onde, se lhe posso perguntar? — quis saber o homem.

— Como falei, estamos indo buscar alguns víveres que estão a faltar na casa destas crianças.

— Não, não falou... Não desse jeito. Mais uma vez me desculpe a pergunta, mas, se está a buscar víveres que faltam, por que leva os pequeninos? — sondou o homem.

Bira pigarreou e olhou para os meninos, que pararam de comer, esperando dele a resposta, e contornou:

— Se me permitir, quando as crianças acabarem e lá fora forem brincar, claro, com sua permissão, lhe contarei tim-tim por tim-tim de onde estamos vindo e para onde queremos o mais rápido possível regressar.

O ancião olhou para a esposa, que já ia retrucar, e o silêncio se fez.

As crianças, assim que terminaram a refeição, lembraram a Bira o que fora a eles oferecido.

— Lá fora, se olharem bem, verão um bom balanço, que é sustentado por um bom braço de árvore. Mulher, vá com eles. Depois, antes do bolo oferecido, quem sabe se uma boa sesta não lhes fará um bem danado?

As crianças saíram sem entender e falando a Bira:

— Braço de árvore? — indagou Bento.

— Árvore tem braço? — perguntou Tinoco.

— Claro que sim! A natureza esticou seus galhos e deu--lhes vigor para que pudéssemos fazer ali um bom balanço! — exclamou a mulher.

Bira riu da explicação dada e as crianças correram para ver árvore tão forte.

Com os dois homens sozinhos, foi a vez de o mais velho pigarrear.

— Sinto no ar dificuldade; não quer me contar, e quem sabe esse velho que já tem as pernas cansadas, mas a mente em bom uso, possa ajudá-lo?

— É verdade que na casa onde moram com os pais já faltam víveres, mas a verdade verdadeira e preocupante se faz em torno do pai, guarda-florestal.

Bira narrou para aquele homem que inspirava confiança todo o acontecido, não omitindo nem mesmo sua condição anterior de caçador.

— Então, essa família está mesmo em apuros! Madeira para eles é ouro e não se deterão diante de nada! Passarão por cima de qualquer um como uma avalanche! Tens que retornar e ajudá-los. Como falou, de quem disse que logo voltaria, nem sinal; talvez lá já esteja... talvez! Deixe as crianças aos nossos cuidados. Tens que confiar. A cidade mais próxima ainda está longe.

— Não sei... Sou responsável por eles e fizeram-me prometer que não me afastaria deles por nada.

— Mas você sabe onde estão e estarão, logo que tudo for resolvido. Se o bom Deus o direcionou para esta casa é porque confia em nós.

— Eles não vão querer ficar.

Uma risada lá fora, logo seguida por outra, fez ver a ele que não seria tão difícil convencê-los. Bira estava temeroso. As crianças foram confiadas a sua guarda e, se algo a elas acontecesse, não se perdoaria.

— Estás inseguro... eu também ficaria. Vamos fazer uma coisa; estas pernas não estão tão ruins como parecem. Ainda aguentam uma boa esticada. Lá para aquelas bandas não me conhecem, então, irei com você e serei intermediário do que possa estar acontecendo.

— Está louco? Não acabei de falar que eles estão armados até os dentes?

— Não ofereço a eles ameaça... Velho caquético, posso até falar coisas desconexas para melhor ficar. Ainda não assistiu a nenhum teatro de rua? Farei uma encenação. Quem sabe este velho não está precisando dessa adrenalina para melhor continuar nesta terra?

— Não sei... Como explicarás estar ali naquele lugar?

— Perdido!

— Apesar da idade, não pareces com ninguém que tenha ficado ao relento com frio ou fome. Eles não são bocós!

— Quando falei em encenação, era para ser de fato. Vou lhe mostrar! — Ele saiu da casa, demorou uns instantes e voltou quase irreconhecível: rosto sujo, roupa maltrapilha e sapatos que deixavam ver quase todos os dedos.

— Onde fez esse arranjo?

— *Tava* lá atrás nos meus guardados. Foi da época em que eu e minha mulher trabalhávamos de sol a sol, ou de frio a frio, para erguer este teto. Guardei de lembrança. Quando esmoreço, vou lá, pego esses andrajos e fico a lembrar de tudo o que conseguimos com muito esforço, respeito e amor; aí então respiro fundo e me sinto renovado!

— Não posso deixar que faça isso. Não posso colocar sua vida em perigo!

— Não entende que, ajudando o próximo, me sinto vivo? De que vale essa vida se não for para ajudar um irmão na hora do perigo? Está achando que serei um estorvo? Esses braços já ergueram machados e racharam lenha o suficiente para ainda terem forças, se assim for preciso.

— Não estou duvidando disso, meu senhor...

— Ambrósio! Ambrósio ao seu dispor, meu rapaz. Já que as apresentações foram feitas, o próximo passo é falar com minha velha.

— Que com certeza não concordará com essa loucura!

— Se é para saber, vamos lá fora ver!

Ele saiu, e Bira foi atrás, meio desconcertado com o andamento das coisas.

Logo que foram avistados, a esposa de seu Ambrósio falou:

— Meu velho, se temos visitas, não era melhor colocar roupas domingueiras? Assim desse jeito vai assustar as crianças!

— Roupas de espantalho. Crianças, nunca ouviram falar ou seu pai nunca fez um espantalho para espantar quem vem bicar as plantações, mas se assusta e nem chega perto se fincam nas plantações um espantalho?

— Espantalho!!! — As crianças correram e o rodearam, admirando bizarra figura.

— O pai falou que quando fizesse a plantação de trigo ia fazer um igualzinho a este! — exclamou Tinoco.

— Calma, crianças! Iguais são só os andrajos. Dentro tem que ter enchimento de palha; como não temos palha suficiente, eu e meu novo amigo Bira vamos à procura. Vesti a roupa e agora não quero ter o trabalho de tirá-la, por isso vou com ela à procura, a caráter!

As crianças corriam-lhe em volta às gargalhadas. Tinha alguém cuja barriga estufada num enorme avental xadrez subia e descia, conforme sua respiração ofegante.

Ambrósio, entretido com as crianças, nem percebeu a situação. Bira puxou-o, falando-lhe ao pé do ouvido:

— Tem alguém a quem deve uma explicação; a do espantalho só serviu para as crianças.

— Minha velha, aqui está seu espantalho! Vamos até a casa, pois tenho sede e minhas palhas, que são meus ossos, não podem secar por falta d'água!

As crianças riam de rolar no chão. Bira aproveitou e contou uma mirabolante história de espantalho.

Dentro da casa:

— Ensandeceu? Vai se embrenhar no mato com quem não conhece, não sabe se o que diz é verdadeiro, e me deixar sozinha com dois pequenos?

— Minha velha, pense: nós que vivemos juntos há tantos anos todos os dias nos descobrimos... uma palavra fora do lugar, uma bem colocada, e assim vivemos várias figuras. O que sabemos nós? Quando alguém conta que outro alguém precisa de ajuda, temos que acreditar, até que se prove que não é verdade. Que cristãos seríamos se na hora em que nosso irmão mais precisa, tendo os bons espíritos mostrado o caminho de nossa casa, virássemos as costas?

— Meu pobre homem... Pudera eu contradizê-lo. Se queres ir, só peço que não seja neste momento. As crianças precisam se sentir seguras, e esse rapaz com certeza lhes falará da necessidade de ficarem aqui até sua volta.

— Falarei a ele e será assim. Não podemos nos afobar. Temos que ter cautela em nossos atos, e assim será. Se puderes acrescentar às suas palavras algo para levarmos em viagem...

— Até a noite tudo estará providenciado; só peço que tenhas cuidado. Como ficarei se me faltares?

— Vivendo, minha boa mulher... Vivendo sob as leis de Deus e dos homens, como tens feito até o momento. Sabes bem que, quando um de nós dois partir, isso será só físico. Nunca se sentirá sozinha, eu prometo.

Ele pegou suas mãos e beijou-as ternamente. Esse ato de puro amor, despojado de sentimentos carnais, envolveu-os, como também todo o ambiente.

Lá fora, Bira tentava explicar às crianças que lá teriam que ficar até sua volta.

— Mas a gente não ia com você, tio Bira, comprar os víveres que a mãe pediu? — perguntou Tinoco.

— Crianças, Deus, que é bondoso por demais, nos mostrou o caminho desta casa, onde posso deixá-los e ir adiante para fazer o que sua mãe pediu, sem que os leve mais adiante, pois o frio está intenso e vocês, cansados demais. Eu e esse bondoso senhor que nos deu abrigo, como os pais de vocês fizeram comigo, irá junto e me ajudará. Vocês ficarão aqui e tomarão conta da casa e dessa senhora tão bondosa. Dormirão no quentinho e não faltarão leite e broa, como ela prometeu. O que acham? Porque só ficarão se concordarem.

— Ficaremos, tio Bira! Tomaremos conta dela e da casa direitinho! — disse Bento.

— Eu não falei nada! — logo se pronunciou Tinoco.

— Então, você não concorda?

— É que... *tou* um tempão longe do pai e da mãe... Quero ir pra casa.

Os olhinhos ficaram vermelhos, e Bira respirou fundo.

— Sabe que não podemos voltar de mãos vazias. Que dirá sua mãe se não aparecermos com o que ela pediu? Dirá que somos fracos e iguais ao bicho-preguiça.

— Eu não sou igual ao bicho-preguiça! — exclamou Bento.

— Bem, então estamos conversados e tudo acertado, não é?

Bira estava com eles sentado no chão; quando acabou de falar, os dois foram para o seu colo e o abraçaram com força, como se não quisessem dele se separar. O rapaz respondeu ao abraço envolvendo-os em seus braços e pensando: "É preciso, meu Deus. É preciso aqui deixá-los e voltar para ajudar os que estão em perigo".

CAPÍTULO 7

Em um lugar distante dali:

— Seu João, não acredito que está pensando em sair daqui!

Maristela saiu por um breve instante para almoçar e, quando a enfermeira de volta adentrou, deu de encontro com João Desbravador vestido com as roupas de quando ali chegara.

— Como podes ver, só estou lhe esperando. Ainda está de pé o que foi prometido; quer me acompanhar? Quer casar com um sujeito teimoso, mas com a certeza de querê-la como companhia por toda a vida?

A moça ficou estática; não que fosse surpresa o pedido, mas às vezes, para ela, era apenas fantasia dele.

— Não sei o que dizer... Não estou preparada. Não fiz a mala e nem pedi demissão do meu trabalho nesta casa.

— Me perdoe então se a deixo; não posso me prolongar mais nesta cama. Estou bem. Sinto que estou. A operação está praticamente cicatrizada e creio que os cuidados terão que ser poucos. Só lhe peço que arranje os medicamentos devidos.

Maristela sentou-se numa cadeira próxima a ele e pôs-se a chorar.

João enlaçou-a pelos ombros e afagou-lhe os cabelos; quando ia lhe falar, a porta do quarto abriu-se, dando passagem a quem o tratara e já o conhecia, ou pensava conhecer.

— O que está acontecendo? Por que o senhor não está no leito e por que chora minha enfermeira?

— Se me permitir, responderei pelos dois. Agradeço toda a ajuda, mas não posso mais aqui permanecer. Uma família está em perigo e está em minhas mãos a ajuda, pois, já que autoridades aqui não vieram, creio que o pedido de meu amigo para que forças fossem enviadas foi ignorado. Quanto a Maristela, pedi-a em casamento. Quero formar uma família e, como sei que ela não a tem, poderemos ser muito felizes.

— Mas como? Pelo que me foi dito, o senhor não tem rumo certo.

— Não aqui. Mas tenho amigos maravilhosos que em pouco tempo me ensinaram o que realmente é viver. Eu antes tinha uma vida errante e vivia bandidos a caçar. Esse era meu trabalho, ou pensava sê-lo. Não quero mais essa vida para mim e nem para quem escolhi como companheira. Peço que me entenda e confie.

— Não sei o que dizer. Para mim tudo isso é surpresa. Me preocupo com o futuro de Maristela e quero o melhor para ela; se Maristela pensa como o senhor, só posso pedir a Deus que os guie. Maristela, é o que queres também?

A moça balançou a cabeça em sinal afirmativo.

— Então, já que estão decididos, vamos até a secretaria e faremos suas contas. Creio que precisarão de dinheiro para a viagem. Quanto ao senhor, escreverei no receituário tudo o que deves ou não fazer com essa perna. Maristela, depois, creio que deva ir com ele na casa de seus tios, pois, por pior que sejam, um dia a acolheram. Como deves ter que ir pegar sua bagagem, despeça-se deles. Não quero que fiquem a dizer pela cidade que fugiu com um forasteiro que aqui estava internado. Vamos, creio que devam partir antes de descer a noite.

João Desbravador estendeu-lhe a mão emocionado.

— Senhor, se posso solicitar mais uma coisa além desse pedido de casamento, será que poderia providenciar o enterro deste saco de ossos?

— Saco de ossos? Humanos?

João Desbravador mais uma vez desfiou o rosário.

— Creio que não posso atendê-lo. Qualquer parte humana que se enterre tem burocracia. Tem que ter documentos de permissão. Creio mesmo que terá que levá-lo. Como tens pressa em partir, não dará tempo de os documentos providenciar.

Apesar de ter que levar em viagem o que não gostaria, João estava satisfeito com o desenrolar da conversa, pois pensava ser o doutor um empecilho para sua partida com sua escolhida.

Tudo arrumado, os dois partiram em direção à moradia da moça. Foram recebidos pelo casal com uma frieza impressionante.

— Não fará grande diferença sua partida desta cidade e desta casa. Sua moradia já era aquele infecto hospital — falou-lhe a mulher.

João continuou na soleira da porta, pois nem convidado foi para a casa adentrar. Maristela passou pelos dois, olhos rasos d'água, não lamentando a partida, e sim o coração de pedra dos seus tios. Culpava-se por não ter feito o bastante. Contribuía com parte do seu salário, mas nunca contribuíra com palavras que pudessem modificar o modo de pensar dos dois. Já que iam à igreja diariamente, ela estava sempre a esperar mudanças nas atitudes deles, o que nunca aconteceu. Os tios já eram de idade avançada; haviam perdido um filho ainda em tenra idade e outro não tiveram. Quando Maristela ficou órfã e a adotaram, quem os conhecia pensava ter sido uma bênção de Deus ter se formado de novo uma família, mas os dois viviam todo o tempo a atirar pedras um no outro pela perda do filho. Fecharam-se, e a bênção que todos viram entrar naquela casa por eles não foi reconhecida.

Maristela arrumou seus pertences em duas bolsas, agasalhou-se bem e sentou-se na beirada da cama, pois suas pernas bambeavam. Era uma incógnita seu futuro com João Desbravador, mas, se o deixasse ir embora sem o saber, viveria no passado sem perspectiva de futuro. Ao passar pelos tios, escutou:

— Quanta bagagem! Chegaste aqui com a roupa do corpo e sai com duas grandes bolsas?

— Tio, cheguei aqui menina, tão pequenina que em um pequeno saco couberam minhas roupas. Mas, como podes ver, cresci, porém não levo nada que não tenha comprado com meu salário.

Maristela deitou as bolsas no chão e ia abri-las, quando foi por sua tia interrompida:

— Não faça isso... seu tio expressou-se mal. Seja feliz e, se quiseres um dia voltar, as portas estarão abertas.

Apesar das boas palavras, ainda havia uma grande distância entre elas. O gelo foi quebrado, mas precisariam de tempo, e esse tempo só os dois tios teriam para saberem o que de fato tinham perdido.

Maristela ia pegar as bolsas de volta, mas, mesmo ainda com dificuldade e tendo nas costas uma mochila e a carregar um saco de ossos, João apressou-se em ajudá-la.

A porta foi logo fechada, e Maristela sentiu que parte de sua vida ali ficara.

— Estás temerosa?

— Com medo do desconhecido, mas confiante. Nesse pouco tempo em que estivemos juntos, aprendi a admirá-lo. Pensas no seu semelhante apesar de suas dores. Era para ficares se lamentando, culpando a vida pelo que lhe aconteceu, mas sobre isso nunca o ouvi esbravejar; só o fez pela ajuda não recebida por aqueles que têm obrigação com quem corre perigo, justamente com a família, a mulher e os dois filhos.

— Obrigado pelas palavras. Sinto-a sincera e isso me comove. Nunca recebi elogios e, vindo de você, sinto-me encantado.

A moça apertou-lhe a mão, fazendo com que João Desbravador erguesse mais a cabeça e firmasse mais os passos. Deram sorte, pois, estacionado quase em meio à rua poeirenta, estava quem o trouxera.

— Aí está! Parece até que nos espera; só que, desta vez, longe dos caixotes nos sentaremos!

O motorista logo o reconheceu:

— Pelo que vejo já está recuperado! Folgo em vê-lo restabelecido. Para demonstrar, podem fazer a viagem à minha custa.

— Não me deves nada — falou João, sem ser grosseiro.

— Não pensavas assim antes. Operaram também seu cérebro?

— Posso dizer que fiz uma grande operação no coração.

— Mas não foi a perna que danificou? Que complicação foi essa no coração?

— Ele estava doente e esta enfermeira o curou... Mas, já que insiste, aceitaremos o que nos ofereceu — disse Maristela.

— Então entrem que estou saindo com a minha charanga. Mais um pouco e não me encontrariam nesta cidade.

João e Maristela tomaram assento e lá se foi a charanga a chacoalhar.

Viagem longa, logo adormeceram. Maristela, cabeça encostada no peito de João. Para ele, era quase inacreditável o rumo que tomara sua vida depois que conhecera Tomé.

Amanheceu e, longe dali, ainda em meio à escuridão:

— Colocou a broa na mochila? E a água? Não está com pouco agasalho? E o toucinho? A farinha, não será pouca?

— Mulher, se não parares de tagarelar, acordarás os meninos!

Ambrósio colocou o gorro, sendo imitado por Bira, beijou sua companheira e saiu porta afora, confiante de que a empreitada não seria em vão.

Em meio ao caminho:

— Ambrósio, creio que seria melhor irmos até a cidade e ver se conseguimos algo para fazermos não armadilhas para animais, mas que tal se capturássemos alguns que estão a serviço do mal?

— Então é melhor pegar a charrete. Será uma boa caminhada a pé.

— Na volta a deixaremos o mais perto que pudermos do nosso objetivo.

— Então vou atrelar o cavalo; volte a casa e avise minha velha, senão ela a pensará perdida.

Assim foi feito, e logo estavam a adentrar a cidade.

— Além de dever muito em agradecimento aos que aqui moram, também devo o que levei em empréstimo. Tenho algum no meu bolso, que foi posto por Lindalva para que os meninos acreditassem nas compras dos víveres; creio que usarei parte quitando essa dívida. Será direito?

— Estamos aqui com um propósito e assim não será se fores um devedor sem honra. Tenho algum dinheiro comigo e o ajudarei.

— Não posso aceitar, já está fazendo tanto!

— O que vale viver se não for ajudando ao próximo? Vou aproveitar e comprar alguns víveres, colocar na carroça e, quando tudo terminar, já será um bom caminho andado.

Entraram no armazém e Bira foi logo reconhecido.

— Então voltaste e estás com boa cara!

— Plenamente restabelecido, graças à ajuda de vocês.

— E, agradecendo essa ajuda, foi embora sorrateiramente, levando alguns pertences que não lhe pertenciam!

— Peço desculpas quanto a esse meu jeito. Estou aqui para saldar minha dívida.

— Então, mesmo com a demora, já é outra conversa!

Quando Bira pegou o papel com o total da dívida e meteu a mão no bolso para saldá-la, foi detido por Ambrósio:

— Compre os víveres que prometeu aos meninos. Quem sabe também algumas guloseimas? Esta conta é por minha conta!

O dono do estabelecimento abriu largo sorriso. Conta paga que já estava perdida, víveres a comprar... Estava começando bem o seu dia.

Umas cordas, uns rolos de arame e mais os víveres para as duas casas, e estavam feitas as compras. Ao sair do estabelecimento, Ambrósio pegou um quadrinho florido com dizeres bem *calientes*. Pegou-o e voltou ao balcão.

— Embrulhe-o com esmero! — disse ele com largo sorriso.

Também adentrando a cidade e parando próximo ao armazém para o descer dos passageiros estava a charanga, o que chamou logo a atenção de Bira.

Bira estava a pensar em sua estada na casa de Tomé, sob o alpendre da porta, esperando por Ambrósio, que escolhia demoradamente a cor da fita que daria um grande laçarote no tal presente.

O casal, pedindo licença, adentrou, e a conversa deles fez com que Bira os seguisse.

— A viagem até a casa de Tomé é longa. Temos que nos abastecer! Quero levar para as crianças algumas guloseimas.

A cabeça de Bira ferveu: crianças, guloseimas, Tomé, longitude... era coincidência demais!

— Senhor, por acaso esse Tomé de que falas é guarda-florestal?

— Conhece-o? — respondeu João com outra pergunta.

— Pelo seu tamanho, deves ser João Desbravador, que esperam com ajuda das autoridades.

— Sim, esse sou eu; só que ajuda não consegui. Estive hospitalizado por um bom tempo. Como sabes da minha pessoa?

— Sou amigo da família, ou melhor, há pouco tempo tenho-os como amigos. Se dizes que ajuda não conseguiu, temos que nos apressar; eles correm perigo! Tomé está em casa, mas aprisionado junto com a mulher!

— E as crianças?

— Vieram comigo. Lindalva pediu que as mantivesse longe de qualquer perigo.

João olhou em volta e correu para fora do estabelecimento a procurá-las.

— João, elas não estão aqui; deixei-as com a senhora de Ambrósio. Elas estão em segurança.

— Quem é esse tal de Ambrósio?

O ancião aproximou-se, já que não perdia um lance do que se passava, e apresentou-se:

— Ambrósio ao seu dispor!

João apertou-lhe a mão fortemente, já se dirigindo a Bira.

— Aprisionados? Como você conseguiu se safar?

Rapidamente Bira narrou-lhe o acontecido, inclusive como tinha salvo a vida de um dos algozes do amigo.

— Por que não deixou que a cobra fizesse o serviço? Era menos um!

Maristela, que até então tinha se mantido à parte, manifestou-se:

— João, tenho certeza de que agirias da mesma forma que este moço...

— Desculpe pelas minhas más proferidas palavras. Você agiu certo, rapaz! Creio que temos que nos apressar! Vou comprar alguns víveres e mais um tempo peço, pois estamos em jejum, e então poderemos partir.

— Levará sua esposa?

— Achas que a deixarei aqui à mercê de lobos?

— Só acho perigoso levá-la; a situação não é a mesma que deixou.

Ambrósio, que estava atento a cada palavra, deu a solução:

— João Desbravador, minha casa é simples, mas guardará bem sua jovem esposa. Creio até que sua chegada será bem saudada por minha velha, pois terá mais alguém para ajudá-la com os meninos.

Maristela estava desnorteada. Tantos acontecimentos em sua vida em tão pouco tempo, mas afastar-se de João era o que no momento não desejava.

— Creio que terei que aceitar. Serei um estorvo indo com vocês.

João imediatamente tomou-a nos braços, mostrando quanto ela era importante para ele.

— Não quero que corra risco. Não me perdoaria se algo de ruim lhe acontecesse. Trouxe-a para que comece uma vida de alegrias futuras, e não tristezas. Confie em mim. Se o senhor Ambrósio fala que em sua casa estará segura, creio que lá é o melhor para que fiques à minha espera.

— Então, com tudo acertado, vou puxar meu veículo — falou Ambrósio, satisfeito com o andar dos acontecimentos.

Apesar de estar manco, aquele homem que estava a sua frente, João Desbravador, valia por dois. Tomando cuidado com o embrulho que estava embaixo do seu braço, para não desmanchar o laçarote, Ambrósio saiu da loja apressado.

João o acompanhou com os olhos e indagou a Bira:

— Confias nele?

— Tenho que confiar, como também terás que fazê-lo. Somos três estranhos com o mesmo propósito: ajudar pessoas muito especiais. Em pouco tempo aprendi o que não fiz ao longo da minha vida. Tomé fez-me sentir diferente; outro homem...

Um pouco adiante:

— Está escutando o que estou escutando, chefe? Outro homem! Não é o seu sobrinho, que a gente pensou que estava mortinho?

— Cale essa boca! Alguém te perguntou alguma coisa?

Ele estava tentando imaginar como Bira estava ali em carne e osso, situação diferente da que ele se encontrava. "Traição!", pensou ele. Com esse pensamento, foi em direção a quem pensou tê-lo traído. Ao aproximar-se, a primeira pessoa que o sentiu foi Maristela.

— O que foi? Está se sentindo mal?

— Creio que é cansaço pela viagem...

— Deve ser fome. Há horas que não põe um alimento decente na boca!

— Há horas que não alimento meu espírito.

— Como? — espantou-se Bira com a resposta dada pela mocinha.

— Oração. Ela quer dizer que ainda não a fez — esclareceu João.

Bira fez cara de espanto, pois ainda engatinhava quando o assunto eram as coisas espirituais.

— Venha, Maristela; sente-se. Estás pálida como um papel de arroz! Deve ser fome mesmo, pois está me dando um mal-estar — falou João Desbravador.

— Sentem-se os dois que vou providenciar algo de sustança — afirmou Bira.

Os dois sentaram-se em um tronco que se fazia de banco.

— João, enquanto esperamos o que esse rapaz disse providenciar, dê meu livrinho de orações, e peço que me acompanhe.

Assim foi feito.

Quem ia em direção a eles passou ao largo.

— Chefe, não ia tomar satisfação com seu sobrinho?

— Não é a hora certa. Aqueles dois ali sentados fizeram uma barreira, que deles não posso me aproximar!

Quem o chamava de chefe olhou, olhou, exclamando:

— Não vejo nada! Que barreira que é essa, que não tem uma pedra ou um saco de terra entre nós e essa gente?

— Não mandei que ficasse calado?

Os outros se mantinham afastados e cheios de ira por aquele que deveria fazer parte do grupo dos desencarnados.

— Aqui está. Comam devagar e logo passará esse mal--estar — disse Bira.

— Obrigada pela sua atenção e bondade, mas já estamos melhor. Como disse, estava enfraquecida espiritualmente. O alimento que nos trouxe com certeza nos fará bem, como o fizeram as orações — falou Maristela.

Bira estava confuso com aquele palavreado. Sabia agora a importância das orações, mas substituir alimentos para ele era novidade.

Não foi bem o que Maristela quis dizer. Temos que orar diariamente e fortalecer nosso espírito a fim de que possamos estar energizados e prontos para qualquer ação de algum desafeto desencarnado, ou vibrações maléficas.

— Ei! Ei! Pessoal, se já terminaram de forrar a barriga, estou pronto para essa empreitada! — disse Ambrósio.

— É esse veículo do qual ele falava? — espantou-se João, pelo meio de transporte que estava à espera deles.

— Ambrósio parece ser um bom homem, tanto quanto sua forte carroça. — comentou Bira.

— Não dará para todos.

— A moça vai na frente com ele e nós, junto com a carga. — concluiu Bira.

Assim foi feito, e logo nela estavam acomodados. Menos as pernas de João Desbravador, que ficaram penduradas.

Tê-los de volta e com o grupo aumentado foi uma grata surpresa para Felícia. Os meninos já estavam bem asseados, havia um bolo fumegante em cima da mesa e ela trazia um largo sorriso no rosto. Assim que escutou um barulho bem conhecido, falou aos meninos:

— São eles! Foi mais rápido do que eu pensava. Trazem visitantes... Não são seus pais?

Os meninos, que estavam no chão de casa a brincar, largaram as madeiras de encaixe de imediato e correram para fora da casa com os coraçõezinhos a disparar. Assim que viram o grupo, estancaram. Não! Não eram os pais tão amados... Voltaram para dentro de casa cabisbaixos, sem importar que no meio deles estivesse o esperado tio Bira.

— Desculpem esta velha, crianças. Pelo abaixar da cabeça de vocês, creio que me enganei. Mas, vamos lá! Não estão curiosos para saber quem são os outros dois?

Como já disse, criança é surpreendente; passam de uma tristeza para euforia num estalar de dedos. Dada a ordem, foram em disparada em direção à carroça.

— Tio Bira! Tio Bira!

— Crianças, pensei que iria encontrá-los aos roncos!

— Estamos esperando para comer o bolo! Vó Felícia fez um bem grande. Maior que o da mãe! Já comprou os víveres? Já vamos para casa?

— Não por enquanto, porque encontramos uns amigos... Não querem olhar para ver de quem se trata?

João estava com o corpo meio escondido entre a lona que cobria os víveres. Ele o fez logo que escutou as vozes já bem conhecidas. Queria lhes pregar uma peça.

As crianças deram a volta e, assim que se colocaram atrás do veículo:

— Bum!

Primeiro os dois caíram sentados, tamanho o susto; depois, foi uma alegria só.

— Tio João! Tio João!

João Desbravador, homem forte, que pensava já tudo conhecer nesta vida e bradava aos quatro ventos quanto seu coração era duro, desmanchou-se e foi às lágrimas ao sentir em seu peito aqueles dois corpinhos, no momento, longe do abrigo dos pais.

— Crianças! Não estão um pouco longe de casa?

— Viemos fazer compras com o tio Bira — falou Tinoco, ainda com seu rostinho enterrado no peito de João.

— Lá em casa não tem mais um grão para fazer comida! O pai tá em serviço, e nós, homens da casa, viemos providenciar os víveres que a mãe pediu — falou Bento, com os bracinhos tentando rodear o pescoço de João.

— Estou sentindo quanto já estão grandes! Grandes homens, com certeza! Agora desçam que quero que conheçam alguém muito especial. Esta moça linda que estão vendo é minha esposa e o nome dela é Maristela. Será que tomariam conta dela enquanto eu, tio Bira e esse senhor...

— Vô Ambrósio! É assim que a vó Felícia falou pra chamá-lo. — disse Tinoco.

— Como eu ia dizendo, nós ainda não compramos o que foi pedido pela mãe de vocês. Como atrapalhei quando eles estavam nas compras, agora voltarei com eles para ajudá-los. Posso confiar minha dama a vocês?

Felícia adiantou-se e abraçou a moça, exclamando:

— Que bom que está aqui! Será muito bom ter mais uma companhia, inclusive para me ajudar com esses dois, apesar de já perceber que eles não darão trabalho. Seja bem-vinda!

As duas se abraçaram e João Desbravador respirou aliviado por deixar quem nele confiava em boas mãos.

Ambrósio estava irrequieto:

— Então, já que apresentações foram feitas, não é hora de partirmos?

— Já que estão aqui, não é melhor forrarem seus estômagos, descansarem e seguirem ao amanhecer?

— Minha velha, ao amanhecer já estaremos longe! Conheço palmo a palmo estas matas, como bem sabes. A escuridão será nossa aliada.

Ele estava tão eufórico que esqueceu o presente arrumado com tanto esmero.

Puseram-se a caminho. Os dois mais jovens iam na boleia, enquanto Ambrósio descansava sobre a lona seu corpo cansado.

— O senhor poderia ter ficado. Creio que nós dois, mais Tomé, possamos dar cabo do serviço. — disse Bira.

— E ficar fora dessa festa? Há tempos que eu e minha velha não temos tanta companhia. Sempre tive certeza e agora minha fé está mais fortalecida, porque a Providência Divina não se esqueceu de nós. É sinal que nossos corpos e mentes não estão tão cansados!

— Se assim diz, é porque deve ser — respondeu João, achando engraçado o modo de falar daquele ancião.

Estava quase amanhecendo quando chegaram a um ponto onde teriam que deixar a carroça e seguir a pé.

— Eles abriram esta estrada, que nos permitiu aqui chegar sem esforço, mas olhar a devastação que causaram é de entristecer! Vamos escondê-la bem aproveitando as copas das árvores aqui jogadas. Mesmo secas, estas folhagens com seus secos galhos encobrirão o que por eles não pode ser visto.

O serviço ficou perfeito, pois, como aquele, havia vários amontoados. Dos troncos centenários, nem sinal. Isso dizia bem a que tinham vindo.

Pegaram o rumo da casa de Tomé, tomando cuidado para não serem avistados. Um descuido, e a salvação de Tomé e Lindalva iria por água abaixo. Levaram horas para chegar ao destino. Ao avistarem a habitação, foram mais cautelosos ainda.

— Não vejo ninguém de sentinela. Será que seriam tão descuidados assim? — perguntou Bira.

— Pelo que já nos mostraram de que são capazes, e você, Bira, sentiu isso na pele, devem estar de tocaia. Vamos esperar. Temos que ter paciência se quisermos que tudo dê certo. — disse João Desbravador.

Ali ficaram um bom par de horas, e nada.

— João, vou sorrateiramente até a janela; não podemos permanecer aqui por mais tempo. Assim parados neste frio, daqui a pouco enregelados, aqui ficaremos fazendo parte do lugar!

— Vá; eu lhe dou cobertura. Um sinal seu e nos aproximaremos e atacaremos!

Bira foi rastejando como se fosse um animal. Os dois que ficaram suspenderam a respiração até Bira chegar à construção e, como um réptil, deslizar encostado à janela. O rapaz respirou fundo e, com cuidado, por uma fresta, pôde ver o que dentro se passava. Nada! Não que nada pudesse ver; mas dentro da casa não havia viva alma!

Um gesto e logo os dois estavam ao seu lado.

— A casa está vazia. Onde terão ido? Será que é seguro entrarmos?

— Se está vazia, a tomemos e um fica na janela a vigiar.

Nem cheiro de comida, nem cheiro de gente, o que mostrava que há muito haviam partido.

— Creio que chegamos tarde demais! — Bira estava consternado.

— Não há vestígio de sangue e nem de luta. Podem ter ido para o acampamento.

— Algo me diz que assim foi. Não sinto aperto no peito, então, algo de tão ruim ainda não aconteceu — falou Ambrósio com a voz firme, como se disso tivesse certeza.

João o olhou e mais uma vez estranhou o modo dele de falar.

— Bem, já que estamos aqui, vamos comer algo, descansar um pouco e ir adiante. Agora vai ser mais difícil, pois, como sabemos, no acampamento são muitos a vigiar.

— Então, meu rapaz, vamos ao meu plano. Perdido em meio à mata e "variando", entrarei no acampamento e dos dois saberei! — propôs Ambrósio.

— Diz como vai entrar, mas já tens um plano para como de lá sair? — perguntou Bira.

— Do mesmo modo que entrar!

— Não será assim. Eles não o deixarão sair, pois poderás dar com a língua nos dentes!

— Pelos pais dos meninos vale a pena arriscar.

— Pense melhor, Ambrósio. Se de lá não puderes sair, como saberemos de Tomé e Lindalva? — disse Bira.

— Tens razão, moço. Temos que melhorar essa estratégia.

— Agora que entendi seus andrajos! Queres parecer perdido por estas bandas e lá se infiltrar sem perigo — falou João Desbravador.

— Esse é meu plano!

— Um pouco falho. Bira tem razão quanto ao modo que nos dará notícias. Estamos cansados demais para pensarmos em uma melhor solução. Vamos nos revezar na vigília. Ambrósio, creio que os primeiros a descansar devam ser você e Bira.

— Não concordo. Escutei sua esposa falar sobre o curativo de sua perna. Vejo que andas com dificuldade. Vá se cuidar. Queremos você inteiro pela manhã! — disse Bira.

— De fato tenho uns remédios a tomar, mas o curativo é só prevenção, pois a cicatriz está fechada e seca. Tens razão; não posso ser irresponsável, pois prometi a Maristela que me cuidaria. Não posso decepcioná-la.

— Vá, eu fico de guarda! — disse Ambrósio.

— Creio que o senhor deva descansar. Foi uma batida longa e cansativa. Eu ficarei; o senhor descansa e me rende. Por último fica João, para que sua perna repouse, pois amanhã o dia será longo.

— Aceito, mas antes vou pegar do farnel feito por minha velha o que possamos comer. Soldado fraco é batalha perdida!

Lá fora:
— O que eles estão a fazer nessa casa tocaiados?

— Você fala demais! Devias ser como os outros; observar mais e falar menos!

— Mas, chefe, por que não podemos entrar? Vai ver estão até negociando nossas peles!

— Não escutou a conversa deles ou está surdo? Vieram salvar um tal de Tomé, e eu quero ficar aqui fora para não perder nada! Alguém discorda?

Os quatro entreolharam-se e fizeram sinal de que concordavam. Também, se fosse ao contrário, a brigalhada recomeçaria.

Quando a mata já estava desperta:

— Bira, por que não me acordou? O trato era revezar! — disse João Desbravador.

— Os dois precisavam mais que eu. Vê Ambrósio, ainda está a dormir e, pelo embrulho que fez de si próprio, sentiu muito frio.

— Vamos deixá-lo descansar mais um pouco. Vou passar um café, esse eu trouxe em minha bagagem; por falar nisso, queria um tempo, pois tenho algo muito importante a fazer lá fora — falou João.

— Vá, aproveite e leve uma muda de roupa. Arrumado como estás, suas vestes se perderão quando formos ao acampamento.

— Não é de asseio que falo. Tenho algo a enterrar e o farei logo.

— Um tesouro? — perguntou Bira.

— Antes fosse, se bem que, algum tempo atrás, para mim, era dinheiro na troca! — tornou João.

— Não estou entendendo. Pensei que só Ambrósio falasse por enigmas!

— É uma longa história. Tenho comigo uns ossos e preciso deitar terra neles. Sinto que preciso fazer isso o mais rápido possível.

— Com certeza estão nesse saco que não quis deixar na carroça.

— Exatamente — respondeu João. — Vou passar o café, acordar Ambrósio e quem sabe ele me ajuda enquanto você fica mais um tempo de guarda.

— Quando o café cheirar, lembre que precisa acordá-lo!

O café foi feito, o toucinho frito, e nada de Ambrósio despertar. João pegou as canecas, colocou-as na mesa, fazendo barulho, e nada!

— Bira, ele dorme como chumbo! Vou despertá-lo, senão nosso dia será curto.

João foi até o quarto das crianças e estranhou a janela aberta. Tocou no que seria o corpo do ancião e só encontrou um rolo de cobertas.

— Velho maluco! Imprudente, deve estar variando mesmo!

Bira largou o seu posto, pois João estava aos berros.

— O que aconteceu?

— Veja você mesmo. O velho nos enganou e a essas horas deve estar longe!

— Então ele pensa que pode resolver tudo sozinho? — disse Bira.

— Não sei o que ele pensa, mas creio que não o faz; age por impulso — falou João.

— E agora, o que faremos?

— Se o pegaram, devem estar alertas, mesmo assim temos que ir. Agora tentar salvar não dois, mas três!

— Vamos ao café e depois o ajudarei a enterrar os ossos.

— Vamos só ao café; quanto ao resto, vou deixá-los em um canto e depois cuidarei disso.

Um grupo os espiava pela janela e não perdia uma palavra do que diziam:

— Então o velho não fugiu deles como pensamos. Ele foi atrás do tal Tomé!
— Chefe, vamos entrar agora e pedir ao seu sobrinho Bira explicações...
— Pela primeira vez, disse algo certo. Vamos lá! Vocês três fiquem aqui de guarda.

Lá dentro:
— Antes de fazermos nossa primeira refeição, queria continuar a fazer o que aprendi com Maristela. Ela deixou-me um livro de orações, pois prometi que leria com fé para seguir meu dia.

Imediatamente, ele começou a fazer a oração, e Bira o acompanhou, repetindo com fé suas palavras.
— Ei, pare! Estou me sentindo mal. Essas palavras melosas me deixam mole!
— Chefe, eu também estou esquisito! É melhor esperar lá fora.

Os três que ficaram de guarda não estavam mais a sós. Espíritos auxiliadores tinham vindo mais uma vez mostrar-lhes o caminho da redenção.
— Quem são vocês? Já sei! São os bonzinhos que dizem que nos ajudarão, mas nada fazem. Queremos o que nos pertence!
— Se me seguirem, de nada precisarão além de acreditar que o Pai é só perdão...
— Pai! Perdão! Não venha com essa conversa mole de novo. Se não podem nos ajudar a recuperar o que é nosso por direito, vão-se daqui.
— Vocês já andaram muito em descaminhos... Não é hora do descanso na casa do Pai, onde aprenderão o que deve ou não ser feito para uma nova encarnação?

— Blá-blá-blá! Ainda não entenderam que são demais aqui?

Os três que haviam ficado de guarda e estavam muito perto dos espíritos auxiliadores mantinham-se calados, o que irritou ainda mais quem ainda se fazia de chefe.

— Vocês três, venham para cá!

— Não! Estamos cansados demais disso tudo. Eles nos oferecem paz, e é isso que queremos no momento. Se não queres ir, continue, pois nós não o seguiremos mais, por causa desse viver desajustado, matando a criação de Deus indiscriminadamente, sem ter consciência de que estamos causando sofrimento, e mais as jogatinas, as bebedeiras... Andar atrás de você, seguindo-o sem ter um pouso certo como sempre vivemos... não queremos mais. Eles nos oferecem a casa do Pai e os seguiremos.

— Vão! Vão, seus ingratos, mas, quando se arrependerem, não me procurem! Pensam que eles são bonzinhos? Esqueceram que são proscritos, e o que eles farão é os prenderem?

Os espíritos auxiliadores exalavam uma energia que envolvia os três, mas não chegava até quem se dizia chefe, pois a energia por ele exalada era uma barreira. Quem era seu seguidor e mais parecia sua sombra estava no meio dessas duas energias.

— Chefe, estou tonto... Parece que vou cair...

— Vem pra cá, ou quer ter o mesmo fim desses três?

— Não o ouça... venha conosco.

— Ele fica! — O tal chefe pegou-o pelo braço, e o rapaz caiu aos seus pés desacordado. Com toda aquela energia, ele estava cada vez mais fraco.

O grupo partiu, e o chefe ficou a maldizê-los, tornando pior a situação de quem estava caído, literalmente.

Dentro de casa:

— Já podemos partir. Como diz minha doce Maristela, já alimentamos o corpo e a alma!

— Aprendeu rápido! — comentou Bira.

— Comecei a aprender aqui nesta casa; depois, preso em um leito e após vários acontecimentos, até ficar preso numa cela como criminoso, como não acreditar em uma força maior que colocou um anjo em minha vida, e Tomé, que foi quem me ensinou primeiro a rezar? Um dia, depois de tudo isso passado, lhe contarei como era minha vida e o que já fiz, sempre justificando que era como poderia me sustentar.

Nenhum dos dois ainda sabia que ali, de frente um para o outro, estavam o caçador e o caçado... Mas isso tinha sido antes de conhecerem aquela família.

— Bem, pegou tudo? As armadilhas? — perguntou Bira.

— Só de escutar falar de armadilhas, eu tremo! — exclamou João Desbravador.

— Más lembranças?

— Como falou, quando tudo isso terminar, saberemos a história um do outro e, assim, nos conheceremos melhor, mas agora temos que ir.

A porta se abriu, dando passagem aos dois, ao mesmo tempo que outros dois queriam entrar.

— Está muito frio, Bira. Senti agora um vento que chegou a gelar os ossos!

Eles foram adiante e logo se embrenharam na mata.

— Não vamos com eles?

— Não! — respondeu o chefe. — Vamos ficar aqui, pois é para cá que vão voltar. Não ouviu Bira dizer que contará ele uma história? Quero ver em que parte e como ele me traiu.

— Para mim foi melhor, pois ainda estou fraco. Tem certeza, chefe, de que não era melhor ter acompanhado o grupo?

— Já não falei que eles vão voltar?

— Não... Não estou falando dos dois.

— Está falando sobre quem?

O rapaz tremeu mais ainda; queria dizer para o chefe que gostaria de ter partido como os outros três fizeram, mas não tinha coragem. Encolheu-se num canto enquanto o que dizia-se chefe percorria todos os ambientes.

— Esta casa cheira mal! Olhe estes trastes!

O que ele chamava de trastes eram os artesanatos feitos com esmero por Lindalva, mas ele não conseguia ver nem sentir a delicadeza dos objetos, pois sua alma estava impregnada de ódio, sentimento destruidor de encarnados e desencarnados.

Em meio à mata:

— Engraçado, não está tão frio, não daquele jeito que senti ao sair da casa. — comentou João Desbravador.

Andaram, descansaram, continuaram, e nem sinal de Ambrósio.

— Velho maluco! Se ainda não topamos com ele é porque saiu logo após pensarmos que ele tinha se deitado. Eu devia ter ficado no quarto com ele — falou João Desbravador.

— Agora não adianta nos lamentarmos. Temos que andar com cautela, para não sermos pegos de surpresa. Já escuto ao longe o barulho das serras — disse Bira.

— Estamos longe ainda.

— Nem tanto. Sei que eles andam por aí espalhados, marcando as melhores árvores a serem derrubadas e assim fazem o caminho da derrubada. Põem abaixo o que querem e o que acham que servirá, sem dó nem piedade! Estranho que, quando nos abrem os olhos e vemos mais adiante, fica bem claro o certo e o errado. Se não tivesse encontrado as crianças e consequentemente os pais, talvez hoje fizesse parte desse grupo de destruidores da criação de Deus Pai, como diz nosso amigo Tomé — comentou Bira.

— Creio que aconteceria o mesmo comigo. Essa magnitude de que fala Tomé, nunca tive olhos para ver. Creio que só olhava o chão e, assim, os rastros de quem eu vinha ao encalço.

— Perseguias alguém? — indagou Bira.

— Pode-se dizer que eu era um caçador de recompensas — respondeu João.

— Caçador?!

— Pode-se dizer que sim, mas não de animais. Olhe este pedaço de roupa, não parece ser da mesma cor da que o velho vestia? — perguntou João.

— Parece mesmo; então estamos no caminho certo. Espero que ele não esteja no acampamento. Como o tiraremos de lá?

— Ele não falou que tinha um plano?

— Um plano maluco! Acha que o deixarão ir?

— Achas que vão querer mais uma boca para alimentar, sem os braços para trabalhar, já que ele se fará de doente mental?

— Silêncio... Aguce o ouvido. Ouvi um estalar de galho seco. Pode ser animal ou o bicho homem.

Novo estalar, e João ficou pronto para dar o bote, fosse em quem fosse. Assim que surgiu a figura, João desanuviou-se.

— O senhor? — foi Bira quem perguntou.

— Não disse que iria encontrá-los? Meu plano não falhou, só que não vi quem deveria, ou seja, só vi a mulher, que está preparando as refeições, e mais nada!

— E Tomé?

— Desse não consegui saber, não.

— Como não, se dizes que Lindalva lá se encontra?

— É como digo. Ela sei que é, pois tem sempre alguém de guarda para que não fuja. Eu não poderia perguntar por Tomé, seria como me entregar.

— Não viu ninguém de sentinela em alguma cabana?

— Vários. Pelo que sei, as dinamites estão bem guardadas, também as munições, e tem até homem de guarda nas provisões. Como poderia saber se naqueles lugares também mantêm alguém em prisão?

— Como o deixaram sair?

— Não sente o cheiro? Tive que borrar as calças para ficar mais verídica a minha história, como também sabia que iam me despachar para me lavar no rio.

— Hum... agora que o senhor falou, sinto o cheiro. É melhor se apressar, senão sua pele vai ficar impregnada e ficarás com esse cheiro para sempre!

— Vou e volto logo. Permaneçam escondidos, pois tem homem armado por toda parte!

Lá foi Ambrósio em direção ao rio com o andar atrapalhado, agora, não para compor a figura, e sim pela carga pesada nas calças!

CAPÍTULO 8

Na casa de Ambrósio:

— Minha filha, que bom tê-la aqui. O frescor de sua juventude é um bálsamo para esta velha!

— Eu que agradeço a acolhida. São felizes vivendo aqui isolados?

— Eras feliz onde vivias?

— Tens razão; o local não importa se estamos em comunhão, seja com quem nos cerca ou a natureza. Eu vivia em meio a tantas pessoas e me sentia muito só. João entrou em minha vida como um furacão. Hoje meu coração está apertado, pois se algo lhe acontecer estarei só de novo.

— Nunca mais, minha filha! Esta casa a acolheu e assim será, a não ser que não queiras como companhia dois velhos rabugentos! Tenho certeza de que seu marido voltará e, como já me contaste que ainda não tens pouso certo, considere esta casa como sua. Seria ótimo tê-los como companhia.

— Não tens filhos?

— É uma triste história. A razão de termos vindo para estas bandas diz respeito a ele. Queremos preservar o que ele não soube valorizar. Perdeu-se na vida andando às margens da lei de Deus e dos homens.

— Desculpe ter tocado em sua ferida...

— Já está quase curada. Eu e meu velho trabalhamos para isso. Vamos ver as crianças? Já devem ter acordado!

— Não creio. Foram dormir muito tarde. Pobres crianças, o que será delas se algo acontecer com os pais?

— Terão a nós! Mas vamos rogar aos céus que os bons espíritos estejam com eles!

— Acreditas nisso de fato?

— Em espíritos?

— Sim.

— Não achas que seria muito pouco morrermos e tudo acabar?

— Não sei muito sobre isso, sei do poder da oração. Às vezes me juntava a um grupo no hospital e ficávamos horas a rezar. O ambiente acalmava, o coração desacelerava, até os pacientes pareciam melhores, apesar das dores. Parentes de alguns internos faziam parte desse grupo e depois das orações contavam um pouco de suas mazelas. Das histórias de alguns já sabia, mas, contadas por alguém que vivia próximo a eles, dava extensão ao que já sabia e me consolava, pois muitas vezes achava que minha dor era maior do que a daqueles que via sofrer. Por isso lhe falo que sobre espíritos não sei bem... mas a oração me alimentou a cada dia.

— Pelo pouco que me falaste deves ter sofrido muito, minha pequena.

— Engraçado, era assim que me tratava quem muito me amava. Sinto um grande conforto em suas palavras.

Risadinhas e cochichos vindos do quarto fizeram com que fossem pé ante pé observar as crianças.

— Tá sentindo cheiro de bolo? — perguntou Bento.

— Parece até o da mãe... — comentou Tinoco.

— Tô com saudades dela e do pai... Quando será que tio Bira vai nos levar de volta?

— Quando voltar com os víveres — Tinoco falou.

— Tá demorando... Já dava até para colher na horta e nem precisava vir tão longe para comprar.

— Cereais. Esqueceu que a mãe falou?

— Quero ir embora pra casa. — reclamou Bento.

Adentrando o quarto, Felícia falou:

— Crianças! Levantem que um bom pedaço de bolo com leite quentinho os espera! Também tem umas roscas fritas que fiz, o suficiente para que guardem um pouco e levem para os seus pais.

Mencionar os pais os impulsionou como se fossem duas molinhas. Logo estavam asseados e lambuzados com a deliciosa cobertura do bolo. As duas sentaram-se em frente a eles e os observavam extasiadas. Olhinhos brilhantes, gestos rápidos, sorriso marcado em seus rostos, apesar da desventura.

Bento ia colocar a mão em outra rosca, mas foi detido por Tinoco:

— Só uma! Esqueceu o que vó Felícia falou? Vamos levar roscas para a mãe e o pai!

— Só ia passar a mão no açúcar...

— Comam, meninos. Tem outro tanto na lata guardada. As dos seus pais estão lá, bem guardadas! — explicou Felícia.

Bento imediatamente esqueceu que era só o açúcar que queria pegar e logo estava com a boca a salivar, olhando o que tinha em suas mãos. Maristela era só carinho e dedicação para com eles.

— Crianças, o frio está mais ameno e o balanço os espera. Depois mostrarei a vocês uma cartilha e quero ver se conhecem as letras do alfabeto.

— Eu sei! — exclamou Bento.

— Eu também! A mãe ensinava o que ela aprendeu quando ia na escola. O pai também ajudava e nos passava um pito quando a folha sujava. — contou Tinoco.

Maristela riu da explicação dada e imediatamente endereçou àqueles pais uma oração, pedindo ao bom Deus que deles cuidasse, livrando-os de um perigo maior.

Já na mata:
— Ambrósio está demorando demais para se lavar. É melhor ir ao seu encontro. O cheiro em suas calças pode ter atraído jacarés e outros bichos mais! — disse Bira.
João deu uma sonora gargalhada, e ele mesmo se assustou com o eco.
— Vão nos escutar e estará tudo perdido se continuares a rir desse jeito — falou Bira, sempre cauteloso.
Logo chegava quem por eles era esperado.
— Escutei uma gargalhada e tive que me apressar. Creio mesmo que minhas calças ainda permanecem com sujeira. Querem que nos descubram?
— Desculpe, meu velho. Creio que fui imprudente, mas falávamos de sua demora. — comentou João Desbravador.
— Já cheguei e já estou indo! — exclamou Ambrósio.
— Não podes lá voltar, é perigoso. Não vão de novo engolir sua história. — avisou Bira.
— Tenho que me aproximar da mãe dos meninos e dizer que estão à espreita para resgatá-los. Tenho que saber onde está Tomé; não é esse o nome do pai dos meninos?
— Velho teimoso, é o que és! — exclamou João Desbravador. — Sim, esse é o nome do nosso amigo guarda-florestal. O acampamento está perto, será impossível nos aproximarmos mais sem sermos vistos. Vamos esperar anoitecer e chegaremos mais perto.
— Perto do acampamento tem uma grande pedra. — contou Ambrósio. — Será um bom esconderijo, mas só até o amanhecer; depois disso, os homens tomam todo o lugar.

Não acordam cedo; o chefe permite, pois sabe que trabalham muito e bebem na mesma proporção.

— Bebem? — inquiriu Bira.

— Garrafas ou tonéis? — adiantou-se João Desbravador.

— Dentro de uma barraca tem vários barris, com certeza do que bebem — disse Ambrósio.

— Será que poderia na terra fazer o desenho do acampamento e fixar essa barraca? — perguntou João.

— Será que queres fazer o que estou pensando, João? — disse Bira.

— Envená-los? — indagou o atônito Ambrósio.

— Nunca! Queremos tirar Tomé e Lindalva das garras deles, mas não cometendo o mesmo erro. Nem animal quero mais em armadilhas! — falou Bira.

— Era isso que fazias antes de conhecer Tomé? — perguntou João.

Bira ficou embaraçado em responder, mas quem estava indagando era o caçador de recompensa!

— Nos desviamos do assunto principal: Tomé. Ambrósio, serás capaz de fazer o que João Desbravador pediu?

— Fácil, fácil!

Ele pegou uma vara e ficou a riscar o chão. Logo dava detalhes de todo o acampamento.

— Prestem atenção! Não se atrevam a se aproximar em dia claro, pois serão logo pegos e tudo o que planejamos irá por água abaixo! Agora vou indo. Direi que voltei por ter fome e assim com certeza me aproximarei de quem tem agora a responsabilidade de cozinhar.

— Velho, se algo lhe acontecer, não me perdoarei por deixá-lo fazer essa loucura. — disse Bira.

— A palavra é certa. Louco! É assim que quero que me tomem. No momento, o que pode me acontecer é ficar constipado!

— Ficaremos a esperar que a noite desça e rezando para que esse seu plano louco dê certo — falou Bira, um pouco emocionado ao abraçar aquele corpo molhado e que colocava

Uma jornada para transformação | 159

sua vida em perigo por dois seres que não conhecia, mas dos quais tinha em casa dois ansiosos pequeninos.

Encostados em uma frondosa e centenária árvore que lhes dava um bom abrigo, pois seu grosso tronco formava uma cavidade, excelente para ficarem a salvo de qualquer surpresa, João e Bira ansiavam para que a noite descesse e a escuridão fosse sua aliada. Estavam cansados sem nada terem feito, a não ser esperar. Conversar, só em tom muito baixo; não sabiam quem poderia estar nos arredores.

— Tem um som que poderá nos denunciar, pois irá longe. — começou João Desbravador.

— Está falando do quê? — quis saber Bira.

— Minha barriga. Está reclamando tanto a falta de alimento, que parece que vai dar um nó.

— Estás sentado quase em cima do que poderá aplacar esse monstro.

— Formigueiro?! — assustou-se João.

— Não. O saco do Ambrósio que sua boa mulher recheou de coisas boas. — revelou Bira.

— Por que não disse logo, me deixando passar por essa agonia?

— Não perguntou...!

João abriu o saco de lona e ficou boquiaberto com a quantidade de guloseimas.

— Até um naco de carne tostada ela colocou. Não será invasão nossa comer do que foi para ele esmeradamente preparado?

— Com certeza ela o fez para que fosse dividido. Deixaremos uma parte para que mais tarde ele possa se servir; se bem que, pelo que ele falou, dirá que voltou por ter fome.

— Achas que acreditarão e o servirão?

— Acreditar, creio que o desempenho dele é bom; se são piedosos a respeito disso é outra história. Será que darão algo a quem não serve para os trabalhos forçados de que eles precisam?

— Então é melhor deixar a parte dele.

Saciada a fome e tendo que ficar no máximo de silêncio, acabaram por dormir, acordando quando a tarde já se despedia.

— Bira, mais um pouco e poderemos ir.

— Vamos esperar. A essa hora devem estar enchendo a barriga e bebendo, o que nos favorecerá.

— Tem razão. Mas estou todo moído; é a desvantagem de ser tão grande.

— E sua perna? — perguntou Bira. — Não está tendo o cuidado que sua esposa tanto recomendou.

— Não sinto dor, só incômodo. Talvez por estar nessa posição por muitas horas.

— Tem que se cuidar. Já pensou se precisares de quem o carregue? Por mais que queira ajudá-lo, você dá dois de mim! — falou Bira.

— Não será preciso. Temos outras preocupações no momento. Se o velho não viu Tomé no acampamento, temo que possam ter dado cabo dele — comentou João.

— Não acredito. Não creio que a missão dele seja interrompida dessa maneira trágica.

— Ele é uma pedra no sapato deles. Como não têm nem um pouco de escrúpulos, é só retirá-la.

— Não é bem assim. Tomé é concursado, como ele mesmo me falou, e tem registro e tudo. Se não tiverem dele notícias, logo virão à procura — falou Bira.

— Vamos pensar que será assim porque assim deve ser, mas, enquanto isso não acontece, vamos tentar ao máximo tirá-los das garras desses ambiciosos — disse João.

— Gostei da sua fala. Parece que Tomé fez alguns discípulos.

Ouviram um estalido de galho seco quebrado, e silenciaram, ficando em alerta. Era só uma lebre saltitante à procura de alimento, e também alerta para não ser o alimento.

— Temos que nos acalmar, ou poremos tudo a perder. — disse Bira.

— Temos que parar de falar, isso sim. Se o animal fosse outro, teria nos descoberto. É melhor de agora em diante nos comunicarmos só por sinais. — falou João.

— Espero que nos entendamos também desse modo. Vamos andando?

João riu e mostrou a ele por sinais como teriam que falar.

No acampamento, a chegada de Ambrósio dessa vez não foi surpresa:

— Voltou, velho? O que é desta vez?

Ambrósio esfregou a barriga e revirou os olhos como se fosse desfalecer.

— Só essa que me faltava! Um moribundo com fome para me dar azar. Levem-no até a cozinheira e que encha a pança, pois já está enchendo minha paciência!

Ambrósio foi carregado e, aos tropeções, sentaram-no em frente a quem ele queria.

— Trate deste velho, que o chefe não quer nenhum moribundo no acampamento.

Lindalva olhou-o penalizada.

— Meu bom homem, quer um pouco d'água antes da comida?

Sentindo que os dois que o carregaram tinham se afastado, Ambrósio respondeu com outra fisionomia, que surpreendeu Lindalva:

— Quero. Eu preciso lhe falar e tem que ser tudo às escondidas. Seus amigos Bira e João Desbravador estão lá fora em meio à mata esperando minha volta com notícias suas e de Tomé.

— Deus seja louvado! Sabia que Ele não nos desampararia! O senhor sabe dos meus filhos? Estão com eles?

— Não! São crianças e não devem passar por isso. Seria angustiante e ficaria para sempre em suas memórias. Eles estão a salvo em minha casa, com minha mulher e a de João Desbravador.

— Acho que estamos falando de um João diferente, pois o que eu e meu marido conhecemos não tem esposa. Ele mesmo se considerava um ermitão.

— Bem, nesse tempo em que ficou hospitalizado, pelo pouco que me contou, conheceu esse anjo e a esposou.

— Bendito seja Deus por mais essa graça!

A voz de Lindalva era firme, mas trazia uma doçura que de imediato tocou o coração daquele ancião.

— Eles me pediram para procurar Tomé, pois querem resgatar vocês dois.

— Ele foi daqui levado e não sei para onde. Mas não me desesperei, confio na proteção divina.

— Levaram ele quando?

— Ainda agora. Vi quem o acompanhava; eram os dois que ficaram em nossa casa. Será que para lá voltaram?

— Não! Senão, tinham dado de encontro nos dois que vieram de lá, Bira e João Desbravador.

— A mata tem vários caminhos. Talvez esteja certo e levaram meu Tomé de volta para casa. Aqui não falam dele como prisioneiro. Dizem que estão resguardando-o para que não corra perigo. Creio que eles temem que alguns destes homens que aqui trabalham deem com a língua nos dentes se daqui se forem não muito satisfeitos.

— Dê-me de comer, pois já vieram bisbilhotar. Temos que arranjar um jeito de tirá-la daqui.

— Não podem. Se algo fizerem, porão em risco a vida do meu esposo. Ameaçados, eles darão cabo dele. Eles não me maltratam; o que está maltratado é meu coração por tantas separações. Sinto falta de Tomé e dos meninos. Sinto falta da paz do meu lar. O barulho das serras, das explosões, da queda das árvores dói em minha alma. Não posso deixar de lhe agradecer por cuidar de meus anjinhos. Deus lhe recompense...

Uma voz pôs fim à conversa:

— E então, velho, já encheu a pança? Moça, não dê ouvidos a ele, porque este velho é caduco! Quando acabar, dê o fora! O chefe quer que fique bem longe deste acampamento.

Quando acabou de comer:

— Já vou indo. Vou falar com meus dois novos amigos da possível localização de Tomé. Creio que esteja certa. Terás que ficar aqui mais um pouco. Sabes que não estás só. Os bons espíritos lhe darão proteção. É a lei divina para quem é bom. — Assim dizendo, foi colocando o prato de lado e mudando a fisionomia. O ator tinha que continuar em cena.

Caminhando e atravessando o acampamento todo troncho, era motivo de chacotas. Fazendo caras e bocas e fingindo se irritar, logo estava fora das vistas deles.

A tarde se despedia, deixando a noite deitar seu negro manto nas matas. Ambrósio ficou receoso. Ele sabia das armadilhas que tinha em cada pedaço daquele lugar. Ou era um galho mal visto pelo chão que podia derrubá-lo ou algum animal peçonhento pronto para fazer sua vítima.

Lembrou-se da pedra da qual falara aos dois e, tateando aqui, ali, foi se aproximando do lugar.

— Psiu! Psiu! Velho!

Ambrósio respirou aliviado. Não era medroso, já tinha enfrentado muitas situações perigosas ao longo de sua vida, mas sabia que com sua idade também vinham as limitações.

— Que bom que os encontrei logo!

— Então, em que parte do acampamento está Tomé? — perguntou Bira.

— Em parte nenhuma!

— Chegamos tarde demais! — constatou Bira.

— Deram cabo dele? — perguntou João Desbravador alterando a voz, sendo contido então por Ambrósio.

— Quer que todo o acampamento venha nos pegar?

— Que importa agora saber de nossa presença? Tudo o que planejamos foi por água abaixo!

— Calma, seu João. Não falei tudo porque ainda não me deram chance. Estive com a bela Lindalva. Foi assim que soube que o paradeiro de Tomé é outro. Saíram com ele do acampamento um pouco antes do meu retorno. Os dois que o acompanhavam são os mesmos que o mantinham prisioneiro na casa.

— Será que para lá voltaram? É uma casa no meio do nada e dificilmente com ele lá essa trama será descoberta, até porque, se algum que de Tomé for superior por milagre lá aparecer, sabendo que a esposa se encontra em mãos inimigas, eles terão certeza de que ele nada falará — falou Bira.

— Você é esperto, meu rapaz! Decifrou o enigma. Eu estava me perguntando por que o manteriam vivo em sua casa!

— Vamos esperar que Bira esteja certo. É melhor irmos andando ou será melhor resgatar Lindalva? — indagou João.

— Ela proibiu — explicou Ambrósio. — Disse que, se isso acontecer, os porá de alerta, e a vida de Tomé ficará em perigo.

— Ela é sábia e corajosa. — disse João.

— Uma grande mulher! Tem uma fé inabalável. Confia que há algo maior por trás de tudo isso. Regeneração desses homens? Talvez... Será que é isso? — perguntou Ambrósio.

— Deixemos a resposta com aquele lá de cima, como diz nosso amigo Tomé. Por falar nele, é melhor nos pormos a caminho ou avistados seremos e deles prisioneiros sem mais nada podermos fazer. — disse João.

— Quem será o guia? É difícil me locomover com essa escuridão. Serei presa fácil de qualquer armadilha. — disse Ambrósio.

— Eu vou! — disse Bira, já se pondo em posição.

— Vá atrás do Bira, velho, que lhe darei cobertura. Se cansares, eu lhe levarei nas costas.

— Você é que deveria ser carregado. Sua perna ainda está em recuperação e todo cuidado é pouco — disse firmemente Ambrósio.

Uma jornada para transformação | 165

João Desbravador riu tão alto, que o som parecia ecoar por toda a mata.

— Quer chamar os do acampamento? Será preciso uns seus para carregar este brutamonte! — exclamou Bira.

Os três seguiram adiante sabendo que seria uma caminhada árdua, pois não poderiam deitar acampamento.

Andaram bastante, e os dois na frente não perceberam que João cada vez mais aumentava a distância entre eles. Sua perna doía horrivelmente, mas, para não preocupá-los, não reclamava. Teve que parar. Seu membro, que fora bem danificado, sem os cuidados médicos, agora avisava que algo não estava bem. Sentou-se ao pé de uma árvore, sem forças até para alertar seus amigos de que não poderia no momento ir adiante.

Bira estava alerta com o que teria pela frente e com o pensamento em Tomé, pensando na forma como agiriam quando lá chegassem. Ambrósio quase colava nele. Às vezes, com um tropeção, ia direto nas costas de Bira, por isso nem deu falta de quem vinha atrás.

Um pouco longe dali:
— Chegamos!
— Ainda bem! Estou louco por um banho e cheio de fome! — falou Jessé.
— Quem vai cozinhar? A mulher ficou lá, e eu de cozinha nada entendo!
— Deixe essa parte por minha conta — disse Jessé. — Não será igual à comida de Lindalva, mas dará para engolir.
— Gravaste bem o nome da dona!
— É uma linda figura. Faz jus ao nome! — respondeu ele, fazendo um sinal respeitoso para Tomé, sem que seu companheiro visse.

Adentraram, e Tomé foi amarrado na cadeira.

— Não será preciso isso! Como dormirá? — perguntou Jessé.

— Sentado! Esqueceu que ele é nosso prisioneiro?

— Pra mim está bem. Só peço que me dê, por favor, um gole d'água. A propósito, não estamos sós... — falou Tomé.

O homem imediatamente jogou-se no chão com a arma em punho. Jessé, que já tinha andado pela casa e a sabia vazia, questionou:

— Onde estão? Lá fora com certeza; mas onde?

— Aqui dentro, com certeza... — disse Tomé.

— Ele está querendo nos assustar, mas não sabe que nada tememos! — disse o homem ao chão.

— Nem os que não têm mais o corpo, mas estão vivos em espírito? — disse Tomé.

— Espíritos?

— São os desencarnados que continuam neste plano. Por alguma razão qualquer que não sei, continuam nesta terra como nós. — falou Tomé.

— Está querendo me amedrontar e conseguiu! Está falando de almas penadas! Essas aí não tem como combater! — disse o homem se levantando do chão e olhando para todos os lados, como se procurasse a quem Tomé se referia.

Em um canto do ambiente:

— Estão falando de nós, chefe. Escutou esse um dizer que somos almas penadas?

— Não me interessa! Quero saber por que esses três estão aqui e não os outros três que vimos sair!

— Está falando do seu sobrinho?

— Sim. Falo daquele ingrato que, estou quase certo, nos surrupiou as peles!

Uma jornada para transformação | 167

— Vai ver que esses aí com armas são amigos dele.

— Devem ser! Se esse outro está em cordas, do grupo não faz parte!

Tomé continuou:

— Estão sentindo a energia?

— É melhor calar essa boca, pois a energia que sinto, e não é boa, sai dela!

Jessé acalmou-o, concordando com Tomé:

— Tem algo estranho e sinto isso no meu corpo. É como se alguém estivesse em minha garupa e sinto seu peso. Dá até um mal-estar...

— Deve ser fome e cansaço pela caminhada. Não dê ouvidos a esse pregador. Ele quer nos assustar para que o deixemos livre e corramos cheios de medo para o acampamento!

— Só queria alertá-lo e pedir que nos unamos em oração. Esses que aqui estão encontram-se cheios de ódio. Isso nos fará mal, queiramos ou não; a não ser que usemos uma arma poderosa contra eles.

Agora Tomé falava a linguagem daqueles homens. Só assim entenderiam e atenderiam.

— Arma? Tenho a minha e meu tiro é certeiro!

— Não essa — falou Tomé. — Essa que tens na mão será inútil contra o que temos agora. Mas temos a oração. Será um escudo para que se mantenham longe.

— Então comece a orar! O que está esperando?

— Desse jeito como está, sua energia se iguala à deles... — respondeu Tomé.

O homem ficou furioso. Agarrou Tomé pelo pescoço e não foi além porque foi detido por Jessé.

— Deixe-o! Que conta dará ao chefe se der cabo dele?

O homem o largou e foi em direção à porta da rua esbravejando:

— Vou lá pra fora respirar ar puro! Em uma coisa ele tem razão: o ar desta casa tá carregado!

Aproveitando a passagem, lá se foram o tio de Bira e seu acompanhante.

— Chefe, não ia esperar seu sobrinho?

— Vamos seguir esse um. Não estou gostando nada, nada daquele palavreado lá dentro. Esse tal Tomé deve ser igualzinho àquela lá do hospital. Palavras melosas que não fazem para nós a menor diferença!

— Então por que viemos aqui pra fora?

— Tá falando demais! Eu mando e você obedece! Já esqueceu quem é o chefe?

— O senhor; isso está bem claro em minha mente...

— Pois não parece. Está sempre retrucando minhas ordens! Esse que está aqui fora é a melhor companhia para pessoas como nós.

— Não entendo...

— Quem disse a você que precisas entender alguma coisa? Tudo o que tens que fazer é obedecer!

Pobre alma! Estava a um passo da salvação, mas as amarras que o prendiam àquele ser eram por demais avassaladoras.

Um pouco distante dali:

— Ei, meu velho! Daqui a pouco cairemos! Está tão colado em mim que daqui a pouco é melhor me carregar nas costas. Não é, João? Não tenho razão?

Nenhuma resposta. Bira, sem olhar para trás, tornou a perguntar:

— E então, João, não achas melhor Ambrósio pegar minha garupa?

Nada; só a voz de Bira se fazia ouvir. O rapaz estancou e desta vez por sua culpa Ambrósio lhe foi em cima, e os dois foram ao chão. Bira caiu sobre o braço, e o corpo de Ambrósio ainda fez peso sobre ele.

— Minha nossa! Me desculpe, Bira — falou Ambrósio, saindo com dificuldade de cima dele.

Bira sentou-se, segurando o braço.

— Machucou-se? Culpa minha! De fato, estou velho para essas fanfarras!

— Não desta vez, Ambrósio. Eu que estanquei sem avisá-lo.

Por segundos, esqueceram o motivo da brusca parada.

— O que posso fazer?

— Creio que nada. Tenho que imobilizá-lo, para ver se a dor amaina.

— Vou ajudá-lo.

Assim falando, Ambrósio tirou a camisa e dela retirou várias tiras da barra.

— Ambrósio, não faça isso! Está frio!

— Ainda sobrará um bocado que me agasalhará. Por falar nisso, onde está João Desbravador?

— João? Ele não vinha logo atrás?

— Não o vejo. Por isso não lhe deu resposta.

— Céus! Onde terá ficado? Será que em alguma armadilha?

— Ou sua perna... Eu o vi mancando mais do que na nossa vinda para cá.

— Me ajude a amarrar meu braço e vamos procurá-lo.

Voltaram um bom pedaço e o encontraram sentado ao pé de uma árvore, suando aos borbotões, apesar do frio.

— João, piorou sua perna? Foi imprudência teres vindo!

— O que foi no seu braço?

— Me responda primeiro! Sua perna, não é?

— Exigi demais dela. Não sou tão forte como pensei.

— Vamos ficar aqui por um bom tempo. Descansarás e veremos como ela está.

— E esse braço?

Bira narrou-lhe o que aconteceu, e João, em vez de preocupar-se com o estado do rapaz, deu uma sonora gargalhada.
— Ainda ris?
— Parecemos um grupo de saltimbancos, não é, Ambrósio?
— O ator aqui sou eu, e um pouco atrapalhado, pelo que vês.
— Não se culpe, meu velho. Como já lhe falei, minha culpa, mas vamos descansar um pouco — disse Bira. — Do jeito que estamos, em nada ajudaremos Tomé.

Na casa...
— Tem mesmo alguém mais aqui?
— Não mais. Se foram junto com seu amigo.
— Como pode saber?
— Não sei, sinto.
— Tomé, tens que fugir. Isso não acabará mais. Achas que pararão o corte das madeiras? Ouro puro, é como o chefão fala.
— Mais um motivo para que eu aqui permaneça.
— Preso? De que adianta? Já pensou no perigo que corre sua mulher perto daqueles beberrões?
Pela primeira vez Tomé se assustou. Sua doce Lindalva... Queria partir, e ele, com suas convicções, não a atendeu. Sabia que, por mais temerosa que estivesse por sua causa e dos filhos, ela nunca o abandonaria. Sentiu-se culpado. Chorou copiosamente pela primeira vez.
— Desculpe minhas palavras, mas sei como eles são. Na verdade, me incluo, pois não sou diferente.
— Se fosses um igual, não estarias me convencendo a fugir.
— Minha vida foi poupada por quem carregava seus filhos, e não sou um ingrato.
— Tenho certeza de que és mais do que isso.
— Você é a primeira pessoa que vê algo bom em mim.

— Todos têm as duas partes, só não podem deixar a maldade sobrepujar.

— O que farás agora? Já viste como é difícil controlar meu companheiro. Ele parece um animal; não pensa, age!

— Não podemos comparar o ser humano sem escrúpulos a um animal, pois esse só ataca se sentir-se ameaçado, ou com fome. Defende seu território, pois lá estão suas crias.

— Como você está fazendo aqui?

— Não é meu território. Essa imensidão não me pertence, apenas cuido dela.

— És bom, tens o coração mais generoso que encontrei nesta minha vivência. Não mereces estar aqui aprisionado e sua família desmantelada.

— Poderias ajudar.

— Como?

— Prendendo quem está lá fora, mas sem o machucar. Depois iríamos até o acampamento soltar Lindalva.

— E depois? Irias embora?

— Teria que ir. Não posso mais colocar quem amo em perigo. Que Deus perdoe essa minha fraqueza. Não posso continuar. Sei que devastarão esta magnitude por Ele criada, mas sou impotente perante o ardil por eles usado. Prometi a minha mulher que ficaríamos juntos na alegria e na tristeza, e que não a abandonaria à própria sorte.

— Não estás fazendo isso. És nosso prisioneiro. O que poderias fazer?

— Ter ido embora com ela e meus meninos...

O rapaz afastou-se, sentou-se em um canto e pensou na família que nunca tivera a graça de ter. Olhou aquele homem alquebrado porque lhe haviam tirado o que tinha de mais precioso.

Jessé levantou-se com uma atitude bem diferente.

— Tens algo nesta casa que porá alguém a dormir sem que queira?

— Lindalva tem um pote com umas ervas calmantes. Ela usou quando tudo isso começou e eu não conseguia pregar o olho. Queres um pouco? Cuidado, pois muito não acordarás tão cedo.

— Ótimo! Faz-se como chá?

— Na água de fervura. Mas, como lhe falei, bem pouco.

Jessé dirigiu-se à cozinha e voltou com um pote cheio de folhas.

— Este?

— Sim; mas use-o com cuidado.

— Me esmerarei no preparo.

Quando tudo estava pronto, inclusive um bom pedaço de broa, que apesar de dura daria para saciar a fome, chamou quem estava lá fora indócil.

— O que queres, já vais me render? Estou morto de fome!

— Achei algo que por ora nos acalmará. Mais tarde verei algo mais substancioso. Sei que eles têm uma pequena plantação e uma boa sopa cairia bem.

O homem nem esperou Jessé falar mais. O chá quente era convidativo, e o pão, mesmo adormecido, era como se fosse manjar dos deuses.

— Não vais comer também?

— Vou lá fora ficar de vigia. Quando acabares, me chama!

O homem nem quis saber mais. O chá bem adoçado e a broa, apesar de dura, ainda eram uma refeição convidativa para quem estava com fome. Ele esqueceu até que teria que com outros dividi-la. Tomou mais que uma chávena. Da broa, pouco restou.

— *Tou* muito cansado; que Jessé fique lá fora um pouco, pois vou esticar minhas canelas.

Ele foi para o quarto dos meninos e logo escutava-se seu ronco.

Uns vinte minutos depois:
— Escutei lá de fora. Ele ronca como um porco!
— Sua ideia era essa?
— Achas que ele dormirá quanto tempo?
— Pelo tanto de chá que ele ingeriu, só acordará ao nascer do sol.
— Será tempo suficiente.
Jessé começou a tombar as cadeiras e derrubou alguns potes, como se ali tivesse havido luta.

Em um canto da sala:
— Ele está louco, chefe?
— Pelo que entendi, ele é muito esperto. Nocauteou o outro e logo saberemos por quê. Creio que esses dois aí estão mancomunados!
— Que faremos?
— Vamos esperar este outro acordar, pois, pelo que vejo, esses dois vão cair fora.
— Mas esse que chamam de Tomé não é prisioneiro?
— Tá fazendo perguntas demais! Achas que sei tudo? Se soubesse, não estaria aqui esperando meu sobrinho traidor!
O rapaz, mais uma vez, encolheu-se e se lembrou dos que tinham partido com a ajuda dos espíritos auxiliadores e não estavam mais sob o jugo de um temeroso chefe.

— Tomé, vou lhe soltar, mas vou cortar as cordas com esse canivete, como se tivesse sido feito por você. Se alguma coisa der errado, não quero ser esfolado vivo.
— Vais mesmo me soltar?

— Mas não vou junto. Quando sentir meu companheiro despertar, me jogarei no chão e levantarei tonteante, falando de sua fuga e como será que conseguiu algo que o livrou das amarras.

— Bom plano. Espero que dê certo; desde já agradeço, por mim e por meus meninos. Quando tudo isso acabar e quiseres um viver diferente, me procure. A região é vasta. Tem que se ter muitos olhos, e sua ajuda será imprescindível.

— Me darias trabalho?

— O ganho seria pouco, tenho que lhe dizer desde já; mas as compensações serão muitas... A começar, terás como morar e viver plantando e pescando. Não sabes como isso é gratificante. Enche nossa alma de júbilo.

Jessé ficou emocionado ao escutar aquele homem. Ser igual nunca tinha visto.

— Vá. Não sabemos ao certo o tempo que ficará adormecido. Ele é forte como um touro; vai que o efeito passe rápido? — falou Jessé.

— Fique em paz, meu amigo.

— Tenha cuidado. Se o pegarem desta vez, não haverá escapatória.

— Me cuidarei.

Tomé pegou mais um agasalho e saiu, mergulhando na boca da noite.

Em meio à mata:

— Tá dormindo? — perguntou Bira.

— Não. Minha perna dói horrivelmente. Sinto tê-los atrasado — respondeu João Desbravador.

— Não foi porque quis. Ao amanhecer, acharei algo em que se apoie. Por ora, é melhor descansar.

— E seu braço?

— Imobilizado, sanou a dor. Creio que não foi nada grave.

Olharam para Ambrósio e riram, pois ele estava aos roncos.

— É um bravo homem. Está com as forças aniquiladas, mas não se afasta do combate. — comentou João.

— Ele é teimoso que nem uma mula. Irá onde formos, nem pense em poupá-lo. — falou Bira.

— Era exatamente o que estava vindo em minha cabeça. Idade avançada, deveria agora estar em sua cama, aquecido e sossegado.

Os dois fecharam os olhos e o sono os abateu.

Antes de clarear:

— Bira, escute! Tem alguém vindo; não creio que seja animal... — disse João.

— Fique aqui, Ambrósio. Darei a volta e o pegarei por trás.

— E se for mais de um? — perguntou João.

— Aí, me pegarão e vocês dois continuarão a missão.

Bira foi quase rastejando, até que viu a silhueta se esgueirando de árvore em árvore. Quando se aproximou dela, o rapaz foi-lhe em cima, e os dois rolaram sobre a mata.

Não se fez muito tempo:

— Bira!

— Tomé!

Tomé levantou-se rapidamente e o outro permaneceu estatelado.

— Meu amigo, machuquei-o?

Bira estendeu-lhe a mão para que o puxasse e, quando já estava de pé e Tomé puxou-o para um abraço, viu que o outro braço estava imobilizado.

— Estás ferido?

— Pouca coisa; uma longa e tropeçante história! Mas me diga: como conseguiu fugir?

— Acho que essa é uma história mais longa que a sua. Mas me diga: estavas à espreita tentando me salvar? E os meninos que minha Lindalva lhe confiou?

— Tomé, estou aqui perto com dois amigos; um deles terás grata satisfação em ver. Venha!

Tomé seguiu-o e deu com duas figuras, sendo uma bem conhecida.

— João Desbravador!

— Tomé! Como pode? Fugiu ou te libertaram?

— Em parte está certo. Me libertaram, mas será dado como fuga.

— Não entendo...

— Alguém que teve a vida poupada resolveu poupar a minha.

— Creio que já sei de quem se trata! Só pode ser ele! — exclamou Bira.

— Sua ação, Bira, tocou o coração de quem pensava não tê-lo. Mas, João, parece que não estás muito bem.

— Minha perna dói horrivelmente. Tive um acidente que resultou numa operação. Um tempo já passou, esse tempo em que esperavas por notícias, com certeza.

— Entregou a carta?

— Minha esposa procurou as autoridades competentes, mas com certeza não foram muito...

— Sei que fez o possível.

— Tomé, este é Ambrósio, homem de grande valor. Seus filhos estão na casa dele, cuidados por sua senhora e pela de João — esclareceu Bira.

— João, quando em minha casa estivestes, a solidão era seu par... O que mudou?

— Encontrei em minhas andanças um anjo vestido de enfermeira.

— Quando lhe viu as asas, esposou-a?

— Tomé, não brinque! Maristela é um anjo de bondade! Muito me ajudou quando não tinha ninguém a olhar por mim.

Essa minha viagem foi cheia de percalços. Acreditas que até preso fui?

— Não me diga!

— Digo mais! Tive uma febre e fiquei na hospedagem sem sentido, surrupiaram meu dinheiro e acordei numa cela fria, sendo de assassino acusado.

— João...?!

— Não! Os ossos, lembra? Acharam que eram de minhas vítimas e não de quem burlava as leis e teve um fim trágico na mata. Sabes bem que na morte desses cinco caçadores não tive envolvimento. És testemunha de que, quando encontramos os cinco, só ossada tinha, e vestígios de um provável acampamento. Mas vamos deixar de falar de minha vida, pois nossa preocupação é o que se passa no momento. Se estás a salvo, o próximo passo é salvar sua esposa.

— Creio que temos que fazê-lo rapidamente. Quando derem com minha fuga, não sei o que farão com minha Lindalva.

— Como a tiraremos de lá?

— Daqui a pouco clareia e tudo ficará mais difícil — falou Tomé, seriamente preocupado.

— Eu vou! Sei como entrar lá sorrateiramente. Conheço aquele acampamento palmo a palmo — sugeriu Ambrósio.

— Ambrósio, já se arriscou demais. Não falaste que, se o pegarem lá de novo, não terás a mesma sorte? — disse João.

— Quem disse que vão me ver?

Bira mantinha-se calado, o que intrigou João:

— Bira, melhoraste do braço?

— Não...

— Estás sentindo alguma coisa ou tentando escutar algo na mata? Alguém se aproxima?

— Não!...

— Raios! Que tanto *não* é esse sem explicação? — quis saber João.

Na verdade, Bira somara dois mais dois e resultara em João Desbravador, caçador de recompensas. Ele, ainda estando vivo, era ganho certo para João.

— Bira, estás longe. O que o preocupa além da situação atual?

As palavras de Tomé caíram como uma ducha fria.

— Está tudo bem — respondeu o rapaz, catando as coisas e indicando que era hora de agirem.

— Bem, se está tudo em ordem, vamos adiante. Como falei, vou entrar no acampamento e, é claro, não serei pego e trarei sua linda esposa sã e salva — disse Ambrósio.

— Velho teimoso este! — exclamou João em tom jocoso.

— João, não é melhor aqui permaneceres? Precisarás de sua perna quando tivermos que dar sebo nas canelas com Lindalva em nosso poder!

— Bira, sei de sua preocupação, mas o tempo que fiquei em descanso aliviou um bocado o que me incomodava.

— Não disse logo que cheguei que sua perna doía horrivelmente?

— Doía, mas não dói tanto! Vamos, que o tempo urge!

Puseram-se a caminho, tendo desta vez Ambrósio à frente.

— Vamos, velho; vê se não vai tropeçar e fazer toda a fileira cair! — João queria desanuviar a turma, pois todos eram só tensão.

— Psiu, João! Tens a boca tão grande quanto seu tamanho. Daqui a pouco porás em alerta todos do acampamento.

Ambrósio tinha razão. Estavam próximos demais e todo cuidado seria pouco.

— Bem, aqui vocês ficam. Agora vou sozinho, pois se alguém me vir direi que ainda estou perdido. Fiquem em uma corrente de oração, que ela me segurará e trará sã e salva quem esperas.

— Assim seja. Vá! Que o Senhor o acompanhe! — falou Bira.

Ambrósio rodeou o acampamento e foi direto para onde possivelmente estaria a moça. De arbusto em arbusto, de árvore em árvore, parando e tomando fôlego, logo chegou por trás de onde queria. Um canivete que sempre trazia para uma possível emergência, como dar um talho se de cobra fosse picado, fez o serviço. Primeiro um buraco, depois, vendo quem ali dormia, o rasgo de cima a baixo para dar passagem de entrada e saída. Entrou com a destreza de um animal. Com pesar, teve que colocar sua mão sobre a boca de Lindalva, com medo de que ela, ao assustar-se com a presença de um estranho, gritasse alertando o acampamento.

— Lindalva... desperte...

A moça abriu os olhos e arregalou-os com espanto.

— Não temas... Tomé, Bira e João estão lá fora a esperá-la. Vou retirar a mão de sua boca; por favor, não grite.

— Tomé?

— Sim. Mais explicações eles darão. Agora temos que ir; logo clareará e ficará difícil nossa partida.

A moça pôs-se de pé e, como dormia vestida como lá chegara, só precisou acompanhar aquela estranha figura.

Pé ante pé, e logo estavam longe das vistas dos que podiam retê-los e perto de quem os aguardava ansiosos.

— Tomé, aonde vais?

— Não consigo aqui ficar a esperar. Temo por minha esposa, por aquele que se arrisca por nós.

— Espere mais um pouco e iremos os três. — sugeriu João.

— Não, meus amigos. Vocês dois estão no limite de suas forças. Braço e perna serão do que precisarão para fugir daqui.

— Não iremos sem vocês. Nem pense nisso. Falo por mim e por Bira — disse João.

Bira aguçou o ouvido de ex-caçador e deu o alerta:

— Tem alguém a caminho; queira Deus que seja quem estamos esperando.

O coração de Tomé bateu tão forte que se ouvido por outros poria até o acampamento em alerta. Agacharam-se e logo divisaram quem vinha cautelosamente.

— Lindalva!... Minha doce e amada Lindalva!

Tomé foi ao seu encontro, tomou-a nos braços, apertando-a contra o peito, e parecia não querer largá-la mais.

— Tomé, não é melhor irmos andando? Logo tocarão a sineta para a hora do desjejum e esperam que este já esteja pronto por quem lá não está. — disse Ambrósio.

— Desculpe, meu bom homem. Fiquei tão embevecido ao ver minha amada que esqueci o perigo. Mas pra onde vamos? Que rumo tomaremos?

— O de minha casa. Ainda pensas em aqui permanecer?

— Eu, sim; mas não posso colocar em risco a vida de vocês e de minha esposa. Com certeza mais tarde voltarei, mas só quando ela estiver em segurança, junto com meus filhos — disse Tomé.

— Então já deste a resposta que queríamos. Vamos para minha casa. Seus filhos os esperam! — falou Ambrósio.

Puseram-se a caminho, e Lindalva permanecia silenciosa.

— Nada falas? Desculpe por tudo que a fiz passar. Logo estarás junto com nossos meninos e em segurança.

— Tomé, passei pelo que tinha que passar...

— Se tivesse te atendido...

— Isso já ficou para trás; o que me preocupa agora é sua certeza de que aqui voltarás.

— Como posso tudo abandonar? Como posso deixar que tudo destruam?

— Eles são muitos e muito ambiciosos. Só Deus sabe a razão de ainda permanecermos com vida.

— Então entendeu? Ele nos poupou para que a missão continue!

— Tomé, reflita... O que poderás fazer contra tantos e tantas máquinas de destruição?

— Lindalva, se meu amigo Tomé tomou a decisão de que a missão continua, seremos seus escudeiros. Não o deixaremos sozinho.

— Não, meu João; já mostraste teu valor indo além de suas forças. Tens que cuidar dessa perna, pois o quero inteiro quando tudo isso terminar e conto com sua ajuda para essa obra de Deus preservar — falou Tomé.

— A fala de meu amigo é bonita, mas o perigo é iminente. Ficaremos e não adianta esbravejar. Tenho certeza de que nosso amigo Bira concorda com minhas palavras — disse João.

— Falou certo! — respondeu Bira. — Iremos até a casa de Ambrósio, descansaremos, cuidarás dessa perna e eu de meu braço; Tomé matará a saudade das crianças e então retornaremos com um bom plano!

— Se me deixam de fora é porque pouco ou nada fiz que tenha valido a pena me incluírem nessa volta.

Ao escutar Ambrósio, João abraçou-o fortemente, sendo igualado por Bira e Tomé. Não precisaram dessa vez de palavras; a própria ação disse tudo a Ambrósio, que ficou deveras emocionado, igual a Lindalva, que os observava e agradecia aos céus aquela união de amizade.

— Sei que estão em um momento emocionante — disse Lindalva —, mas esqueceram que já está clareando e logo estarão em nosso rastro?

Lindalva tinha razão, pois em sua casa:
— Hum... Hum... Que diacho de sono é esse? O que será que me abateu?

Ao escutá-lo, Jessé deitou-se no chão da sala e ficou a esperar.

— Jessé! Onde está o prisioneiro?

— Ai! Que dor de cabeça... O que aconteceu? Como dói minha cabeça!

— Jessé, onde está o prisioneiro?

Jessé levantou-se esfregando o alto de sua cabeça, como se tivesse levado ali uma pancada.

— Estava a tomar o chá e só senti a pancada, e mais nada!

— Que conta vamos dar ao chefe agora? Ele vai nos esfolar vivo!

— É melhor nem voltarmos. O melhor mesmo é picar a mula daqui! Não quero encarar sua ira. Ele não vai acreditar que o homem estava amarrado, e que nesta casa só estávamos nós três. Pensará que fomos descuidados e sabes bem que erros ele não admite; então, é melhor darmos o fora!

— Sem meu dinheiro?

— Vamos ver se arranjamos alguma coisa por aqui mesmo. Quem sabe esse tal Tomé não tem algum escondido?

Ao falar isso, Jessé aguçou os sentidos de seu companheiro, que começou a tudo revirar e fuçar em tudo que era canto. Por fim, em uma gaveta próxima da cama do casal:

— Epa, epa! Não é que você tinha razão? — falou o homem, mostrando a Jessé a sacolinha em que o casal guardava o esmerado salário de guarda-florestal que era trazido pelo aviador.

— Tem aqui uma boa grana! Mais do que nos paga aquele unha de fome!

Jessé ficou surpreso. Quando tinha falado no que poderiam achar, na verdade não pensava que algo de valor achariam, só havia falado para acalmar a ira de seu companheiro. Não gostaria de tirar alguma coisa daquela família, mas no momento era como se fosse uma paga pela fuga.

— Podes ficar. Eu sempre trago comigo o pouco que me pagam. Não confio em deixar para trás o que de direito me pertence.

— O meu está bem escondido em um pé de meia! Dá dó ter que abandoná-lo!

— É melhor perder o pouco que fica para trás do que perder a vida!

— Tens razão! Já amanheceu; se formos embora agora, quando o dia estiver de pé, estaremos longe!

— Estou meio zonzo... mas não quero atrapalhá-lo. Vá indo que logo o encontrarei.

O homem não pensou duas vezes, até porque Jessé poderia mudar de ideia e querer parte do dinheiro.

Ao ficar sozinho, Jessé pensou no que faria. Alguma coisa acontecia com ele e tinha a ver com quem pouco conhecia. Enrolou um cigarro e sentou na soleira da porta. Sabia que os do acampamento lá tão cedo não iriam, até porque só o chefe sabia do caminho, mas Jessé não imaginava a confusão formada no acampamento. Foi dado o alerta de fuga da moça, pois, quando foram chamá-la, pois do café nem cheiro, deram com os fundos da cabana retalhada. O grito de alerta foi dado, e a confusão, formada.

CAPÍTULO 9

Bem perto dali:

— Tem certeza de que queres ir até sua casa? Sei que somos quatro contra dois, mas não seria mais seguro irmos direto para a casa do velho?

Ambrósio olhou para João Desbravador e sorriu. Ele não sabia o porquê, mas a palavra *velho* pronunciada por João soava de forma respeitosa.

— João, na verdade, só com um teremos que ter cuidado, pois algo me diz que, depois de minha fuga, lá não permaneceram; também temos um dinheirinho guardado de que com certeza precisaremos. Não é justo que Ambrósio arque com toda a despesa. Sei que meus meninos têm um furão em seu interior que só se acalma com muita comida ingerida!

— Tomé, não vai tardar em eles virem em minha procura. Nossa moradia não é tão perto. Não é melhor irmos adiante?

Uma jornada para transformação | 185

Todos concordaram com as palavras de Lindalva e se puseram a caminho, tomando precaução, pois não sabiam o que teriam pela frente. Com a fuga de Tomé, quem lhe guardava em prisão com certeza já estaria indo em direção ao acampamento para dar o alerta. Isso era o que o grupo pensava, e se surpreenderam ao avistarem a habitação e verem um homem a tragar seu cigarro de palha calmamente.

— Conheço esse aí! — disse Bira.

— Conhece? — perguntou Ambrósio.

— É o tal que contei que me deixou livre, e as crianças; na verdade, creio que foi uma troca.

— Bira, se explique, que cada vez entendo menos.

— Meu caro Ambrósio, creio que eu posso dar a explicação. Esse homem foi salvo por nosso amigo aqui, o que resultou na minha libertação. Creio mesmo que na libertação também desse homem... — falou Tomé.

— Ele também se achava prisioneiro? — perguntou João Desbravador, atônito com tantas revelações.

— Meu amigo João, pode-se ser prisioneiro pelas nossas próprias amarras. Se não me engano, poderemos ir em frente sem temer quem no momento guarda nossa porta.

— Tomé, e se tiveres enganado?

— Mulher, temos que confiar. Temos que acreditar que sempre é possível mudar e que sempre seja para um viver melhor.

Acreditando nessas palavras, Bira adiantou-se, indo direto a quem parecia estar disperso.

— Se der mais um passo, será um homem morto! — disse Jessé, sem olhar quem vinha em sua direção.

— Não acredito que o faça. Teve oportunidade de fazê-lo e me deixou livre com as crianças.

Jessé virou-se bruscamente e deu com o grupo, alguns estranhos para ele. Ele jogou o cigarro no chão, pisando-o, e foi em direção a Tomé.

— Por que voltou? Não sabe que você e ela correm perigo? Onde estão suas crianças? Quem são esses aí?

— Se me der a palavra, eu lhe explicarei — falou Bira.

— Desculpe. Estou ainda zonzo. Faço coisas que nunca pensei que pudesse.

— Como salvar alguém? — disse Bira.

— Você, foi uma troca de favores. Já que impediu que eu fosse picado e caísse estrebuchando. Já esse aí, não me perguntem o porquê, pois a resposta não sei até agora.

— O fato é que o fez e estamos aqui livres, rodeados de amigos, novos amigos como você. Vamos entrar? — convidou Tomé.

Lindalva ficou emocionada ao pôr de novo os pés em casa. Olhou tudo ao redor e rapidamente lembrou como Tomé trazia o que poderia ser transformado em um lindo artesanato. De pronto foi ao quarto dos filhos e sentiu o vazio; a casa estava sem alma!

Tomé abraçou-a, acalentando-a.

— Logo estarão aqui. Logo estaremos de novo reunidos em volta da fogueira.

— Será, Tomé? Será que um dia quem ambiciona esse lugar irá embora? Penso que nunca mais será igual. A paz foi quebrada, um tesouro descoberto por ambiciosos, que não se dão conta de que tesouro maior não se encontra nessa terra. Só sairão daqui quando colocarem abaixo, sem dó nem piedade, a última árvore. Nada os deterá. Não têm outro sentimento que não seja a ambição. Deus nos ajude a superar este momento e nos mostre as respostas às nossas perguntas através de sinais.

— Senhora...

Quem estava à porta do quarto e a ouvia há um bom tempo era Jessé.

— Senhora, desculpe a intromissão; a senhora falou em sinais, e isso me deu uma grande ideia de como vamos colocar os invasores para fora desta terra.

Uma jornada para transformação | 187

— Ideia? Está falando de que, Jessé? — indagou Tomé.
— Tomé, sei que minha palavra não merece crédito, mas, por favor, quero que me escute; vocês todos!
— Então vamos nos reunir para escutá-lo.

Já na pequena sala:
— Bem, Jessé tem algo a nos dizer. Vamos escutá-lo com atenção e depois cada um terá a palavra — falou Tomé.

Jessé então falou em como os homens que serviam aqueles devastadores temiam os espíritos da floresta. De nada eles tinham dó nem piedade, mas, quando se falava em espíritos, eles borravam as calças. Tremiam que nem vara verde! De gigantes, tornavam-se crianças.

— Em que isso pode nos ajudar? Ainda não entendi aonde queres chegar, Jessé. — disse Tomé.
— Então, o medo deles será nossa melhor arma contra eles.
— Isso quer dizer que você ficará conosco, já que se referiu a *nossa* melhor arma?
— Se me deres a oportunidade, farei pelo menos uma vez algo digno em minha vida.

João Desbravador tomou a palavra:
— Já que é assim, vamos sentar e traçar um bom plano. Já entendi o que Jessé quer fazer: assustá-los.
— Isso mesmo. Sem mãos para usar as máquinas e as serras, o acampamento ficará abandonado.
— Outros serão contratados. — arriscou Tomé.
— Não creio. O temor será o mesmo, e estaremos aqui para repetir a ação.

Tomé coçou o queixo, pensativo, e logo assinalou:
— Creio que dará certo!

Jessé continuou:

— Vi aqui nesta casa que sua esposa tem mãos de fada. Sabe bem transformar. Vamos pegar o que ela poderia usar e fazer alguns fantoches, que colocaremos nas árvores.

— Teremos que arranjar um lugar para ficarmos. Aqui não é seguro. O outro que aqui estava a essas horas deve ter dado o alerta. — disse Tomé.

— Não o fará. Foi embora e, lamento dizer, com o dinheiro que achou aqui.

— Foi o que vim buscar — falou Tomé.

— Sinto muito. Mas foi o único jeito de ele ir embora sem voltar ao acampamento.

— Não importa mais... Era só papel em forma de dinheiro, mas creio que deve ter um arranjo com vocês e os do acampamento quanto a provisões.

— O que não me impedirá de ir lá buscá-las e me inteirar dos acontecimentos. Não desconfiarão de nada. Amanhã mesmo, bem cedo, lá irei buscar a tal provisão, senão, aí sim desconfiarão; mas sempre é bom ter um sentinela. Vá que algum trabalhador se desgarre e nos veja.

— Jessé está coberto de razão. Vamos ao que teremos que arranjar para dona Lindalva começar a trabalhar. — sugeriu Bira.

Jessé começou a falar que tudo teria que ser bem-feito. Teriam que colocar os fantoches sobre as árvores à noite, para serem vistos ao amanhecer, quando iniciavam os trabalhos.

— Dona, tudo terá que ser feito sem nó; as figuras terão que parecer ao amanhecer seres inanimados que criam vida à noite. Com certeza, o chefe vai averiguar para derrubar qualquer história que inventem e por culpa da qual queiram o acampamento abandonar. — falou Jessé.

— Então teremos que fazer bem-feito. Eu mesmo já criei várias figuras e posso bem ajudar, se assim a senhora consentir — falou Ambrósio, cheio de salamaleques.

— Com certeza não darei conta de tudo sozinha. Duas cabeças pensando é melhor que uma.

Ambrósio abriu um largo sorriso e tirou o facão da cintura, querendo ir logo para a mata apanhar o que seria necessário.

— O tempo urge! Vamos ver se dá para fazer algo hoje e lá colocaremos. A distância é boa, mas eu e Bira lá chegaremos antes de eles iniciarem a jornada. Se aprontarem ainda esta noite, ao amanhecer terão a grata surpresa. João, sua perna pede cuidados, então é melhor que monte guarda perto da janela; se algo escutares ou alguém por aqui aparecer, use sua espingarda para alertar-nos. Logo estaremos aqui. Ambrósio, fique aqui com minha esposa, ela lhe mostrará o que não está em amostra. Coisas que fui pegando na mata, que achei interessantes. Creio que dará para começar enquanto trazemos o resto. Jessé, você nos acompanha? — perguntou Tomé

— Eu os ajudarei e seguirei para o acampamento. Quanto mais depressa lá chegar, melhor será.

— O que dirá sobre a fuga de Lindalva? — questionou Bira.

— Que nada sei, e é verdade. Não sei nem participei. Darei a ideia de que ela deve estar perdida na mata.

— Indo procurá-la darão com certeza neste lugar. — disse Bira.

— Não creio. Eles pensam que mulher não tem miolo e que não chegará a lugar nenhum. Procurarão nas redondezas, e, se a senhora me der um pedaço de sua roupa, irão encontrar vestígios seus na margem do rio.

— Bem pensado, Jessé! Os crocodilos nas margens são um perigo para quem não os conhece bem... — informou Tomé.

— Já entendi! Então é melhor a senhora me dar essa sua roupa, pois parte dela darei de presente a eles.

Assim foi feito, e logo o grupo estava distante, deixando João Desbravador de vigia, e Lindalva e Ambrósio dando início aos trabalhos.

— É surpreendente! Algumas peças recolhidas por Tomé nem precisavam de mão humana para parecerem que em algum momento criariam vida — comentou Ambrósio.

— Tudo o que temos na mão tem vida. Essas peças não foram tiradas da natureza. Meu Tomé é incapaz de tirar uma folhinha que seja. Isso tudo que aí está nos foi oferecido pela Mãe Natureza e com certeza já se sabia em que momento seria usado.

— Tenho certeza disso, senhora! Com alguns toques, faremos um olhar de apavorar o mais corajoso dos homens.

— Lembre que tem que ser como Jessé falou.

— Usarei meu facão, que tem a ponta bem afiada, depois sujarei o que foi feito. Duvido de que alguém perceba que passou por mãos humanas.

— Será que daremos conta ainda esta noite? — indagou Lindalva.

Ambrósio nem respondeu, estava entretido em meio aos cipós com seus nós, que, virando de um lado para o outro, emendados aqui e ali, formavam figuras dantescas.

Meia hora passada, quatro mãos ágeis trabalhando e logo estavam prontos vários protetores da mata.

— Seu João, não quer dar uma olhadinha? Não quer ver se de fato serão assustadoras essas figuras? — perguntou Lindalva.

— Gostaria muito — respondeu ele sem tirar olhos para fora da janela. — Estou de guarda. Não posso nem piscar!

Ambrósio riu; estava confiante.

— Creio que fizemos o que pudemos. Vou passar um café. Creio que tenho um pouco de pó que dará para todos. — Ela nem acabou de falar, e o grupo já tinha retornado.

— Jessé, não ias adiante? — questionou Ambrósio.

— Vim ver se algo estaria pronto. Posso ajudar a colocar em pontos estratégicos onde trabalham os mais medrosos. Começando por eles, logo o pavor será como rastilho de pólvora!

— Se assim você diz, é porque tens certeza. Precisamos de toda ajuda possível. — disse Ambrósio.

— Nunca trabalhei tanto por uma boa causa. Sinto-me bem como nunca estive. Envergonho-me por ter estado do outro lado.

— Sempre é tempo de retornar. O homem pode mudar e começar um novo caminho; é só querer. — declarou Tomé.

— Você diz isso porque tem bom coração, mas o mundo lá fora não é assim. É uma selva onde uns querem comer os outros! Vocês mesmos estão nesta situação, e a única coisa que querem é proteger essa terra — falou Jessé, com o rosto tão fechado que a testa se franzia.

— Não estamos sós... Vês quanta ajuda apareceu? O poder de Deus é ilimitado...

— Bem, agora, depois de tudo acertado, vamos adiante! Tomé, já viu as figuras feitas? — Bira estava deveras surpreso.

Ambrósio aproveitou um pedaço de carvão para compor as figuras. Olhos, boca, riscos em direção aos braços, em volta das cabeças; às vezes fazia riscos como se fossem ossos. Estava tudo pronto, parecendo que fora a quatro mãos, quando outras tantas ali haviam estado.

— Não é possível que em tão pouco tempo fizeram isso tudo! — exclamou Bira.

— E faremos muito mais! — falou agora a animada Lindalva, passando um cheiroso café.

— Como os levaremos? São frágeis! — falou Ambrósio.

— O senhor fica! Trouxemos mais material e aqui na casa precisamos de sua mão de obra. — declarou Tomé.

— Creio que me querem longe, pois estas pernas já não são tão boas numa corrida.

— Não o estamos poupando, se é isso que queres saber. É importante que fiques com minha esposa, pois essa é só a primeira noite. Se é como nosso amigo Jessé falou, teremos muitas noites assustadoras e precisaremos de Lindalva e do senhor para que esta missão dê certo — esclareceu Tomé.

Tomé de pronto convenceu aquela figura já com um bom tempo percorrido nesta terra, mas que não se dava por abatida diante de uma grande ameaça.

— Agora vamos ao café? Sinto não ter mais nada a oferecer — disse Lindalva.

— Como não? O farnel que a esposa de Ambrósio fez dará com certeza para dividir e sobrar! — falou João, que até o momento só era ouvinte.

Adentrando a casa:
— Estou cansado. Deveria ter ido com os outros.
— Resmungas muito, por isso te cansas! O que sai de sua boca são as forças que lhe faltam nas pernas!
O rapaz ouviu e se calou, mesmo não acreditando no que o chefe dizia.
— Vamos para aquele canto. Fique lá que vou colar no meu sobrinho ingrato!
Assim que o fez, o rapaz cambaleou.
— Bira, sente-se mal? Deve ser fome!
Imediatamente todos que já tinham em mãos sua parte do farnel empurraram-na na mesa em direção a ele. Foi uma ação orquestrada. Tomé já estava colocando um banquinho para que se sentasse, e o momento era de grande preocupação, já que o rapaz estava lívido.
— É um frouxo... Sabe que estou aqui e está fingindo um desmaio! — falou o tio com escárnio. Quanto mais ele ficava irado, mais o rapaz perdia a cor e parecia que ia desfalecer.
— Lindalva, pegue aqueles sais aromáticos; acho que vamos precisar! — pediu Tomé.
— Bira, coma alguma coisa. Isso só pode ser fraqueza! — dizia o preocupado Ambrósio, molhando a testa do rapaz com a mesma água que antes estava a beber.
— Sinto um mal-estar... Foi de repente. Parece que minhas forças se esvaem...
— Fingimento! Estás fazendo isso pra não prestar contas a mim. Não desmaia, não! Não desmaia, não! Vais me contar tim-tim por tim-tim o que aconteceu no acampamento.

Com toda essa energia, que pareciam correntes a tomar seu corpo, Bira foi ao chão, derrubando o banquinho, sem dar tempo de segurá-lo.

— Exausto! Creio que estás deveras cansado. Isso, juntando que mal tem se alimentado — falou João Desbravador.

— Tens razão, João. Ele tem sido incansável. Desde que saiu daqui com minhas crianças, se esmerou em sua missão. — falou Lindalva comovida.

— Me ajudem! Vamos pô-lo na cama dos meninos! — adiantou-se João.

— Deixem esse traidor no chão! Dele cuido eu.

O que se dizia chefe tentou chegar mais próximo do rapaz, mas foi impedido, pois Lindalva e Tomé iniciaram um cântico, embalando Bira em orações.

De imediato, aquele espírito, que ainda não tinha se dado conta do mal que causava a ele mesmo, mais do que ao rapaz, retirou-se, indo se colar ao canto da pequena sala.

— E então, chefe? Conseguiu tirar alguma coisa daquele malfadado?

— Falas demais! Sua fala é um terrível zumbido em meus ouvidos!

Ele não queria admitir que não conseguira seu intento; agora, quem estava mal era ele. Sentia-se agoniado. Queria partir para cima de todos os que ali estavam, mas não era capaz de se mexer. Algo maior, que não sabia ele o quê, o impossibilitava de chegar até eles. Aos poucos, pegando palavra por palavra a canção por Tomé e Lindalva iniciada, todos aprenderam e cantaram. Bira falava palavras desconexas:

— Já contei, tio. Tá faltando! Parem... Estão todos loucos!

Lindalva pegou uma bacia com água e trocava compressas na testa do rapaz.

— Ele está variando... Será que não volta mais? Já vi casos assim em que o sujeito apagou para sempre!

— Jessé, não é hora de especular, e sim rezar. Vamos pedir ao Altíssimo que intervenha e afaste o mal que possa estar com ele neste momento. — falou Tomé.

João Desbravador deixou seu posto de vigia e chamou Tomé para lhe falar em particular.

— Podes falar, João; o que o aflige? Também pensas que o caso de Bira é sério?

— Sabe o saco de ossos, daqueles do acampamento?

— Despachou-os, não foi?

— Não... Estão bem ali!

— Não era para comprovar que tinhas achado o grupo?

— Tanta coisa aconteceu desde que me fui daqui com aquele saco macabro... O que sei é que dele tentei me desvencilhar, mas não consegui, e ele retornou comigo. Será que não é isso que está atingindo nosso amigo?

— Não creio, mas que tem algo além de nossa compreensão, isso tem!

— Vou lá fora enterrá-lo. Vou já acabar com isso!

— Eu te ajudo. Vou pegar uma pá que ajudará no serviço.

Imediatamente, João foi buscar o que tinha que enterrar e assim acabar de vez com aquela má impressão.

— Não toques neste saco! Não toques em nossos ossinhos!

O chefe explodia em má energia, pois o canto em que estava o saco era exatamente onde ele estava colado.

— Não se atreva! Isso nos pertence! — E, virando-se para alguém que mais parecia um escravo: — Segure-o. Não deixe que nos enterre!

O rapaz aproximou-se de João Desbravador, e o que ele já tinha sentido na caminhada com Tomé voltou a ter: era uma fraqueza, uma sensação de que iria ter ao solo.

— Tomé! — chamou João.

— Ele foi lá fora. Precisas de ajuda para carregar esse fardo?

— Ambrósio, me ajude... Minhas vistas se turvam; acho que vou desmaiar...

Realmente aconteceu, e Ambrósio, tentando segurá-lo, o que era impossível, devido ao tamanho de João, foi ao chão com ele, sendo que Ambrósio ficou por baixo.

— Minha Nossa Senhora! Valha-me Deus! — Lindalva levou as mãos à cabeça, não acreditando no que via.

Jessé de pronto correu para ajudá-los, retirando Ambrósio de baixo daquela massa humana.

— Ai! Estou alquebrado! Em pouco vou ao chão duas vezes! Estão sinalizando que estou velho demais para certas coisas...

— Caiu porque tentou ajudar João. Qualquer um se dobraria pelo tamanho e peso deste gigante. Mas está bem? — perguntou Jessé, colocando Ambrósio de pé.

Lindalva acudia quem ainda estava desacordado.

— Seu João! Não deixe que o conduzam... volte!

Lindalva percebeu que, ao cair, o saco se abrira, e alguns ossos estavam por baixo dele.

— Minha Nossa Senhora! — exclamou ela assustada.

— Nossa Senhora? Estou morto?

— Não, seu João. Está vivinho da silva! Vamos, levante!

— Não posso. Creio que machuquei mais ainda minha perna.

— Valha-nos Deus!

Quem ainda estava colado à parede ficava cada vez mais irado com as exclamações dela.

— Esta mulher é um rosário ambulante! — E, virando-se para quem estava todo encolhido: — Vá lá! Derrube-a! Faça alguma coisa!

— Não posso, chefe. Não consigo sair daqui...

— És um frouxo! Deverias mesmo ter ido com os outros. Sozinho me viro melhor.

— Também gostaria de ter ido, mas não vou ter nova chance.

Guiados pelas preces e pelos pedidos de ajuda feitos por Lindalva, os espíritos auxiliadores estavam de volta.

— Quer nos acompanhar ou continuar prisioneiro do mal?

— Estão se referindo a mim, seus anjos sem asas? — perguntou o chefe.

— Se continuares nessa explosão de ódio, afundarás cada vez mais e irás até o abismo...

— Afundar? Abismo? Estão vendo alguém aqui? — indagou o chefe.

— Logo o verás se não mudares... Sua ira, todo esse ódio e as maldades que carregas serão a escada para chegares até lá... Quando quiseres dar um basta, retornaremos...

— Não preciso de vocês. Mas o que está encolhido, sim! Levem-no! Ele não serve para nada!

Espíritos socorristas esticaram um alvo lençol e colocaram nele quem não conseguia mais se manter de pé.

Tomé, ao ouvir Lindalva, entrou na casa e ficou estático.

— Jessé, o que houve?

— João desabou de repente e caiu em cima do senhor Ambrósio. Não sei o que se deu...

Tomé largou a pá e foi acudir o amigo.

— João... João!

O rapaz ia e vinha. Ora parecia desperto e logo perdia as forças.

— Tomé, o que vem a ser isso? — perguntou Lindalva, apontando para os ossos.

Alguém no canto logo respondeu:

— São meus ossinhos! Meus ossinhos!

— São ossos de animais — respondeu Tomé, titubeando, não conseguindo enganar a esposa.

— Animais, não! Não são de animais! São meus ossinhos! — continuava o que mesmo sozinho se achava ainda o chefe a gritar.

— Lindalva, está sentindo? Não estamos sozinhos... Tem alguém nesta sala mais doente que Bira e João — falou Tomé.

— Por favor, Tomé. Leve isso lá para fora e enterre! Dê descanso à alma de quem com certeza está em aflição — disse Lindalva.

O chefe continuava aos berros:

— Enterrar, não! Eu estou aqui! Não estão me vendo?

Tomé calmamente catou o que tinha se espalhado e fechou o saco. Quando ia se levantar:

— Tomé, meu amigo, espere... Não o faça sem mim... Sinto que eu mesmo devo fazê-lo.

— Fique bem, João. Só vou levar o saco lá para fora e mais tarde cuidaremos disso. Jessé, ajude João a se sentar. Lindalva, pegue um pouco d'água para ele.

Com João já desperto e sentado em um banquinho, as coisas se acalmaram. Bira ainda dormia a sono solto e não era preocupação para Tomé, que pensava o caso ser cansaço. Na verdade, suas forças tinham se exaurido, mas não por cansaço físico.

— Tomé, temos que ir andando, senão o amanhecer nos pegará em meio ao caminho. Agora somos só nós dois e muitas árvores para subir — disse Jessé.

— Três! Esqueceram este velho?

— Ambrósio, sei que sua ajuda é imprescindível, mas a caminhada até lá será forçada, pois o tempo urge. Preciso de alguém que fique a cuidar de Bira, já que Lindalva tem que continuar o trabalho. — disse Tomé.

— Ele está só dormindo. O que poderei fazer? Niná-lo? Sei que não é isso. Indo com vocês, só serei um estorvo.

— Foste de muita valia e sabes disso. Graças a sua intervenção, Lindalva está conosco; vales mais do que três com metade da sua idade. — garantiu Tomé.

Ambrósio agradeceu, não muito convencido, e foi ter com Bira. Pegou um banquinho e ficou ao seu lado. Prestando bem atenção, achou que tinha ali mais do que um sono reparador. Ambrósio esqueceu tudo o que os rodeava e evocou os bons espíritos para que ali chegassem e auxiliassem quem poderia estar à mercê de um obsessor. Com dificuldade, ajoelhou-se ao lado do rapaz e iniciou suas preces, que foram como um bálsamo para Bira.

— Ambrósio...

— Meu rapaz, que bom que despertaste!

— Estava dentro de um pesadelo... O que fiz de minha vida me acompanha e não são sonhos...

— O que poderia ter feito de tão grave? Pareces um bom rapaz. Quando chegaste em minha casa, trazendo pelas mãos os dois pequeninos, vi em você uma boa alma.

— São olhos de quem é bom e desconhece a maldade humana...

— Achas mesmo, filho? Achas que este velho que já andou muito por essas terras de meu Deus não conhece bem a alma humana?

— Errei muito, meu velho... Creio que o que já fiz nesta vida não tem perdão, por mais que Tomé fale em novos caminhos.

— Mataste alguém? Tiraste a vida de um irmão?

— Não! Por Deus que não!

— Então, nem tudo está perdido. Não queres me contar o que o aflige? Estamos a sós neste quarto. Tomé e Jessé já tomaram rumo; dona Lindalva está em meio aos trabalhos; e João, meio alquebrado, está sentado a montar guarda.

— E eu aqui deitado que nem um estorvo... Tomé precisa de mim! Vou atrás dele; tenho que ajudá-lo!

— Por ora, tens que ajudar a si mesmo e assim se fortalecer para o que vier.

O rapaz ia se levantar, mas Ambrósio o deteve:

— Fique deitado mais um pouco. Pedi auxílio e creio que aqui estão.

— Desculpe, meu velho, mas não entendo do que falas.

— Isso não importa; não queres falar do que o aflige? Dois a carregar um fardo o tornará mais leve...

— É uma longa história.

Uma jornada para transformação | 199

— Temos tempo, se assim você o quiser e neste velho confiar.

E, assim, Bira desfiou para aquele quase centenário a sua desdita.

— Como vês, meu velho, tenho uma espada sobre a minha cabeça. A qualquer momento João Desbravador poderá saber que o sexto crânio que não está no saco está bem aqui sobre este corpo. Queria contar tudo a Tomé. Falar de meu arrependimento, falar sobre o que houve no acampamento. Meu tio não me deixava portar arma; só usava o facão quando tinha que esfolar os animais. Não gosto nem de me lembrar. Eles nas armadilhas ainda feridos e os olhos a nos fitar como se pedissem socorro. Só agora interpreto como um pedido, e não agonia por estar preso. Voltei na esperança de encontrar meu tio, pois quando me acertaram fui me arrastando até a margem do rio e não me lembro de mais nada; só quando despertei vi que tinha sido ajudado, mas estava só. Lamento por meu tio. Eu o amava, o respeitava, apesar de não concordar com as coisas que fazia. Sei que ele também me tinha em grande conta. Ele sabia que, quando formou aquele grupo, eram homens sem escrúpulos e até prováveis assassinos. Não tenho certeza... Queria encontrá-lo, dizer que podemos viver dignamente; que existem pessoas boas como o senhor, Tomé, dona Lindalva e até esse caçador de recompensa que também se converteu, como me contou. Agora só posso lamentar e pagar pelo que fiz. Se não for aceito aqui, de uma coisa tenho certeza: matar a criação do Senhor, nunca mais!

— Meu rapaz, sempre é tempo de recomeçar. Se aqui não tiver espaço para você, o que acho que não acontecerá, minha casa estará aberta aos amigos. Lá poderás morar e viverás como eu e minha Felícia: plantando, colhendo e vendendo o que vem em abundância.

O rapaz olhou-o transbordando em lágrimas. Abraçou aquele homem como se ele fosse sua tábua de salvação em meio a um mar revolto.

As palavras de Bira não ficaram retidas naquele quarto. Uma alma doente recebeu dele as primeiras palavras para a sua cura.

— Bira... Ele falou que me amava. Ele não teve culpa de nada e eu infernizando a vida dele, achando-o um traidor! Nunca me perdoarei por isso... Deus nunca me perdoará!

— Queres ajuda?

— Vocês? Não desistiram de mim?

— O Altíssimo não desiste de seus filhos. Seus filhos é que se esqueceram Dele... Mas, como você falou em perdão, achamos que queres iniciar um novo tempo. Está preparado para ir conosco?

— Me juntar ao meu grupo?

— Não... Três de vocês não ergueram arma em direção ao próximo, apesar de tantas outras faltas. Um está em tratamento, aquele que quase virou seu servo. O outro está diante de nós e terá muito o que aprender...

— E o terceiro?

— Esse está naquele canto e começa agora seu resgate. Estás pronto?

— Será que um dia terei o perdão de meu sobrinho por todo o mal que causei?

— Você escutou quando ele falou do amor que sempre lhe teve. O amor é mais forte do que qualquer outro sentimento.

O chefe, que o deixou de ser, foi tocado e adormeceu, sendo pelos espíritos auxiliadores levado.

Depois do abraço quase interminável, Bira pôs-se de pé, sentindo-se forte como se uma brisa fresca o tivesse renovado.

Era quase isso. Com o resgate do tio mais a oração em que o rapaz fora embalado, suas forças de fato foram renovadas.

— Vamos, velho. Deixe-me ajudá-lo a levantar!

Ambrósio ainda estava de joelhos e não conseguia se pôr de pé.

— Vá ter com João. Eu vou ficar aqui um pouco e, de mais a mais, não podes ainda forçar esse braço.

— Esquisito! Pareces alquebrado... Venha, eu o ajudo.

Bira levantou o ancião, e esse gemeu, mesmo sem querer fazê-lo.

— Viu? Estás escondendo algo! Vou falar com dona Lindalva; tens que descansar!

— Não agora... Daqui a pouco meu descansar será eterno... Só estou um pouco estropiado.

— Vamos! Eu o ajudo!

— Seu Bira! Que bom vê-lo bem-disposto. — disse Lindalva.

— Quem não está bem é este nosso amigo aqui. Teimoso como é, não quis ficar descansando.

— Como Tomé falou, o tempo urge! Temos que acabar o que irá ser colocado à noite. Já amanhece, dona Lindalva; pode deixar comigo agora e ir descansar.

— Nem pense nisso! Dei uns cochilos e já estou refeita. Enquanto oravas para nosso amigo Bira, me ninaste. Que a força esteja sempre com você...

— Com todos aqueles que dela necessitem! Deixe-me ajudá-la.

Bira foi ter com João e o pegou taciturno.

— Estás zangado? O que aconteceu de fato?

— Caímos como moscas mortas! Tomé precisando de ajuda, e nós falhamos!

— Não sei o que se deu comigo. Não fiz corpo mole; queria muito ter ido junto com Tomé.

— Espero que ele tenha conseguido. Não sei se podemos confiar em Jessé.

— Por que nos trairia?

— Não sei o que pensar. Vamos esperar pela volta de Tomé.
— Se ele não...
— Pensamentos e palavras têm força! Com certeza logo ele estará aqui — completou Ambrósio, que estava a escutar a conversa dos dois.

O sol, tímido, já aparecia entre as copas das árvores, dissipando um pouco a névoa fria.

Jessé adentrou o acampamento e foi logo falando, antes de ser perguntado:

— Vim buscar suprimentos. Estamos a zero!

O acampamento já era um alvoroço. Eram uns com baldes para se lavarem, outros a roupa a vestirem, alguns com pedaços de espelhos apoiados em pedras a se barbearem e alguns já a postos para na mata adentrar. Era uma zoeira para todo lado. Jessé foi direto falar ao encarregado, dizendo não poder se demorar, pois tinha que ao outro render.

— Lá está tudo em ordem?
— Como deveria.
— Pois aqui está uma desordem só. A mulher escafedeu-se. Já procuramos até embaixo das pedras e nada dela!
— Sei não... Estamos aqui há um bocado de tempo e nada de mulher; de repente aparece ela, e não pode se dizer que seja uma baranga...
— Está querendo insinuar o quê?
— Algum oportunista...
— Tinha uma fenda na barraca dela, e foi feita...
— De dentro para fora ou ao contrário?
— Jessé, creio que vieste para elucidar o caso! Estes ogros devem tê-la pegado e deram sumiço no corpo!
— O rio caudaloso seria um ótimo túmulo, ainda mais cheio de jacarés!

— Com essa mulher sumida, teremos que dar outro rumo nessa história; não podemos manter vivo o guarda-florestal!

Jessé logo se arrependeu da solução por ele dada. Colocara mais ainda a vida de alguém em perigo.

— E se quiserem entrar em contato com ele? Sabe como é... As autoridades... Ele não sabe do sumiço da mulher, então o trunfo continua em nossas mãos. Quando quiserem com ele contatar, ficará de bico fechado, pois a vida da mulher que ele não sabe que se escafedeu estará em jogo!

— Não sabia que era tão inteligente. Vou até propor que outro vá em seu lugar, para que fiques por aqui. Precisamos de homens como você!

Jessé levou um baita susto. O feitiço estava virando contra o feiticeiro. Foi salvo, pois um grande alvoroço se deu no acampamento.

— O que vem a ser isso agora? Será que a mulher apareceu?

O homem abriu a tenda, e dois homens quase o atropelaram.

— O que está acontecendo? Estamos sendo atacados?

— Quase isso! Não podemos mais ir para lá colocar as árvores abaixo!

— Como não? Estão enlouquecendo?

— Bruxaria... Está em toda parte!

— Creio que uma febre os atacou, isso sim!

— Estão lá, sim! Em todo lugar! Não vou mais voltar. Coloque outro em meu lugar.

O homem estava apavorado; o outro nem mais falava, tendo os olhos esbugalhados.

Jessé, escutando-os, vibrava por dentro. A artimanha estava dando certo. O encarregado estava fulo.

— Vocês são homens ou uns ratos? Medo das árvores? Pensam que suas raízes sairão da terra e elas virão nos atacar?

— Não são as árvores! É o que está sobre elas!

— Isso já está indo longe demais! Jessé, você, que já provou quanto é esperto, vá até lá e mostre a verdade a estes ignorantes.

Prontamente Jessé atendeu; era mais do que ele queria.

— Vamos, rapazes! Me mostrem o que os afugentou do trabalho e os fez perder o dia e, consequentemente, o dinheiro em suas carteiras!

Falando em dinheiro, Jessé tocou no ponto fraco daqueles homens.

Chegaram ao local por eles indicado; Jessé bem o conhecia.

— Veja! Por acaso somos mentirosos? Estão em todo lugar! É o espírito da floresta, como nos contaram que existia e desdenhamos!

— De fato falaram a verdade... Sinistro! Sinistro!

Falando assim, Jessé pôs os dois a correr e mais os que os dois encontravam no caminho. Jessé não se conteve; foi às gargalhadas. Sem querer, ele aumentou o pânico dos homens, pois o som se esticou e soou como um aviso.

Voltando ao acampamento:
— Então, o que encontraste?
— Nada que se possa temer. Eles devem ter conversado sobre espíritos e, impressionados, juntando ao que devem ter bebido em exagero, deu nisso. O que me mostraram foram uns trançados, obras da natureza.

— Ignorantes! Vou descontar cada centavo pelo dia perdido!

— Creio que deveria ir mais adiante e considerar os trabalhadores perdidos, pois, quando aqui adentrava, vi alguns homens em carreira, tendo nas costas mochilas.

— Fuga? Miseráveis! Jessé, vá atrás deles e os traga de volta!

— Não querendo discutir sua ordem, tenho que retornar à cabana, onde tenho que render guarda e para a qual preciso levar víveres.

— Vá! Vá! Homens, peguem seus rifles! — falou o homem, agitando os braços como se estivesse enlouquecido.

Na confusão, ele esquecera que a ordem era para Jessé lá não mais retornar. Antes que ele lembrasse e mudasse de ideia, Jessé foi até onde havia víveres armazenados, falou de sua necessidade ao encarregado e logo ele batia em retirada, carregando um pesado saco. Estava preocupado com Tomé. Com a fuga dos homens, eles bateriam toda a mata; como Tomé não sabia do acontecido e estava a esperá-lo, corria grande perigo. Saiu do acampamento sem ser seguido e nas imediações encontrou Tomé.

— Foste rápido! Então, achas que nosso plano vai dar certo?

— Já deu! Vamos andando que lhe conto no caminho. Ficar por aqui agora é suicídio.

— Então temos que providenciar mais.

— Só que agora teremos que ter mais cautela, pois o encarregado de bobo não tem nada e colocará vigias, ainda mais que está fulo da vida pelos homens que certamente perdeu.

— É animador! Deixe-me ajudar com esse saco, pois a caminhada é longa!

— Estou acostumado. Vá abrindo caminho que será mais rápido.

CAPÍTULO 10

Na casa:

— Tomé está demorando demais, estou ficando preocupado. Eu sei do que esses homens são capazes. Escutei tantas histórias tristes...

— Dona Lindalva, não crês que desamparados não estamos? Os céus os protegerão e os espíritos da mata também!

— Velho, acreditas mesmo nisso?

— Em espíritos? Como não acreditaria? Somos seres vivendo neste planeta por vários motivos, na esperança de dias melhores, em que nossos espíritos alcançarão voo para um plano melhor, de acordo com o merecimento de cada um. Na floresta, como em todos os lugares, existem espíritos... Uns bons, auxiliadores, e outros nem tanto. Devemos ter cuidado e nos armar.

— Armas? Contra espíritos?

— Orar. A oração é a melhor arma que nos foi dada pelo Pai Maior. Eleva a alma. Coloca-nos mais perto dele... Também faz em quem ora uma couraça, amenizando os males.

— Pareces Tomé falando. Sempre foste assim, velho?

— Infelizmente aprendi na dor... Esqueci de dizer que a oração nos ampara quando nos achamos perdidos, sem rumo mesmo. Eu e minha velha sofremos muito quando perdemos nosso filho. Nós o perdemos duas vezes e nada pudemos fazer; bem que tentamos, mas creio que era tarde demais...

— Meu bom Ambrósio, não abra sua ferida!

— Depois de tantos anos passados, é bom abrir a caixinha de recordações, sejam elas boas ou más! As boas nos darão alento para seguir adiante, e as más, não repetiremos os mesmos erros... Nosso filho era tudo para nós. Seu nascimento nos encheu de júbilo. Tanto que o criamos como se fosse um valioso vaso de porcelana. Como mais tarde demos corda demais, tudo o que ele não queria fazer, contava-nos uma triste história em que ele era o personagem sofrido e nós acreditávamos. Ou era a professora que não o entendia, as crianças da escola que dele caçoavam sem motivos, e nós, em vez de apurar os fatos, afagávamos sua cabeça. Já rapaz, nenhum trabalho era bom demais para ele. Justificava dizendo-se explorado. Acreditávamos sem nada apurar e passávamos as mãos em suas costas. Começou a andar com péssimas pessoas, e aí era tarde demais para ouvir nossos conselhos. Vivia em bar, jogatinas; chegava em casa trocando as pernas e nada podíamos falar, pois era motivo de ameaça de que de casa iria embora. Eu tinha um pequeno estabelecimento que da cidade algumas coisas supria. Sempre tivemos uma pequena plantação, e isso era ganho certo. Ele disso nunca quis saber, mas dinheiro era o que sempre queria. Eu às vezes negava, mas minha velha não conseguia. Temia que ele cumprisse a promessa e de casa fosse embora. Um dia para casa não voltou; ficamos desesperados. Foram três longos dias... Quando apareceu estava sujo, barbado, mas nos mostrou um maço de dinheiro. Disse-nos que aquilo que era vida e não a que tínhamos dado a ele. Depois disso, com mais dinheiro apareceu. Às vezes em casa aparecia com alguma dona, se trancava no quarto com ela e só saíam à noitinha. Comer, acho que não o faziam, pois, como dizia minha mulher, não saíam de lá nem para procurar alimento. Eu, cansado da labuta, chegava em casa e só queria meu lombo descansar; tudo o mais, fora minha mulher, para mim não existia. Fui ignorando-o, fingindo mesmo que não o via, mesmo quando passava e de nós troçava. Eu pensava: esse não é nosso filho; é um estranho que aqui também habita. Minha mulher sofria e eu também, a dor me consumia. Um dia de novo para casa não voltou, desta vez não ficamos a procurá-lo. Sentados na pequena sala, esperávamos a qualquer momento que a porta se abrisse e ele adentrasse. Desta vez foi mais tempo. Uma semana foi o tempo que permaneceu fora de casa. Também chegou sujo, barbado e com um cheiro insuportável. Minha mulher preparou-lhe um banho, e ele não se fez de rogado. Disse a ela que o cheiro não era dele, e sim das peles dos animais que tinha esfolado. Felícia foi aos prantos, os soluços sacudiam seu corpo. Agora se questionava para saber por que merecíamos isso. A casa, quando do quarto ele saía, tinha um cheiro insuportável. Erva queimada em cigarro enrolada; haxixe, foi o que ele disse que fumava e também traficava. Não nos escondia nada, não nos temia. Nossa casa era a última da cidadezinha, por isso nos sentíamos um pouco isolados. Depois dela, pegando a estrada de terra, era só mata fechada. No meu estabelecimento ninguém mais perguntava pelo meu filho; com certeza não ignoravam sua existência, mas de seu viver desregrado todos sabiam. Nossa casa era simples, mas Felícia gostava de alguns objetos para ornamentá-la. Tudo sumia. Quando a ela eu perguntava, dizia ter se quebrado. No princípio acreditei, depois, eram muitos os objetos para ela os ter danificado.

Entendi que meu filho os furtava para trocar pela erva maldita, com certeza. A cidade era pequena, mas, mesmo com poucos moradores, alguns de casa em casa se reuniam. Eu sabia que eram reuniões espíritas. Falei com Felícia, precisava achar um caminho para a libertação de meu filho. Fomos bem recebidos, acho que já nos esperavam. Começamos a estudar o Evangelho e o alento veio logo nos primeiros dias. Aprendemos que, ao invés de ignorá-lo ou ficarmos revoltados, deveríamos orar. Meu filho estranhou nossa mudança, pois estava espelhada em nossos rostos. Um mês já se fazia em que frequentávamos as reuniões. Um dia, quando a casa adentrou, nos encontrou lendo o Evangelho. Nada perguntou e, para surpresa nossa, ficou a escutá-lo. Sem ser proposital, a leitura falava sobre descaminhos e expiações. Sem nada falar, ele recolheu-se e do quarto só saiu na manhã seguinte.

"À noite, estranhamos, pois de casa não saiu. Sentou-se como se alguém esperasse ou algo. Minha esposa colocou seu jantar e ele agradeceu, parecia que era outra pessoa. Pensei: o poder da oração. Mentalmente agradeci a Deus e Seus enviados. Eu estava com o livro sobre o colo e não ousei abri-lo com meu filho em casa. Apesar da outra noite, eu temia sua reação. Meu filho acabou a refeição e veio em minha direção meio cabreiro, diferente daquele a que estávamos acostumados.

— Pai, não vai lê-lo?

— Sim! Estou esperando por Felícia.

— Posso ficar e escutar?

Eu tremi. Minhas pernas bambearam, apesar de estar sentado. E assim a noite estendeu-se, pois, quando parava, ele pedia para que eu seguisse mais um pouco.

— Pai, não sei o que acontece, mas sinto meu peito como se estivesse arejado, com o mais puro ar. Se puderem perdoar este filho que só desgostos lhes deu, nem que seja aos poucos...

Minha esposa abraçou-o chorando. Agradeci a Deus o momento. À noite, até uma toalha florida forrava a mesa, como também um vaso de flores a ornamentá-la. Estava tão feliz que nem fui abrir o estabelecimento. Meu filho cedo de casa saiu e esperávamos ansiosos seu retorno. Esperamos em vão. A noite desceu, se curvou para o novo amanhã e de meu filho nem sinal. Eu e Felícia nos olhávamos, mas nenhum dos dois dizia uma só palavra. Mais tarde, já chegando o silêncio da noite, não me contive mais:

— Felícia, vou procurá-lo. Sinto em meu coração que algo aconteceu.

— Vou pegar meu xale e vou acompanhá-lo. Não conseguiria aqui ficar a esperar notícias.

Fechamos a casa e lá fomos nós pela estradinha de terra. O lume das casas ia se apagando, indicando que tarde já se fazia. Como a cidade grande não era, poucos lugares tínhamos para procurá-lo. Estávamos desorientados. Não sabíamos que caminho tomar, até dar de encontro a quem muito bondosamente cedeu a casa para reuniões espíritas.

— Boa noite — falou ele com delicadeza, vindo em nossa direção. — Poderia ajudá-los?

— Só se for para nos dar notícias de nosso filho. Desde ontem não aparece em casa. Estamos por demais aflitos.

— Ele esteve por aqui, como sempre. Por acaso, na tardinha de ontem, esbarrei nele e estranhei a atitude de dois homens por mim desconhecidos, que pareciam importuná-lo. Fiquei a olhar e ele ajuda não pediu. Não quis ser inoportuno, e ele seguiu adiante. Não o vi mais.

— Deus misericordioso... onde estará nosso menino?

— Vou acompanhá-los. Sei de dois irmãos que são sempre vistos com ele. Sabem quem é! Os pais os abandonaram com uma tia e com o que ela menos se preocupou foi com eles. Tentei me chegar, usar as palavras divinas, mas eles zombavam e diziam que eu estava variando.

Uma jornada para transformação | 211

— Então, por favor, indique-nos onde é e lá chegaremos. Não precisas nos acompanhar.

— Nunca me esquivei pelas zombarias, mas passei a orar por eles sem a eles chegar. Vamos! Eles moram naquele casebre saindo da cidade.

Pouco adiantou. Batemos palmas, os chamamos pelo nome, mas nem a tia apareceu.

— Ou dormem, um sono pesado, ou aí dentro não estão.

— Agradecemos assim mesmo pela ajuda. É melhor nos recolhermos; quem sabe ele em casa já está?

— Rogarei aos céus por essa bênção...

Distanciamo-nos daquela bondosa criatura e fomos para casa lentamente. Parecia que nossos passos eram pesados e nossa casa cada vez mais distante estava. Chegamos extenuados. Não tanto pela caminhada, mas por não saber de nosso filho amado.

— Felícia, a luz está acesa! Nosso filho voltou!

Com esse novo alento, as pernas adquiriram força e a casa adentramos. Logo ficamos como duas estátuas. A casa estava toda revirada e havia até objetos pelo chão quebrados.

— Valha-nos Nossa Senhora! Homem de Deus, o que aconteceu?

Minha esposa colocou as mãos na cabeça em desespero. Eu temia dar mais um passo. Não sabia o que poderia mais encontrar e tinha medo de que quem fizera aquilo ali ainda permanecesse. Felícia cutucou meu braço com força:

— Meu velho, se adiante! Vá ou me deixe passar!

Impulsionado por ela, fui direto ao quarto de meu filho. Esse estava todo revirado, até a cama que artesanalmente fiz, mas usei da melhor madeira, quebraram. Sangue não havia e pela minha cabeça passou que meu filho ali não estava. Procuravam algo e logo me lembrei dos embrulhos que meu filho trazia e como ele não deixava que sua mãe o quarto arrumasse.

— Ambrósio, o que aqui sucedeu? Onde está nosso filho? Quem fez esta maldade? Será que ele em devaneio, depois de usar aquela maldita droga, fez tudo isso?

— Não creio. Estavam procurando algo e eu sei, e você também, o que eles queriam.

— Se fizeram isso com a casa, o que não farão com ele?

— Ele cavou a própria sepultura, e nós lhe demos a pá...

— Não fale assim... Por Deus, não fale assim!

— Vamos limpar toda essa sujeira, mulher! No momento, é só o que podemos fazer."

Ambrósio parou a narrativa para enxugar os olhos, e três pares do mesmo estavam colados nele.

— Se ainda te dói tanto, meu velho, deixe o restante para depois — falou João Desbravador, bastante comovido com a narrativa daquele ancião.

— Se me permitirem, continuarei. Depois de tantos anos aqui guardado — disse ele, batendo no peito —, é bom colocar tudo para fora. Continuando:

"Amanheceu e lá estávamos nós sentados na mobília que restou sem pronunciar uma palavra.

— Ambrósio, vou passar um café; creio que conseguirei fazê-lo, pois lá quase não mexeram.

Fiz sinal com a cabeça concordando e fui para fora da casa no mesmo instante em que chegava alguém que da cidade era autoridade.

— Senhor Ambrósio, tenho uma mensagem funesta para vocês.

— Meu filho! Soube algo sobre meu filho?

— Sinto ter que dizer, mas és chamado para reconhecimento.

— Se é meu filho, diga logo! Não preciso ir reconhecê-lo, pois o senhor, como toda a cidade, o conhecem desde seu nascimento!

— É difícil dizer... As roupas que usava quando de casa saiu, os pertences... Só o senhor ou sua senhora disso devem saber.

Ele não precisou falar mais nada. Minha vista escureceu e eu tombei. Fui direto ao chão. Despertei com o chamado de minha Felícia, que estava em lágrimas.

— Ambrósio, não me deixe... Não neste momento. Preciso de sua força...

Era mais que um chamado, era um apelo vindo daquela que muito me amava.

— Felícia... Nosso filho...

Ajudado por ela e por quem a funesta notícia nos trouxe, sentei-me, ainda desnorteado.

— Onde ele está? Onde se encontra o corpo de meu filho?

— Na casa funerária. Tenho que ir. Espero-os mais tarde para fazerem o reconhecimento.

Ele se foi e ficamos os dois abraçados, unindo nossas forças para superar tão doloroso momento.

— Ambrósio, quem sabe não é ele?

— Felícia... tudo indica que seja. A destruição da casa, ele não ter voltado depois de estar conosco integrado... a mudança de estado de espírito dele e o não comparecer para ouvir o que ele mesmo pediu já indicavam que algo de muito grave teria acontecido. Meu coração já o dizia, mas não vamos mais prorrogar essa tortura. Já que temos que fazê-lo, que seja já.

E lá fomos nós em uma nova caminhada. Como aquela outra antes de chegarmos em casa, nossas passadas de novo eram pesadas e a distância do local onde tínhamos que chegar parecia cada vez mais distante.

Uma aglomeração na porta da casa funerária indicava o acontecido. Não foi uma morte natural e todos queriam detalhes do que a teria causado, ou quem...

No meio daquele amontoado de gente, estava quem estivera conosco na madrugada.

— Meus amigos, esperem. Posso acompanhá-los?

— Doloroso momento... — disse um amigo da casa de oração.

Ele nos abraçou e nos conduziu para dentro como se lá não conseguíssemos adentrar sozinhos, e creio que ele sabia como seria difícil. Uma mesa metálica, um corpo coberto por um lençol, um silêncio fúnebre, e lá estava quem em casa esperávamos em vão.

Seu rosto coberto por sangue já seco, mas modificado com certeza, por ter sido torturado. Minha mulher chorava, dobrando soluços. Eu estava estático. Parecia que aquela cena não fazia parte da minha vida.

— Meus irmãos, o que podemos fazer por ele agora é orar. Peço a Deus que dê forças a vocês, como também para este irmãozinho que partiu.

Ele começou a oração, e ela foi como um bálsamo, aliviando nossos corações. Depois da prece, ele nos falou que meu filho ali não mais estava e onde estivesse estaria livre das dores e dos tormentos. O que estava sobre o frio aço era apenas a matéria que dera abrigo para aquele espírito a quem chamamos de filho amado.

— Ele continuará com vocês... em suas mentes, em seus corações e orações. Ele só mudou para outro plano... Vamos sempre nos unir e pedir que auxiliado seja e bondosamente esteja nas mãos de Deus...

Tudo foi tratado com a ajuda de nosso amigo. O tempo do velório acelerado, e logo estávamos diante de sua campa a adorná-la com flores e palavras vindas do coração.

— Filho, ficamos a esperá-lo para juntos lermos o Evangelho e você não apareceu, mas, como nos falaram que laços não se desligam, leremos para você todos os dias as palavras benditas...

E, como minha esposa falou à beira do túmulo, assim foi feito. Todos os dias abríamos o Evangelho, fosse na casa de oração, ou em oração em nossa casa. Muito bondosamente, sempre tínhamos a companhia daquele que foi nosso orientador. Anos passaram, ou se arrastaram, e um dia um dos irmãos da casa espírita falou conosco como se nosso filho fosse. Por um momento ficamos assustados, e, Deus nos perdoe, até duvidamos de quem realmente ali estaria, mas, quando ele nos falou sobre o pacote que procuravam, que ele tinha enterrado nos fundos da casa, pois não iria mais ser causador da desgraça alheia fornecendo drogas, tivemos a certeza de que eram as palavras de nosso filho amado. Mais uma vez ele pediu perdão e falou que nossas orações tinham--no ajudado como se estivesse preso na cintura por uma grossa corda, sustentando-o para não cair nas profundezas. Ele disse: 'Tive o que mereci e fui ajudado por antes ter me arrependido, graças a vocês. Preciso partir e um dia, quem sabe, eu seja merecedor para que nos encontremos ainda nesta encarnação... Fiquem em paz, pois em paz eu estou...' Depois dessa mensagem continuamos a frequentar as casas de oração e a estudar o Evangelho, mas agora pensando em nos afastarmos da cidadezinha e cuidarmos dessa magnitude que é obra de Deus. Cada animal por nós curado, lembrávamos do meu filho e dos que ele tinha sacrificado. Comecei a me caracterizar, ajudado por Felícia, e assim íamos até o pequeno hospital ou nas casas dos doentes. Tínhamos que lhes levar alegria, pois dor sabíamos bem o que era. Assim envelhecemos, e foi assim que você, Bira, nos encontrou e nos levou mais alegria ao chegar com as crianças de Tomé, fora estar incluído neste grupo em mais uma missão, esquecendo até os anos que já me pesam nas costas. Creio que já falei demais. Agradeço por me escutarem. Este relato desafogou meu peito. Bira, sua camisa está encharcada; queres ajuda para trocá-la?"

— Não tenho nada limpo. Minha mochila está com roupas malcheirosas; é melhor ficar assim mesmo.

— Isso é que não, seu Bira! — Imediatamente Lindalva foi em busca de uma peça de roupa de Tomé. Ambrósio pegou-a e foi ajudar Bira a colocá-la. Ao tirar a camisa, Bira deixou seu dorso à mostra e Ambrósio deixou a camisa que seria usada ir ao chão.

— Filho, como aconteceu essa marca que tens nas costas?

— Nasci com ela. Já nasci nesta vida marcado...

— Impressionante!

— O tamanho?

— Não. A coincidência. Meu filho, quando se foi, levou com ele essa mesma marca, feita por aqueles que tinham ódio e maldade no lugar do coração.

Ambrósio ficou deveras emocionado. Lembrou-se das palavras do filho quando lhe disse que ainda se encontrariam neste plano. A marca... ele lembrou que, quando virou o corpo do filho para colocar-lhe a mortalha, passou a mão devagarzinho sobre o corte, endurecido pelo sangue seco. Ele agora o via de novo com uma cicatriz.

— Ambrósio! Velho! Estás bem? — indagou Bira.

— Muito bem, meu filho...

Agora a palavra *filho*, ao se dirigir a Bira, tinha outra conotação.

— Vamos, acabe de se vestir que está frio e você saiu da cama, onde estava bem aquecido!

Bira agradeceu a ele os cuidados e lembrou-se de quem ainda não chegara.

— Com certeza logo ele estará aqui. Senhor Ambrósio, ainda temos alguns detalhes a terminar em algumas peças.

Ambrósio se encaminhou em direção a ela e pegou a peça em que tinha que trabalhar sem dizer uma só palavra.

— Estás preocupado com Tomé? Tenho certeza de que ele já está a caminho de casa. — garantiu Lindalva.

De fato, a ainda ausência de Tomé preocupava aquele ancião, mas o que lhe estava na mente eram fatos há muito acontecidos. "Deus, ele retornou e continuou a matar as criaturinhas que tinha que preservar? Eu não entendo..."

— Bira, o que fazias realmente por estas bandas? — indagou Ambrósio.

— Procurava por alguém, como já lhe falei, ou seus rastros.

João, que a tudo escutava, interpelou-o:

— Também eras caçador de recompensas?

Uma jornada para transformação | 217

— Sem recompensas; pelo contrário...

— Explique melhor! — exclamou João.

— Eu colocava armadilhas para meu tio, mas, cada vez que um animal morria, eu sofria; e, quando tinha que despelá-lo, era como se passasse a faca em minha própria carne.

— Caçador? Eram um grupo de seis? — perguntou João com seu vozeirão alterado.

— Não... Não! — Agora, apesar do frio, o rapaz suava aos borbotões.

Imediatamente Ambrósio foi em seu auxílio:

— Bira, um copo d'água lhe fará bem. Esse suador o levará de novo à fraqueza.

O rapaz levantou-se, agradecendo mentalmente a intervenção do velho.

Um vozerio lá fora colocou de lado, de vez, qualquer explicação.

— Tomé! É Tomé que retorna! — Lindalva correu para a porta e seu coração disparou ao ver que seu amado estava intacto e com as mãos ocupadas com duas fileiras de peixes, e seu acompanhante, que pensavam não retornar tão cedo, com um carregamento de frutas. — Tomé, louvado seja Deus! Estávamos deveras preocupados com sua demora, mas vejo que tiveram um bom motivo para isso. Dê-me os peixes que os prepararei com gosto! Pelo seu semblante, acredito que tudo foi a contento.

Jessé o cutucou exclamando:

— Ela é assim mesmo?

— É a luz da minha vida...

Tomé enlaçou-a em seus braços, esquecido da fileira de peixes, que foi parar nas costas de Lindalva, o que foi motivo de risos e de descontração geral.

A mulher foi se encarregar da comida e eles colocaram os demais a par dos acontecidos.

— Então deu certo! Eles tremeram de medo? — Ambrósio era o mais entusiasmado.

— Esta noite colocaremos muito mais, contando é claro com o que estiver pronto. Desta vez teremos que ser mais cautelosos. Com certeza colocarão vigias em vários pontos, porque tem aqueles que nada temem. — disse Tomé.

— Não é bem assim — falou Jessé. — Mata fechada, sem luz até do luar, um ventinho que sempre há e sacode os finos galhos das árvores, fazendo com que assombrem... Sempre tem que se acender uma fogueira e aí então até o mais corajoso treme. Figuras se formam por todo lado. Figuras fantasmagóricas! O silêncio perturba, mas mais perturbado se fica quando se ouve algum arrastar que pode ser uma cobra ou algo pior! Nunca fica um só de vigia, e a conversa sempre gira em torno de assombrações. Alguém viu, alguém disse... e por aí vai. Todos falam que a mata tem segredos e mistérios.

— Jessé, falas como se nisso acreditasses! — exclamou João.

— Que tem alguma coisa, tem! Eu mesmo posso contar muitas histórias que aconteceram comigo. Uma delas foi aterrorizadora. Fui colocar uma árvore abaixo com um machado. Ela era de estatura mediana, mas ao lado dela tinha uma outra de tamanho colossal. Meu machado estava bem afiado; podia cortar um fio de cabelo, mas não é que eu o finquei na árvore e ele não entrava? Bati com mais força, e nada! Fui com mais violência porque nem o tronco ficava marcado. De repente, a parte do corte do machado zuniu! Fiquei ali como um abestado segurando só o cabo. Procurei pelo chão e não achei. Não olhei para o alto, porque seria impraticável. Um companheiro dessas desventuras se chegou, ficou sabedor da história sem acreditar, porque eu mostrava o tronco e nem ferido ele estava, mas me ajudou a procurar. "Será que o que procura embaixo não é o que está lá em cima pronto para despencar?" Só deu tempo de ele terminar a frase. A parte do machado desceu e foi fincar no chão entre nós dois, levando uma parte da manga de minha camisa! Um olhou para o outro, demos uma carreira e só paramos quando chegamos no acampamento! Me digam se não era para ter medo! Qual a explicação para meu machado ir parar na outra árvore e tão alto, que mesmo que quisesse não conseguiria lá colocá-lo?

Ambrósio ria de se dobrar. João Desbravador esqueceu a dor e foi rápido até Jessé lhe dar tapinhas nas costas como se concordasse com tudo o que ele contou, mas às gargalhadas.

Tomé, então, pediu a palavra:

— Espíritos da floresta? Por que não espíritos na floresta? Não estamos aqui reunidos tentando preservar o que com muito amor foi colocado? Então por que pensam que espíritos protetores, de desencarnados que de algum modo tiveram a ver com este lugar, não possam por aí estar?

A seriedade tomou conta do lugar. Os risos se transformaram em questionamento. Ambrósio, que estudara um pouco, lembrou-se do filho que abatia animais por causa da pele deles, pelo que valeriam para o seu bolso. Com certeza em algum momento antes de sua reencarnação, que agora com muita alegria ele presumia ser Bira, não estivera em redenção em algum lugar como aquele? Mas, se o fizera, por que tinha reencarnado e continuado a preparar armadilhas, e até arrancado o couro dos animais?

Ambrósio só não sabia, ou não se lembrava da explicação que o rapaz dera, de como sofria ao fazê-lo reencarnado. Ele tinha que ali estar e resgatar o mal que fizera pela ajuda dada a Tomé e suas crianças. Desencarnado como filho de Ambrósio, estivera em mares profundos de lama, convivendo com aqueles que em vida terrena se drogaram e foram ao fundo do poço como ele. O amor de seus pais, como ele falou, foi a tábua de salvação. Arrependido dos feitos já estava antes de dessa vida partir, mas isso não impediu seu trajeto... aliviou-o.

Muitos anos se passaram e agora haviam se reencontrado em uma mesma missão.

— Ambrósio, ficaste mudo de vez? Pareces um totem pronto para receber oferendas! — falou João.

As risadas recomeçaram. Era um grupo harmonioso de pessoas com vidas tão diferentes.

Um cheirinho de peixe assado calou-os e ficaram com a boca a salivar.

— Venham! Não estão sentindo o cheirinho? — perguntou Lindalva.

Não precisou falar de novo. Logo estavam à mesa onde outrora sentavam quatro. Lindalva colocou os peixes temperados em uma grelha e logo estavam assados. Com a habilidade de uma boa cozinheira, algumas frutas também foram ao fogo e se tornaram excelentes manás.

— Sente-se, Lindalva. Não vai nos acompanhar? — indagou João.

— Enquanto vocês matraqueavam, eu matei quem estava me matando!

Não era a verdade. Ao colocar os peixes na grelha, lembrou-se dos dois pequeninos que ficavam na barra de sua saia até que ficassem prontos; então eles corriam a colocar a toalha sobre a mesa, os pratos, talheres, tudo muito bem arrumadinho, e sentavam-se já com as mãos postas a rezar, para não perderem tempo. Quando o peixe chegava à mesa, era uma alegria só. Essa foi a lembrança de Lindalva, já Bira... Suas lembranças eram bem outras. Parecia que escutava os dois que estavam sob sua guarda a falar:

— Peixe de novo?!

Pouca convivência tivera com aqueles dois, mas sentia saudade.

— Bira! Estás disperso! Não tens fome? Se não queres sua parte, me passe pra cá que minha fome é igual à de um leão! — Com seu vozeirão, João Desbravador parecia mesmo o rei da selva.

— Se estás assim tão faminto, podes pegar. Me contento com as frutas.

— Isso é que não! — falou Ambrósio, já pegando de volta o prato do rapaz, que já estava encaminhando em direção a

João. — Tens que se alimentar. Ainda há pouco estavas numa tal fraqueza que mal podias pôr-se de pé. Limpe o prato e não deixe uma migalha! Estou de olho!

De novo, João soltou seu vozeirão:

— Bira, acho que o velho Ambrósio te adotou. Coma tudo! Senão, ele te põe de castigo!

— Adotá-lo, não. Mas... quem sabe? Ele bem que poderia ser meu filho. Estás com quantos anos, Bira? Vinte e três? Menos?

— Vinte e mais dois, para ser exato. Teria sido uma bênção ter nascido seu filho.

Ambrósio, que estava sentado ao seu lado, passou o braço pelas suas costas e mais uma vez tocou a cicatriz:

— Acho, meu rapaz, que nossa ligação vem de outras vidas...

— Outras vidas? Sei que gato tem sete, mas, pelo que sei, vocês não são gatos! — João Desbravador estava espirituoso.

— João, quando tudo isso tiver um fim e a paz voltar para este lugar — falou Tomé —, nos reuniremos, como fazíamos com as crianças, em frente a uma boa fogueira e falaremos sobre vidas passadas. Sei do que Ambrósio está falando pelo que aprendi nos livros, e esse estudo nós faremos, podes ter certeza... todos nós!

O silêncio se fez presente. Lindalva tudo escutava sem perder uma só palavra. Gostava de escutar Tomé quando ele falava sobre vida espiritual e seus caminhos. Ela tinha certeza de que não eram só os livros, era algo além; estava dentro de Tomé.

— Estamos alimentados e agradecemos por isso. Já é hora de nos pormos a caminho. — disse Jessé.

— Sinto não poder acompanhá-los. Creio que serei um estorvo, já que não posso me locomover conforme a necessidade se faz no momento.

— João, não se lastime. Ficando aqui a cuidar de quem fica a trabalhar e, assim absorto, não poderá ver quem chega, sua presença aqui se torna indispensável. — disse Tomé.

— Estou em plena condição. Posso até subir nas árvores. Faço isso como em um passe de mágica! — exclamou Bira.

— É disso que precisamos no momento... Toda essa magia de que falas! — Bira sorriu e foi abraçar Ambrósio, que continuava: — Queria muito ir em seu lugar, mas, como João falou, eu também seria um estorvo. Agradeço ser ainda útil e ajudar dona Lindalva; mas, Bira, cuidado: não deixe que te surpreendam em serviço. Sejas cauteloso ao subir nas árvores. Sabes o perigo que existe na mata. Olhe onde pisas! Os répteis misturados às folhas tornam-se invisíveis aos olhos humanos. Aguce bem os ouvidos antes de dar um passo!

— Velho, é melhor escrever o que falas para que Bira faça tudo ao pé da letra. Não esqueça o leitinho morno e pedaços de pão, para que coloque ao longo do caminho e não se perca para a volta! — João falava em tom de troça, mas envolvendo os dois em um grande abraço.

— João, está quase quebrando meus ossos! Desse jeito terei que por aqui ficar — protestou Bira.

— Vá, miúdo! Peça bênção ao seu pai, que Tomé já está lá fora a esperá-lo.

Bira tomou o agasalho, pegou o restante do emaranhado de cipó com suas diversas figuras e se pôs a caminho.

Ambrósio ficou a orar, pedindo que os bons espíritos caminhassem com eles e os trouxessem sãos e salvos.

— Senhor Ambrósio...

— Desculpe, dona Lindalva, estava rezando.

— Ele lembra seu filho, não é? Fisicamente são parecidos? Assemelham-se tanto?

— Em nada. Fisicamente, é claro; mas o espírito... rezo agora com mais fervor para que tudo isso acabe e o leve para os braços de minha Felícia.

— Mas ela já o conhece.

— Mas não do jeito que conhecerá agora...

Os três, que caminhavam pela mata adentro, iam rápidos. Tinham muito o que fazer.

Uma jornada para transformação | 223

No acampamento:

— Homens! Quero que fiquem de vigia e por hoje está suspenso qualquer tipo de bebida. Não quero que fiquem vendo ou imaginando coisas depois de uma carraspana. Quero meia dúzia de homens dentro da mata, onde um imbecil fez a brincadeira. Não quero mais perder homens! Dobro o pagamento de quem me trouxer quem está fazendo essas brincadeiras de mau gosto!

O homem estava irado. Soubera que vários de seus homens tinham se evadido. Nem quiseram pegar o que lhes era devido. Muitos até a sacola de roupa deixaram para trás. Fora uma perda significativa. Quanto mais brutos eram os homens, mais pesados eram os serviços a eles cabíveis. A tensão estava no ar. A maioria acreditava que estava sendo atacada e algo mais aconteceria.

Antes de o dia clarear, estavam eles se pondo a caminho. Fora um caminho de ida sem volta para o acampamento, pois, ao se depararem com as grotescas figuras sobre as árvores, dispararam não em direção ao acampamento, mas rumo à saída mais próxima daquela mata. Voltar ao acampamento significava enfrentar a ira do chefe e voltar ao trabalho até sob a mira de armas.

O tal logo ficou a par de mais esse acontecido:

— Moleirões! Fêmeas, isso sim é que são! Não honram as calças que vestem!

— Patrão, eu tô aqui, não corri de medo, não. Só voltei porque tinha que avisar que o único que não correu fui euzinho.

— Vá lá! Tome um café reforçado, que fez por merecer. Não se demore! Quero que leve homens armados até o pescoço para averiguar o que desta vez aconteceu.

— Eu vi. Posso até falar, mas patrãozinho não vai acreditar. Tem figuras espalhadas por toda parte. Não sei como foram parar ali, mas é de borrar as calças!

— Besteira! Cipós emaranhados, e ficam a imaginar figuras! Cale essa boca, que só está saindo asneira. Guarde pra você o que pensas que viu!

No local onde se deu a fuga:
— Ande logo, Bira! Este é o último. Daqui a pouco eles voltarão. Com certeza homens armados virão para checar o que aconteceu. Desta vez não deixaremos rastros. Vamos! Vamos que o tempo urge!

Jessé, que sabia da sagacidade do encarregado do acampamento, achou por bem tudo retirar. Faziam-no com cuidado para não deixar rastros. Um galho quebrado, folhas verdes ao chão esparramadas indicariam que por ali estivera a mão do homem.

Bira desceu da árvore, e Jessé tratou de apagar todos os vestígios.

— Tomé, vá com Bira, que irei até o acampamento. Indo lá, saberei como estão as coisas.

— Não desta vez, Jessé. Se fores agora, eles não o deixarão sair, e para nós será uma grande perda; o momento não é propício. — disse Tomé.

— Se assim diz...
— É melhor.

Cada um com um tanto nas costas foi embora, sempre olhando se tudo estava a contento. Nada poderia ficar fora do lugar; isso os delataria.

Não demorou muito e o lugar encheu-se de homens armados até os dentes.

— Não há nada aqui! Estão nos fazendo de bobos! Acho mesmo que não querem mais aqui trabalhar e estão inventando histórias.

— Eu vi! Vi com estes olhinhos que os vermes um dia hão de comer! Tinha um ali, outro naquela árvore, um mais em cima e outro bem aqui embaixo!

— E desapareceram como em um passe de mágica? É melhor a gente procurar por garrafas; devem ter enchido a cara e aí até árvores andando vão ver.

— Cheire a minha boca! Vê se tem cheiro de pinga!

— Cheirar boca de homem? Tá mesmo variando! Gente, vamos para o acampamento que aqui não tem nada, nada que possa alguém assustar!

Aquele que os tinha levado lá tremia. Olhava para todos os lados, não acreditando no que agora não via.

No acampamento, um reboliço danado. Isso sim estava colocando o encarregado de cabelo em pé.

— Prejuízo! Dois dias sem trabalho e tudo atrasado! Que contas vou dar? Serei tomado como incompetente! Os caminhões já devem estar chegando e poucas toras terão para levar. Será que eu mesmo terei que fazer o serviço?

O homem gritava em meio ao acampamento para meia dúzia de homens que restaram para essa tarefa.

— Dobro o pagamento! Dinheiro na mão assim que acabarem o serviço!

Dinheiro, palavra mágica. Logo esqueceram o medo e pegaram os apetrechos, pondo-se a caminho para a derrubada. Apesar de ainda inquieto com a saída dos homens para continuarem o trabalho, o fato deu-lhe uma injeção de ânimo. Quando viessem os caminhões, veria se alguns dos homens que neles trabalhavam lá poderiam permanecer. Sabia que não ficariam por pouco, mas, no momento, perda maior seria o abandono do acampamento.

CAPÍTULO 11

Bem mais adiante:

— Tomé, não é melhor levarmos mais alguns pescados? Já estamos bem longe, não creio que venham para estas paragens — sugeriu Bira.

— Vamos parar, então. Enquanto você e Jessé pegam os peixes, vou ver o que mais arrumo.

Assim que Tomé se afastou deles, escutou um estalido de galho seco quebrado. Imediatamente ele estancou e agachou-se, ficando a esperar. Logo apareceu a figura de um homem que ele bem conhecia, pois estivera preso em suas mãos. Ele olhava para um lado, para o outro, tentando a melhor maneira de continuar o caminho sem fazer barulho.

Tomé continuou agachado e esperou. De onde estava, a mata fechada o encobria. Logo a figura estava ao seu alcance. Tomé pulou-lhe em cima como se fosse um jaguar. O homem, surpreendido, foi ao chão, sem ter tempo de reação.

Tomé prendeu seu pescoço com a força de seu braço, fazendo com que ficasse colado ao chão.

— Você! Não tinha ainda conseguido divisar o terceiro homem que acompanhava Jessé. Agora vejo que tudo foi um embuste! Saia de cima de mim! Você é que é meu prisioneiro!

— A situação se inverteu, e a sua agora é bem delicada. Por que não foi embora como Jessé sugeriu?

— E deixar meu dinheiro no acampamento? És louco!

— Creio que louco é você por ter voltado. Estavas livre e agora... — Tomé prendeu seu braço e o amarrou com a corda que sempre trazia à cintura. — Perdoe-me se o amarro, mas é para a sua segurança. Vou levá-lo até meus amigos e a reação deles pode ser bem diferente da minha.

Com essas palavras, Tomé intimidou o homem. Ele conhecia bem seu ex-parceiro. Sabia o que ele poderia fazer se ameaçado.

— Isso não vai durar muito. Logo todo o acampamento estará aqui!

— Todo o acampamento? — repetiu Tomé. — Você quer dizer os poucos que sobraram no acampamento, ou ainda não sabe o que está acontecendo por lá?

— Ia até lá quando dei de cara com vocês; aí passei a segui-los. Queria saber para onde iam. Se o tivesse reconhecido, saberia logo que rumo tomariam.

— Você está com a razão. Em direção a minha casa, onde encontraremos outros amigos.

— Está com reforço? De onde vieram?

— Um juiz maior os mandou. Agora vamos andando que os dois estão logo ali.

Jessé e Bira, quando os avistaram, levaram um baita susto. Sabiam, como ele mesmo havia dito, que algo mais traria, mas o que tinha pegado era caça grande.

— Tomé, onde o achou? — perguntou Jessé.

— Ele estava nos seguindo.

Jessé aproximou-se e tocou o ombro do homem.

— Tolo que é você! Poderia estar longe deste inferno.

— De que lado você está? — perguntou o homem furioso.

— É óbvio, não é?

— Você é um traidor! Deu fuga a ele e fez aquela encenação toda pra me convencer disso!

— Tive meus motivos, mas isso não vem a ser o caso agora. No momento, o caso é o que faremos com você!

— Você é um traidor! — gritava o homem, indignado por Jessé ter mudado de lado.

— Jessé, é melhor soltá-lo, não o quero na mesma situação em que me encontrava, como minha esposa também. Todos têm direito à liberdade. Essa não pode ser tolhida, a não ser que se trate de uma grande ameaça — falou Tomé.

— E ele será! — disse Jessé. — Tomé, se o deixarmos livre, ele irá direto ao acampamento nos dedurar. Com isso, cairá nas graças do encarregado e terá acesso ao pouco dinheiro que deixou por lá.

— Meu dinheiro é limpo! Ganhei-o trabalhando!

— Ilicitamente... Era como eu o ganhava, mas falei dinheiro sujo por teres dito que o guardas em suas meias, que devem ser emporcalhadas como nossas almas!

— Acho que você pirou. Almas? Quem liga para almas? Ficar neste lugar deve tê-lo enlouquecido.

— Tomé, já temos uma meia dúzia de peixes. Hoje estão em abundância e foi fácil fisgá-los; não é melhor nos evadirmos daqui? Vá que algum outro resolva vir por estas paragens, como esse daí. — falou Jessé.

Tomé nem retrucou. Pegou seus apetrechos, endireitou seu chapéu e se foi sem olhar para trás. Jessé deixou passar Bira, que mantinha-se calado, mas em alerta, e colocou o agora prisioneiro para andar bem a sua frente.

Agora tinham pressa, a situação mudara e Tomé não estava nada satisfeito por ter feito um seu semelhante prisioneiro.

Chegaram à cabana extenuados. Fora uma caminhada pesada.

João, logo que os avistou, deu o alerta, e Lindalva correu para abraçar seu amado. Estancou à porta da casa ao ver que tinha mais alguém e estava amarrado.

— Tomé, o que aconteceu? Esse homem...

— Mulher, deixa-nos chegar que a explicação será dada a todos.

Tomé estava escabreado. Não gostava nem um pouco daquela situação, em que um seu semelhante estava tolhido como há pouco tempo também ficara. Não importava se esse um dia fora seu carcereiro, a situação o incomodava e o entristecia.

Eles adentraram, e o silêncio só era quebrado por insultos pelo prisioneiro atirados. João Desbravador aproximou-se do grupo e tomou as cordas do homem:

— Deixe que de agora em diante eu cuido dele!

— João, apesar dos pesares, trate-o com respeito. — falou Tomé.

— Respeito? Estás me gozando? Vocês são um bando de abutres que logo estarão ao chão servindo de comida aos jacarés! — exclamou o homem amarrado.

João perdeu a paciência e levantou o braço, mas foi contido por Tomé:

— Não o faça... Ele tem todo o direito de esbravejar, já que está em uma situação inversa à que desejaria.

— São loucos, todos loucos! E você, Jessé, também enlouqueceu de vez!

— Se o que estou vivendo agora é loucura, bendito sejam todos os loucos...

O homem se calou, surpreendido com a resposta de seu ex-companheiro.

João levou-o para o quarto das crianças e o prendeu ao pé da tosca cama, impedindo-o de uma provável fuga pela janela.

Ao voltar à sala, todos já estavam sentados em volta da pequena mesa.

— E foi essa a situação que se deu — explicava Tomé. — Ele nos seguia, pois reconheceu Jessé e desconfiou de que algo estava em desacordo com a situação que antes se dera. Ele voltava ao acampamento para pegar o dinheiro que lá fora deixado. Dinheiro que Jessé falou-lhe que deixasse de lado, pois já tinha em mãos o que aqui nos roubara.

— E agora, Tomé, o que faremos? A situação se complica, não é melhor partirmos e o entregarmos às autoridades competentes, e que eles tomem conta dessa situação?

— Lindalva, não posso impedi-la de partir. Acho mesmo que será melhor que vá com o senhor Ambrósio e encontre nossos filhos, que devem estar com saudades e sem entender esse afastamento. Entenda que daqui não posso me afastar, agora que muitos deixaram o acampamento.

— Achas que isso porá fim a essa invasão? Logo chegarão outros. Achas mesmo que colocar medo destruirá essa marcha da destruição?

— Não sei... mas tenho que continuar tentando, até que desistam. Pelo menos estão enfraquecidos. Temos que pensar rápido em uma forma de acabar de vez com isso.

— Sabotar as máquinas, dar um fim aos equipamentos por eles usados, entrar sorrateiramente no depósito de comida e fazer com que nada sobre serão maneiras de pelo menos tentarmos para que se vão daqui. — sugeriu Jessé.

— A ideia é boa, mas não será fácil pô-la em prática. — faltou Tomé.

— Comigo dentro do acampamento, será fácil, fácil!

— Se ficares lá por mais de um dia, porão outro em seu lugar nesta casa, e aí sim tudo estará perdido.

— Um dia. Talvez até algumas horas serão suficientes, com ajuda, é claro! Bira poderia chegar até as grandes máquinas e, com algumas pedras bem colocadas, logo que ligadas quebrariam, com certeza. Da comida, Tomé, você estaria encarregado; darei as coordenadas e mostrarei como pode lá adentrar sem ser visto. Um galão de querosene onde guardam todos os equipamentos finalizará o serviço!

— Isso não! Atear fogo onde quer que seja porá vidas em perigo, como também esta floresta! — exclamou Tomé.

— Terei o cuidado de lá não haver ninguém e, quanto à mata, com a clareira que fizeram, o fogo não alcançará o que estamos tentando salvar!

— Sei não, Jessé... Isso também é uma violência.

— Não dizem que violência gera violência?

— Mais um motivo para não pormos essa ideia em prática. — finalizou Tomé.

— Posso falar? — perguntou João pensativo.

— Tens a palavra, meu amigo. Quiçá seja melhor do que a minha, que não foi por Tomé aprovada.

— Desculpe, Jessé, mas o que não aprovo é a violência. Há pouco tempo uma ação minha desencadeou algo de que não gosto de me lembrar e de que muito me arrependo.

Tomé se referia ao ocorrido no acampamento dos caçadores, no qual ele teve participação indireta.

— Bem... não posso dizer que a ideia de Jessé seja falha ou violenta, pois não entraríamos em confronto com quem quer que seja. A destruição dos equipamentos mexerá nos bolsos deles e pensarão duas vezes em lá continuar. Quanto ao fogo, esse, sim, acho perigoso. Não sabemos para que lado o vento soprará e tem as cabanas onde os homens estarão dormindo, ou acabados pelo álcool ingerido, e não se darão conta do perigo.

— Não pensei nisso... — falou Jessé, coçando a cabeça como se fosse dali tirar uma outra ideia. — Bem, de uma forma ou de outra, lá eu tenho que aparecer, ou mandarão alguém aqui para ver se tudo está a contento. Se lá tenho mesmo que ir, proveito disso temos que tirar.

— Poderás saber quantos homens de fato ficaram e como podemos agir. Enquanto isso, Ambrósio partirá com Lindalva rumo a sua casa. Concordas, Ambrósio? — perguntou Tomé.

— Perfeitamente! Lá deixarei a madame e voltarei, ou querem que por lá fique, pois aqui minha presença não fará a menor diferença?

— Velho, como podes dizer isso? Foste parte importante em tudo o que fizemos, inclusive, se hoje Lindalva está aqui, é graças a você. Se queres voltar, volte. Serão mais dois braços e uma cabeça a pensar! — falou Tomé.

Bira foi abraçá-lo e falou-lhe de uma maneira que Ambrósio foi às lágrimas:

— Eu ficaria mais tranquilo se ficasse por lá nos aguardando com uma boa mesa posta. Poderias por nós orar e assim farias sua parte. Quero-o a salvo... não sei por que, velho, mas me lembras alguém que há muito partiu.

— Sentimentos iguais temos. Sinto-o como meu filho que retornou.

— Bem, se já foram e já voltaram, e os dois aqui estão, não é hora de partir? Leve lembranças e minhas saudades para minha doce Maristela. Não fale de minha perna, pois senão ela desejará vir até aqui. Diga que estou bem e a amo! — disse João Desbravador.

A certeza de Lindalva de que dali queria sair caiu por terra. Deixar Tomé e esses amigos que tanto tinham feito para libertá-los em perigo, ficar distante sem saber o que iria acontecer, seria um martírio... apesar do martírio que estava sendo ficar longe dos seus meninos.

— Tomé, não posso ir!

— Não podes mais ficar, mulher. Minha cabeça ferve! Se algo acontecer a nós dois, como ficarão nossos meninos? Então, é melhor um de nós se pôr a salvo.

— Tens razão, mas vou partir com meu coração pequenino. Deus os guarde e os oriente quanto à melhor forma de agirem ou irem embora, pois a situação é insustentável. Me promete, Tomé, que, se ficar mais perigoso e mais homens chegarem, abandonarás este lugar? Lembre que seus amigos o seguem e nunca desistirão se você não o fizer.

— Prometo a você que tentaremos, e, se a situação ficar por demais perigosa, eu mesmo irei e entrarei em contato com as autoridades que aqui me colocaram. Vá! Ore por nós e dê um forte abraço em meus meninos.

Lindalva abraçou-o fortemente, como se não quisesse deixá-lo.

— Vá! Prometo a você que terei cuidado, por mim e por todos que aqui permanecerão. Você, meu amigo, leve-a e volte, mas cuidado para não topar com animais perigosos de quatro patas e de duas pernas! — falou Tomé.

— Sua joia preciosa estará bem cuidada! Assim que a deixar, voltarei!

— Ambrósio, se por lá ficares pelo menos um dia, voltarás mais descansado e, quem sabe, com algo saboroso feito por sua Felícia? — perguntou Tomé.

— Então tá combinado. Fico lá por uma noite e um dia, e volto com algo substancioso, pois chega de peixe. Eles são muito nutritivos, mas muito leves. Para encher a barriga de João Desbravador, teríamos que pescar todos os peixes deste rio!

João enlaçou-o e levou-o ao alto às gargalhadas.

— Vês! Tirei-o do chão como se fosses uma pena... Não achas que para manter essa força preciso comer muito bem?

— João, ponha-me no chão! Quebrará meus ossos e não poderei cumprir a missão por Tomé a mim confiada.

João atendeu-o e deu-lhe um forte abraço.

— Conhecemo-nos há pouco tempo, mas nunca tive em minha vida amigo tão sincero. Na verdade, acho que nunca tive amigos... Por isso, se cuide, velho! Não quero chorar sua perda. Sabes que tens um longo caminho a percorrer e, com uma dama, mais difícil será. Quando tiverem que pernoitar, façam-no com segurança, deixando sempre um olho aberto de vigia!

— Meus amigos, já saí e entrei tantas vezes desta mata que já a conheço de olhos fechados. Desviem essa preocupação toda para o que irão fazer doravante. Dona Lindalva, já pegou sua trouxa? — perguntou Ambrósio.

— Espere um pouco, pois tenho o que fazer antes de partir. Um peixe assado e um pirão, pois ainda tenho um pouco de farinha e fará um bem danado para todos, incluindo o senhor, para fortalecê-lo nesta viagem!

— Se é assim, assim será.

— Bem, já que está resolvido o assunto da volta de Lindalva, vamos retornar ao plano. Amanhã, assim que o dia nascer, nos poremos a caminho. — falou Jessé.

— E esse aí, o que faremos com ele? — perguntou Bira.

— João continuará aqui, para que em nossa volta não encontremos surpresa, e vigiará quem por ora daqui não pode sair. — disse Jessé.

O homem, que tudo escutava, pois a casa, minúscula que era, com paredes de tábuas não muito grossas, só não deixava passar o frio, gritou a plenos pulmões:

— Estou escutando e vou logo avisando que esse plano é furado e podem desistir dele, que não dará certo. Serão pegos e aqui virão me soltar. Só de olharem a cara de Jessé, reconhecerão que é um traidor!

Jessé de pronto ia responder, mas foi contido por Tomé:

— Não o faças; deixe-o. Ele tem motivos para estar com essa energia que o faz atirar pedras em você.

— Só ia falar que não sou um traidor, pelo contrário, eu até hoje só traí quem me gerou e me deu tanto amor enquanto por aqui esteve... Ela não gostava de me ver em caminhos tortuosos, e foi tudo o que fiz. Lembro-me dela com um véu sobre a cabeça, orando, pedindo a Deus que guardasse a alma de meu finado pai. Enquanto ela era viva, eu ia à escola, ajudava no armazém, e assim ganhava meus trocados, que ajudavam a manter a casa; porém, assim que ela partiu, ao invés de seguir seus ensinamentos, revoltei-me, não entendendo sua partida. Ela ajudou-me a superar a perda de meu pai, mas não tive quem me orientasse quando ela partiu. Más companhias e dinheiro fácil, jogatinas e bares fizeram parte do meu

Uma jornada para transformação | 235

dia a dia... Tudo o que ela me dizia que nunca fizesse. Sou um traidor, sim. Traí a confiança de quem mais amei nesta minha torpe vida.

— Jessé, se estavas no desvio, agora encontraste o caminho certo. Sempre é tempo de retornar e começar uma nova caminhada — disse Tomé.

— Obrigado. Não pensei que sobre esta terra existissem amigos. Você e dona Lindalva são enviados do Senhor. Salvaram mais uma alma...

Tomé abraçou-o, e aquele forte homem desabou sobre seu ombro.

A comoção era geral. Até quem estava no outro cômodo e parecia ter o coração endurecido deixou-se cair lentamente e ficou ao chão lembrando das palavras de Jessé. A história por ele contada parecia-se muito com a que vivera. Só mudava em relação ao pai, pois esse sempre o teve, ou pensava tê-lo, já que, se quisesse vê-lo, teria que caçá-lo nos bares ou caído em algum beco. Nunca escutara diálogo tão estranho. Sempre achara aquele homem a quem chamavam de Tomé estranho. Mesmo prisioneiro, nunca o atingira com palavras que pudessem ferir. Aceitava a condição de prisioneiro e transmitia uma serenidade que o incomodava. Agora, gostaria de trocar de lugar com Jessé e ser acalentado e orientado por esse ser tão diferente de todos os outros que conhecera. Ficou ali jogado, alquebrado. Nunca parara para pensar sobre a vida miserável que levava. Vinha o dia, passavam as noites, e nada mudava. Trabalhava para quem melhor pagasse. Não discutia ordens. Não tivera instrução nem orientação quanto a religião. Vivera jogado na rua, apesar de ter um teto. Difícil era voltar para esse teto...

No outro ambiente:

— Bem, já que está tudo ajeitado, vou começar minha parte e dar uma olhada no prisioneiro — falou João, para desanuviar o ambiente.

Ao chegar ao quarto, ficou boquiaberto ao ver aquele homem que antes gritava a plenos pulmões caído, com a fisionomia transtornada.

— Ei, algum bicho te mordeu?

— A consciência. Sinto que ela agora me devora...

— Não estás falando coisa com coisa! Deve ser malária. Ela, quando pega o homem, ele delira como estás a fazer agora. Vou já chamar Tomé!

— Faça-o, por favor...

— Por favor? Tá tirando uma comigo? O que estás planejando? Não penses que irá enrolar meu amigo. Não esqueça que ele tem muitos a protegê-lo, sem contar com os lá de cima!

— Acredite em mim... Chame-o.

João foi até a sala e deu o recado.

— Tomé, acho que ele não está bem, não. Se não é febre, bateu com a cabeça!

— Valha-nos Deus! Não quero que ninguém se machuque. Bastam os acontecidos anteriores.

Logo Tomé estava diante daquele homem e teve a mesma reação de João.

— Estás mal?

— Muito...

— Vou soltá-lo. Nem um animal merece ficar preso.

— Não! Deixe-me ficar assim mesmo. Mereço muito mais. Isso aqui é muito pouco para apagar tudo o que fiz de ruim nesta minha vida miserável. Estava a escutar o que falavas. Já escutei muito pregador e nenhum deles me tocou, mas suas palavras atingiram minha alma. Agora sei por que Jessé trocou de lado. Deve ser uma honra e tanto ser escolhido para fazer parte de seu grupo.

— Estás enganado quanto a isso. Estarmos juntos nessa causa não foi uma escolha, foi um caminho, uma missão. Ter

Uma jornada para transformação | 237

consciência de que a obra de Deus tem que ser preservada e não destruída não é uma escolha... Basta ter Deus no coração e perceber quanto por ele nos foi dado, e muitos, por ganância, trocam esta maravilha pelo torpe dinheiro que pode comprar o que pensam que querem, mas, quando tudo o que Deus nos provê acabar, a fome se instalará nesta terra. Terão dinheiro, sim, mas, para alimentar a eles e a família, nada de bom encontrarão. Que Deus perdoe os ignorantes e nos dê forças para continuar nesta batalha.

— Senhor, deixe-me ajudá-lo.

Jessé, que tudo escutava e estava logo atrás de Tomé, discordou:

— Tomé, não o ouça! É um mentiroso que só está querendo ficar livre para nos dar o bote!

— Jessé, como viveríamos se não acreditássemos na vontade de mudar de nosso semelhante? Você mesmo deu-se conta do caminho avesso em que andava e agora está conosco como um obreiro de Deus. Não achas que é preciso acreditar e dar uma chance a quem pede?

Jessé, como era sua mania, coçou a cabeça como se assim desse a resposta certa, mas só fez balançar a cabeça em sinal afirmativo às palavras daquele homem generoso por demais.

Tomé libertou o homem das cordas e ajudou-o a levantar.

— Daqui por diante só farei o que o senhor ordenar.

— Não é para ser assim... Aqui todos pensam e têm direito à palavra. Tem que se aprender a viver em comunhão. Seu nome não nos foi dito. Vamos começar como se fosse nosso primeiro encontro: meu nome é Tomé!

O homem pegou a mão que lhe era estendida.

— O meu é Divino. É meio estranho, mas me foi dado por minha mãe ser uma mulher muito devota.

— Vamos ter com os outros e contar que nosso grupo tem mais um membro.

Ninguém discordou da decisão daquele sábio homem, porque ali todos tiveram dele a mão estendida. Um cheirinho bom tomou conta do ambiente.

— Vamos à mesa? — perguntou Lindalva, orgulhosa desse homem que cada vez mais fazia que por ela fosse amado e admirado.

— Este é Divino, mais dois braços a serviço do Senhor! — apresentou Tomé.

Foi unânime. De repente, todos estavam aplaudindo, sem ser uma ação iniciada por ninguém. Aplaudiam a ação, a humildade de Tomé, sua generosidade.

— Agora vamos fazer o que nosso corpo precisa para nos fortalecermos e continuarmos nessa luta!

Ao chegarem à mesa, Divino, que estava morto de fome, foi logo querendo traçar a comida.

— Um momento, Divino. Antes de alimentarmos nosso corpo, temos que alimentar nossa alma — falou Tomé.

O homem olhou-o sem entender, e Tomé explicou:

— A oração. Essa alimenta nossa alma. Não podemos nos esquecer de orar, porque senão, por mais que passemos a ingerir alimentos que a mãe Terra nos dá, continuaremos sem forças, pois enfraquecida estará nossa alma. Ambrósio, será que poderia a prece de agradecimento por este momento iniciar?

O homem levantou-se e todos abaixaram a cabeça em sinal de respeito. A oração foi feita e todos começaram a comer, menos Divino.

— Divino, não está a comida do seu agrado? — perguntou Tomé.

— Não sei se a mereço. Acho mesmo que sei...

— Divino, o que passou, passou. Hoje iniciamos uma nova caminhada. Coma! Se acompanhaste a oração feita por nosso bom amigo Ambrósio, já deste o primeiro passo para a salvação de sua alma. — concluiu Tomé.

O rapaz não titubeou, até porque o cheirinho que entrava por suas narinas era irresistível.

— Lindalva, não vais comer? — indagou Tomé.

— Já o fiz. Apressei-me, pois a caminhada com o senhor Ambrósio será longa. Na panela tem o suficiente para vocês quando retornarem dessa nova empreitada. Vou pegar minha trouxa e me agasalhar bem.

Ela não era firme em suas palavras, e o silêncio se fez... Sabiam que ela, agora, ali queria continuar.

Tomé deixou a mesa e foi ter com ela.

— Lindalva, sei o que se passa nesse coraçãozinho... Tem que ter forças e ir. De nossos filhos notícias não temos, apesar de falarem que estão bem cuidados. Porém, sua presença será tão ou mais importante para eles do que se ficares aqui, até porque o perigo nos ronda e não os quero órfãos.

Lindalva abraçou-o e as lágrimas dela molharam a camisa de Tomé.

— Meu anjo... O Senhor foi generoso por demais comigo. Queria nunca ter que me afastar de você nem de nossos filhos, mas ingrato eu seria se desse as costas a tudo o que está acontecendo. Já pensaste em aqui voltar e só encontrar um vazio? De animais não terá nem sinal, pois o hábitat deles não mais existirá. O rio caudaloso, límpido e recheado com diversos tipos de peixes, que poderão saciar a fome de um povo, será um nada. Suas águas estarão poluídas e a vegetação que o acompanha em sua correria estará findada. Será uma tristeza de dar dó. Árvores centenárias abatidas, suas copas no chão a murchar... O ar se tornará irrespirável, pois o cheiro de mato, cheiro de vida, não mais haverá!

— Tomé, és um homem de visão. Sei que já vieste para este mundo com essa missão e nada farei para que seja diferente. Se achas que tenho que ir, mesmo com o coração partido, partirei... Não se distraia em um só momento, pois esse poderá ser fatal. Lembre que muitos dependem de você...

— A você digo o mesmo. Cuide-se. Não se distraia, pois sabe as armadilhas que têm na mata, até porque é assim que ela se defende. Vá! Que o Senhor a acompanhe, e fiquem em segurança até chegarem aonde estão nossos filhos.

A partida deles entristeceu o grupo, mas sabiam que era o certo, os dois seres colocados em segurança.

— Bem, agora que minha esposa partiu, temos que agilizar nossa ida ao acampamento. Será como já falamos, mas nada de fogo!

— Iremos todos?

— Não, João. É melhor ficares e tomar conta da casa — respondeu Tomé. — Se por algum motivo Ambrósio e minha esposa retornarem, ou algum dos homens do acampamento aqui vier dar, terá alguém que os colocará para correr.

— Sei bem que com essa perna *inda* do jeito que está atrapalharia um pouco, pois a retirada terá que ser rápida. Ficarei aqui e, como me ensinaste, orando para que tudo corra como o planejado.

Desta vez não tinham figuras a carregar; a única arma que levavam era a certeza de que estavam fazendo o certo e poderiam contar com alguém que não os desampararia.

— Então, vamos nos pôr a caminho? — falou Tomé

— Tomé, posso ter com você uma prosa particular? — perguntou Jessé.

— Pois não, Jessé. Vamos lá fora e de lá já nos poremos a caminho.

Os outros deixaram os dois saírem e ficaram a esperar a tal prosa acabar.

Divino ficou meio escabreado. Sabia que Jessé não aprovava e nem confiava em ele fazer parte do grupo. Ele tinha razão, pois o assunto lá fora era esse.

— Jessé, a todos foi dada a mesma oportunidade e não faço arrependimento. Achas que com ele poderia ser diferente?

— Sei não! Eu não o conheço tanto, pois nosso encontro foi por aqui mesmo. Mas, do pouco que ele me mostrou quando nesta casa estivemos juntos, não gostei.

— Achas que ele nos delatará?

— Ele gosta muito de dinheiro e sabe que o encarregado molhará suas mãos se o grupo que atrapalha a derrubada for pego.

— Que Deus nos ajude! Se o deixarmos aqui, não confiaria mais em mim. Minhas palavras ditas a ele ficarão no vazio...

— Se achas assim... Não esqueças que o alertei!

Tomé deu a conversa por encerrada, indo até a porta e chamando os demais para começarem a caminhada. Saiu de casa Bira, e nada de Divino. Tomé adentrou e encontrou-o sentado.

— Vais ficar aí ou vai nos ajudar nesta peleja?

— Ainda não dei mostras do meu arrependimento e então pensei...

— Suas atitudes doravante serão a melhor maneira de mostrar, não para nós, mas para você mesmo que todos podem mudar e começar uma nova caminhada.

O homem bateu com o chapéu na perna sem saber o que responder diante daquele impressionante ser humano. Sentia-se envergonhado diante dele. Parecia que ele lia sua alma.

— Vamos, então? Já perdemos tempo e é preciso que Jessé lá adentre quando estiverem saindo para o que chamam de trabalho.

Puseram-se a caminho, parando de vez em quando para descansar ou aguçar o ouvido, para não serem surpreendidos por algum animal faminto. Uma árvore com o tronco em grande extensão deu-lhes abrigo. Ali, Tomé várias vezes fizera seu descanso quando ainda reinava a paz naquele lugar. Quantas vezes ali dormira, como se estivesse nos braços de sua amada, tamanho era o aconchego em suas raízes! Sua largura era descomunal.

— Tomé, acho que eu deveria tomar a dianteira, pois temo que o encarregado tenha contratado mais jagunços! Podem estar espalhados pelos arredores e, sozinho, não tenho por que temê-los; ainda pensam que para eles eu trabalho. — disse Jessé.

— Bem pensado; mas descanses mais um pouco, pois estás comigo numa batida só nessas idas e vindas.

— Só mais um pouco e irei. Se por acaso tiver algo mais que possa impedir essa missão, voltarei.

Tomé puxou o chapéu para a frente do rosto e ficou a pensar em Lindalva.

CAPÍTULO 12

Em outro ponto:

— Não é melhor caminharmos mais um pouco? Se a dona está cansada, paramos, então!

— Ambrósio, minhas pernas já doem. Se não se importar com essa minha franqueza, prefiro ficar aqui e descansar um pouco. O lugar me parece seguro.

— Por aqui nenhum lugar é seguro, mas, se suas pernas pedem descanso...

Ambrósio colocou o saco que trazia às costas no chão e foi limpando o lugar para que ficasse para ela um pouco mais acolhedor. Na verdade, Lindalva caminharia ainda por várias horas, mas queria aquele bondoso homem poupar. Na verdade queria ter asas e voar até seus meninos, tamanha era a saudade, mas teria que ter entendimento de que as passadas de quem a acompanhava eram diferentes.

— Sabe, minha Felícia cuida muito bem de crianças. Meu filho, quando era pequeno, tinha dela o maior zelo. Acho mesmo que eu e ela até exageramos. Tudo por amor, sabe? Fechávamos os olhos muitas vezes, como já contei, mas, depois do acontecido com ele e visitando crianças doentes, soubemos diferenciar o que é exatamente amar. Não precisa botar preocupação, não. Quando a gente chegar lá, vai encontrá-los do jeitinho que saíram de sua guarda.

— Não duvido disso, Ambrósio. No momento, apesar da saudade de meus meninos, temo por Tomé e pelos demais. Queria ajudá-los. Queria estar com ele neste momento tão difícil. Quando quis daqui sair, era para irmos todos. Não sei quando isso vai parar, ou se vai parar. Eles são tantos!

— Não tantos agora depois do susto que levaram! A mata por si só assusta; então, basta um empurrãozinho, e o caboclo se desespera. É ilegal o que eles fazem e eles sabem disso; mas o maldito dinheiro é a chave para abrir várias portas para a destruição. Viu o que aconteceu com o piloto que os abastecia com provisões? Bastou abastecer ele com umas notas e se bandeou para o outro lado sem o menor escrúpulo!

— Isso é porque ele já não o tinha, meu bom amigo... Mas, em contrapartida, temos que agradecer a Deus os que se bandearam para o nosso lado, caminhando para a salvação da alma.

— Vocês são muito indulgentes com essas pessoas!

— Não acredito que quem me fala isso é o mesmo que nos contou uma história de arrependimento e perdão.

— Desculpe este velho decrépito. Minha cabeça já não funciona muito bem. É que fico muito mal ao ver pessoas como a senhora e Tomé passarem por tudo isso, se só o que querem é o bem-estar de todos.

— O que sabemos nós, Ambrósio? Se isso acontece é porque aqui deveríamos estar e por tudo isso passar. Com certeza sairemos mais fortalecidos na nossa fé.

— Como, se nada ainda está resolvido?

— Esqueceu a mudança de João Desbravador, Bira, Jessé e agora Divino? Que bênção maior poderíamos ter do que essa de ajudar esses irmãos a um caminho melhor trilhar?

— Bira...

— Escutei quando com ele falavas. Achas mesmo que é seu filho reencarnado?

— Não sei... Mas nos conhecemos há tão pouco tempo e parece que convivi com ele anos. Além do que, a cicatriz é igualzinha à que meu filho levou ao partir. Na verdade, é idêntica. Mesmo lugar, um pouco sinuosa; minha velha, quando vir, vai ficar tão emocionada quanto eu fiquei. Meu coração está apertado porque temo perdê-lo mais uma vez e sem dar tempo de minha Felícia ter a alegria de vê-lo...

— Não se aflija, Ambrósio. Tudo dará certo. Entreguemos tudo na mão do Criador desta magnitude que nossos olhos veem e tudo dará certo. Ele também não quer a desolação, por isso com certeza fez com que estejamos aqui neste lugar. Quando Tomé para aqui veio, pensei que seria mais um trabalho, mas, depois, através das palavras de Tomé, compreendi que é mais do que isso, é uma missão!

— É um chamado. Tenho que retornar o mais rápido possível. Sei que sou de pouca ajuda, mas, se aqui estou, existe um propósito.

— Bem, já que paramos, não é melhor fazermos uma boquinha?

— Eu lhe acompanho, dona Lindalva; assim não teremos que dar outra parada para forrar a barriga!

Enquanto isso, o grupo de Tomé continuava refestelado, esperando decerto o cair da tarde.

Jessé, sem querer incomodá-los, saiu pé ante pé para o que seria agora uma missão.

Chegando ao acampamento:

— Jessé! Que bons ventos o trazem, porque aqui só há temporal?

— Nada de novo. Vim pegar mais um pouco de provisão. Ficar lá isolado só dá fome, mesmo!

— Por que não caças?

— E deixar nosso pássaro fugir da gaiola?

— Divino faz o quê? Precisa de dois para vigiar? Não era para revezarem? Bem, isso não vem ao caso! Não deu de encontro com nenhum vestígio da mulher que nos escapou?

— Nadinha! Bem que vim atento, pois queria lhe dar boas notícias, mas ela deve estar perdida por essas matas, ou já passou pela sua cabeça que algum desses homens que estão sem mulher há um bom tempo podem tê-la acoitado por aí?

— Será? Será que algum miserável se daria a esse desplante?

— Não estou afirmando nada, mas sabe bem como é... carne fresca...

O homem, que já não estava bem, mais enfurecido ficou, jogando o chapéu longe.

— Bem que achei muito estranho aquela dona ter escapado sozinha. O corte na lona com certeza foi feito por quem já estava de olho nela e deve ser um desses que picou a mula! Saber quem foi não haveremos de saber, porque ir embora foram muitos! Se o pego, faço picadinho! Como está nosso homem?

— Quieto como sempre. Tem boca e não fala.

— Às vezes penso que seria melhor dar cabo dele e ter mais quatro braços aqui!

— Isso seria imprudente.

— E o que usaremos para que ele fique de bico calado se a mulher escafedeu-se? Acho que serventia ele terá mesmo embaixo de sete palmos de terra!

— E se ela aparecer? Terá nas mãos um bom trunfo para continuar a explorar estas terras. Pode até mesmo pedir que ele mande uma carta para as autoridades dizendo que tudo está calmo por aqui.

— Bem pensado! Já mostraste mais uma vez que não és um ignorante. Penso até em lhe dar um cargo melhor.

— Não é preciso. Estou bem como estou. Gosto de fazer meu serviço um pouco isolado e de vez em quando vir até aqui para dar uma ajuda.

— Se achas que assim estás bem, mereces. Pegue o que precisar e não se demore a voltar. Quanto à carta, providencie, que está para chegar o aviador que fará o serviço de entrega.

Jessé bateu o chapéu se despedindo e respirando aliviado pelo rumo que a situação tomara.

Logo a tarde iria embora para dar lugar à noite, quando poderiam pôr em prática o que tinham planejado. Ao pegar provisões, olhou detalhadamente tudo o que continha a barraca e o que poderia fazer para inutilizar os alimentos.

Distante dali, o grupo de trabalho parava as máquinas, pois não trabalhavam quando caía a noite. Era a chance de Tomé e os outros porem em prática o plano. Eles já estavam em pontos de observação prontos para agirem. Um chá que já fora por ele usado para pôr fora de combate Divino foi agora usado nas garrafas das quais certamente os que chegassem extenuados e secos por um gole tomariam. Apressadamente, Jessé jogou parte do líquido fora, completando a garrafa com sonífero. Com certeza quem bebesse nem notaria. Eles quereriam beber sem importar o quê. Jessé pôde trabalhar à vontade, já que, com a escassez de homens, ali ninguém estava a guardar as provisões. Fez um bom corte na barraca para dar passagem a quem o serviço faria e ajustou-o de um jeito que de maneira alguma fosse visto. Pegou o que queria, ou mais do que deveria, e se foi calmamente fazendo gesto de despedida aos poucos homens com quem encontrava. Não demorou muito para achar o grupo.

— Jessé, graças aos céus estás de volta!

— Não tinha como dar errado. A primeira parte do plano já foi executada. Bira, já está com tudo em mãos? O rasgo na barraca já foi feito. Vamos esperar os homens se embebedarem, o que não demorará, pois o farão assim que chegarem, e entraremos em ação. Tomé, tens que escrever uma carta aos seus superiores dizendo que aqui está a contento.

— A que vem ser isso agora?

— É o trunfo dele, pois de você queria dar cabo por não ter mais serventia depois que sua esposa escafedeu-se, como disse ele. Eu sugeri a carta, pois dar cabo de você estava nos planos dele, até porque, disse ele, teria mais dois homens para aqui trabalhar.

— Se a ideia da carta foi sua, saiu-se muito bem! Aqui no meu alforje tenho o que será preciso para fazer a tal carta. Como ainda temos que esperar, logo a dita estará pronta.

— Enquanto escreves, Bira e Divino ficam de olho esticado para não termos surpresas. Eu vou procurar um local seguro para deixar estas provisões. Na hora da debandada, é só passar a mão nas provisões e picar a mula!

— Pode ir. Eu e Divino ficaremos alertas — disse Bira.

Passou um tempo e a noite desceu.

— Jessé está demorando demais. Será que deu de encontro com jagunços?

— Se acalme, Bira. Ele não falou em procurar um lugar seguro? Este tem que ser bem seguro, ou os animais farão a festa — ponderou Tomé.

— Tens razão, Tomé; eu que estou ansioso por demais. Quero que logo acabe essa peleja para encontrar dona Felícia. Ambrósio tanto me falou dela, que até saudade sinto de quem ainda nem conheci — respondeu Bira.

— Será que não?

— Como assim?

— Como escutei Ambrósio falar e acho que ele tem razão, você é o filho dele que retornou.

— Não pode ser. Eu tenho a ele muito apreço, mas infelizmente conheci meu pai e as lembranças dele não são nada boas; mas, com certeza, era meu pai.

— Não estou falando desta vida agora por você vivida, falo de outra, em que marcas mostram de quem você foi filho...

— Para, Tomé! Está me deixando zonzo. Escutei com muito carinho o que falou Ambrósio e me senti acariciado, importante para alguém e não como me sentia, um verme que andava rastejando pela terra! Ele me falou da marca igual à que tenho, que seu filho levou para o túmulo, mas que eu seja ele... Só posso pensar que vocês estão variando!

— É difícil mesmo compreender sem se saber o todo. Saber que não temos só esta vida para viver e outras que já poderemos ter vivido, mas aqui não é hora nem lugar para falarmos sobre isso, até porque, com toda essa expectativa e preocupações, não poderia passar para você o que se deve saber sobre outras vidas. Pense apenas que Ambrósio e Felícia fizeram parte de sua vida e receba esse amor que lhe enviarão, que será um bálsamo para sua regeneração.

Um quebrar de galho seco pôs fim à conversa. A expectativa não foi grande, pois logo apareceu Jessé.

— Homem, aonde foste que demoraste tanto? — indagou Tomé.

— O mais próximo de casa, até achar um lugar seguro para as provisões, ou as perderíamos para os animais.

— Foi isso que estava a falar com Bira. Estão bem guardadas? — perguntou Tomé.

— Bem no nosso caminho de retirada. Achei uma cova de pedras e lá as coloquei. Acho que já podemos ir. O efeito, como sabes, é quase imediato e não dura tanto tempo quanto pensavas.

Quase que rastejando, lá foram eles. Ao chegarem próximo ao acampamento, se depararam com as máquinas de destruição.

— Quem vai fazer esse serviço? Tem que saber onde colocar as pedras, para que se misturem ao maquinário, danificando as peças. — disse Jessé.

— Eu posso fazer isso — apresentou-se Divino. — Muitas vezes o encarregado me pediu para azeitá-las e com isso conheço os pontos fracos.

— Ótimo! Então você e Bira serão encarregados desse serviço — disse Jessé —, enquanto eu e Tomé vamos aos alimentos e à água; se bem que, quanto à água, logo irão repor, pois o rio está bem próximo daqui. Sem fazer barulho, vamos nos aproximar ao máximo do acampamento para ver se a bebida já fez o serviço.

Não precisaram chegar tão próximo, pois o ronco deles ia longe. Com cautela se dividiram e fizeram o que tinha que ser feito pelo bem daquele maravilhoso lugar.

Ao se reencontrarem:

— Tudo certo? — perguntou Bira aos dois que já estavam a esperá-lo.

— Comida não terão até que chegue quem os abastece. Agora vamos andando que mais nada temos a fazer aqui. — disse Jessé.

— Eu acho o estrago pouco... Acha mesmo que só isso os deterá?

— Não sei, Bira, mas já é alguma coisa. Vamos para casa e lá pensaremos em algo. — falou Tomé.

— Meu facão! Tomé, senti que caía algo, mas no escuro nada encontrei. Agora que, passando a mão na cintura, senti que algo me faltava! Verifico se estou com ele sempre que vou mata adentro. Tenho que voltar! — exclamou Jessé.

— Não pode. Será perigoso. O chá não faz efeito em todos por igual. — disse Tomé.

— Vocês vão indo que logo os alcançarei. Lembrem que eles pensam que para eles trabalho; só não podem dar de cara comigo e Divino. Vão, logo os alcançarei!

Tomé tomou a dianteira e Jessé voltou ao acampamento.

— Jessé! Não tinhas ido para a cabana? O que fazes ainda por aqui?

— Fui num pé e voltei no outro! Trouxe o que me pediu. Fiquei preocupado, pensando que, se o aviador viesse amanhã, não levaria isso — falou Jessé, colocando na mão do homem um papel dobrado.

— Fizeste o que pedi bem rápido. Você é um empregado excelente! Deveria ser imitado por esses jagunços que só querem se embebedar.

— Vi uns caídos por aí. Nem bem acabou a lida e já estão na maior carraspana.

— São uns imprestáveis! Só querem beber e ganhar sem terem feito o serviço. Agora que são poucos, querem me tirar o couro! Mas amanhã espero que cheguem os caminhões para levarem as toras, e pedirei que fiquem por aqui mais um pouco, até porque carregamento não tem!

— Esses é que vão querer lhe tirar o couro se algum serviço a mais fizerem! Não é melhor deixar como está? Parado não está o serviço.

— Já notou que a estrada não anda? Se não há derrubada, não há estrada. Esses que aí estão são uns imprestáveis; se fazem de valentes, dizem que não têm medo de nada, mas antes de a noite descer já estão se ajeitando por aqui? Têm que aturar, ou então debandarão! Vais passar a noite aqui? Divino está com nosso homem, então não tem por que você partir agora.

— Tens razão; até porque estou doido para esticar meu lombo. Tô cansado e faminto.

— Vá pedir ao que se diz cozinheiro que lhe apronte algo. Você é merecedor!

— Se ele ainda estiver de pé...

— Se não estiver, jogue-lhe um balde d'água em cima! Isso cura qualquer carraspana.

Jessé saiu da cabana aliviado, mas ao mesmo tempo preocupado pelos que, se não dessem ouvido ao que ele falou, ficariam a esperá-lo. Se saísse dali agora poderia pôr tudo a perder. De fato encontrou quem cozinheiro de fato não era, apenas colocava alimento nas panelas e assim por diante.

— Amigo! Ô da cozinha!

O homenzinho estava recostado em uma árvore, a roncar. Nem o frio que parecia a carne cortar o incomodava.

Jessé voltou ao encarregado:

— Então, achou o homem?

— Não falei? Nem dez baldes d'água o colocarão de pé. Mas vou me recolher. Tô mais cansado do que com fome. Logo amanhecerá e encherei a barriga!

— Vá! Você mesmo vai arranjar o que saciará essa fome! Diga a quem toma conta da barraca de suprimentos que eu autorizei.

— Quando levei daqui as provisões, lá não tinha ninguém a tomar conta, e pelo que vi, quando agora por lá passei, de pé de guarda ninguém se encontra.

— Não falei que são uns inúteis? Se entra lá algum animal, seja de duas ou de quatro patas, estaremos enrascados pela falta de alimento. Eu mesmo vou verificar isso!

— Eu lhe acompanho. Vá que tenha alguma fera por lá!

O homem de pronto parou e deixou Jessé ir na frente.

Adentrando a cabana:

— Que bagunça! Que estrago! — falou Jessé, até mesmo antes de o encarregado tomar sentido da coisa.

— Virgem Nossa Senhora! Que diacho aconteceu aqui?

Uma jornada para transformação | 253

— Ou foi animal ou um desses beberrões procurando o que comer!

O óleo se misturava à farinha, que se misturava aos grãos, fazendo uma meleira só no chão.

— Pagarão caro por isso! Descontarei tim-tim por tim-tim esse prejuízo. Jessé, pegue uns baldes d'água e despeje sobre esses malfadados!

Jessé de pronto acatou a ordem e logo estavam de pé, meio cambaleantes, meia dúzia de homens. Escutavam o que berrava o encarregado parecendo nada assimilar. O que queriam mesmo era de novo no chão o lombo deitar. E o homem continuava aos berros:

— E tenho dito! Que fedor é esse?

— Sei não... mas está me parecendo que é da água que peguei nos tonéis.

O homem correu para a barraca onde ficava armazenada a água e logo estava virando os tonéis com tanta raiva que esses rolaram pelo acampamento.

Um pouco distante dali:

— Já se faz tarde e Jessé não aparece. Vamos andando que está muito frio. Quando ele puder irá ao nosso encontro. Só não poderemos ajudá-lo com as provisões, já que não sabemos onde se encontram.

Eles tomaram o caminho da casa em silêncio. Tomé orava por Jessé e por duas pessoas que com certeza ainda estavam na mata em meio ao caminho.

Esses:

— Senhor Ambrósio, estás a tremer! Creio que seu agasalho seja pouco.

— Meus dentes estão a bater. Estou com um frio danado!

Lindalva se chegou a ele e pôde sentir o calor que vinha do seu corpo.

— Estás pelando de tanta febre... Valha-nos Deus!

— Não sei o que houve. Estava com a senhora a conversar e o sono me abateu. Creio que com ele veio essa febre.

— Imprudência nossa... não deveríamos ter deixado a casa.

— Era preciso. Quando amanhecer e continuarmos nossa jornada, com certeza a febre neste lugar ficará parada.

— E se assim não for?

— Então, terei que na senhora me amparar e deixaremos um pouco destas tralhas para trás.

— Vou até o rio. Vou colocar compressas em sua testa para amenizar essa quentura. A água que trouxemos só dará para matar nossa sede. Beba um pouco.

Lindalva ajudou-o a sentar-se e a tomar uns poucos goles d'água.

— Filha, tenho-a em grande apreço e sinto-me ainda pior, pois quem deveria lhe cuidar era eu. Peço que não vá até o rio. Ele é perigoso de dia e à noite, traiçoeiro, pois nas suas margens muitos perigos se escondem. Prometa que daqui não sairá. Temo que esta febre me derrube e de olhos abertos não ficarei, por isso só posso contar com sua promessa.

— Fique tranquilo. Usarei a pouca água que nos resta e amanhã, juntos, pegaremos mais no rio.

— Obrigado...

Lindalva pegou sua coberta e ajeitou-a em cima de Ambrósio. Pegou uma peça de sua roupa e fê-la em três pedaços. Como a água era pouca, ela pôs uma bandagem na cabeça dele e foi colocando água aos pingos, que logo desaparecia, tamanha era a quentura. Ele adormeceu e ela ficou a orar. Não tinha medo de ali estar; sentia-se bem com o cheiro da mata, o canto das aves noturnas e o balançar da vegetação que parecia a todo momento pedir ajuda para não perecer; só que agora temia por quem estava ali abatido. Não sabia se teria forças suficientes para carregá-lo se preciso fosse. Adiantando o que ele falou, tratou de colocar as roupas que trazia no saco sobre as que estava vestida; assim não teria que a sacola carregar e aliviaria o frio, já que sua manta estava sobre Ambrósio. A noite custou a passar, deixando chegar o amanhecer, e ela não pregara os olhos. A água acabara, e a febre não dava trégua. Ambrósio tremia tanto que ela se juntou a ele para lhe passar o calor do próprio corpo. O cansaço abateu-a e, quando despertou, já era dia. Ambrósio não dava sinal de vida. Sua respiração era fraca e ele não despertava nem ao seu chamado. Lindalva ajoelhou-se e implorou pela ajuda divina:

— Senhor, estamos em suas mãos... Não sei que caminho tomar...

Ela foi às lágrimas diante daquele corpo inerte. Uma força vinda sabia ela de onde fê-la se lembrar das histórias por Tomé contadas. De imediato pegou o facão de Ambrósio e foi fazer o que bem escutara.

Não foi fácil tirar da árvore o que lhe serviria. A pouca experiência, pouca força, as mãos esfacelando, mas a vontade de fazê-lo era maior que tudo. Logo, com a ajuda de uma das mantas cortadas em tiras, fez, e por sinal muito bem-feita, uma improvisada maca. Essa foi por ela colocada ao lado do corpo de Ambrósio e, ao virá-lo, colocou-o na posição desejada. Agasalhou-o bem, ajeitou nas costas o que podia, pois do alimento não poderia abrir mão, e pegou as duas varas, colocando-se no meio e tentando puxá-lo, só que suas mãos feridas não ajudavam. Apesar de nelas ter enrolado tiras de pano, sangravam. De novo Lindalva ao chão ajoelhou-se, falando aos prantos:

— Senhor, eu não desistirei! Dê-me forças para ajudar quem muito a mim, meu esposo e filhos ajudou...

— Lindalva...

— Graças aos céus o senhor despertou!

— Sinto muito... muito mesmo... Estou sendo um estorvo. Creio que não possa levantar nem para ir em seu corpo apoiado...

— Tudo está ficando a contento. Estás bem acomodado? Algo o machuca? Fiz o que pude com minha inexperiência; só quis que ficasse bem forte para não desmantelar!

— Não poderá me puxar... Olhe só suas mãos...

— Machuquei um pouco. Como lhe falei, falta de experiência, mas não me saí tão mal — falou carinhosamente ela, tentando aliviar a tensão daquele momento. Teria que seguir, mas não sabia como.

— Lindalva, deixe-me aqui e volte à cabana. Lá encontrarás ajuda e retornarás. Estou bem abrigado. Deixe-me com o facão e me defenderei de um possível ataque de algum devorador.

Dito isso, Ambrósio fechou os olhos como se estivesse em oração. Agora mais do que nunca Lindalva tinha certeza de que dali com ele sairia. Tirou uma de suas saias, rasgou-a ao meio e com o facão livrou-a do cós, liberando o franzido. Amarrou uma ponta de cada lado da improvisada maca e postou-se no meio, ficando a força em seu peito.

— Senhor Ambrósio, segure-se que lá vamos nós!

Facão na mão, pés bem fincados na terra, e a caminhada começou. Difícil era passar pelos emaranhados. Ela tinha que parar, abrir passagem com o facão e retornar à carga.

Em outro ponto da mata:

— Vocês voltaram sem Jessé? O que deu errado?

— Por enquanto, João, está tudo como prevínos; só o que não estava nos planos era Jessé deixar cair seu facão. Ele voltou ao acampamento para procurá-lo. Não creio que esteja em perigo, até porque ele tem motivo para justificar essa volta repentina — falou Tomé.

— Estás a falar e cada vez menos entendo — respondeu João.

Tomé então falou da tal carta.

— Bira, estás amuado. Não estás passando bem? — perguntou Tomé.

— Meu coração apertado me diz que algo bom não acontece.

— Bira, não acabei de falar que Jessé tem como justificar sua presença no acampamento? — disse Tomé.

— Não é isso...

— Então se explique melhor — falou João, já agoniado.

— Sinto que Ambrósio não está bem.

— Deixe disso, Bira! É só preocupação de filho. Ele não diz que você é o filho que retornou?

— Não faça troça disso, João Desbravador. Mas espero sinceramente que Bira esteja enganado quanto a esse sentimento. Se Ambrósio não estiver bem, como ficará minha Lindalva? — perguntou-se Tomé.

— Não é melhor eu lhes ir atrás?

— E colocar Ambrósio em uma posição que ele não quer? Ele se sentirá péssimo se não confiarmos que ele poderá levar Lindalva em segurança!

— Isso é... Vai achar que não confiamos nele pela idade que tem e se achará um nada.

— Disse bem, Divino! Mas creio que entendes bem a situação. — disse Tomé.

— É que eu sei como é se sentir assim, mesmo não sendo um ancião.

— Então, estamos de acordo. Confiamos na Providência Divina que logo com as crianças, Felícia e Maristela estarão. Vamos aproveitar o momento e fazer uma corrente para que possamos fortalecê-los. — sugeriu Tomé.

Depois de colocarem de lado os apetrechos levados, sentaram-se em volta da pequena mesa e uniram-se em oração. Essa chegou como um bálsamo aos dois viajantes. Lindalva estava extenuada. Os lábios estavam ressecados, pois água não tinham. Andar até o rio com Ambrósio seria uma caminhada inversa ao rumo em que estavam. Então, era melhor ir adiante. Ela parou, colocou a maca de jeito que Ambrósio ficassem bem e sentiu em seu rosto uma brisa, um frescor, que lhe deu alento e força.

— Dona Lindalva...

— Ambrósio, que bom que despertou! Estás a suar, isso significa que a febre está se indo.

— Sinto tanto...

— Farias o mesmo por mim. Já mostrou o que fazes pelos seus semelhantes, o que pareceria impossível para alguém que já lutou tanto nesta terra.

— Tantas lutas inglórias... e insignificantes para mudar a vida de alguém.

— Falas de seu filho? Se assim fosse, não o reencontrarias... A sua luta agora tem que ser para sobrevivermos. Tem alguém que o espera e o senhor tem boas-novas a lhe dar!

— Você é uma boa filha de Deus... Creio que em pé não possa ficar, mas o rumo a ser tomado posso lhe dar. Deixamos a carroça ao largo e quem lhe puxe a pastar, mas pelo tempo que isso se deu não sei se encontraremos um dos dois. Como lhe falei, as árvores marcadas com facão nos levarão até lá. Terás forças?

— Como nunca!

Lá foi ela carregando sua carga, mas agora na certeza de que chegar ao destino conseguiria.

— Lindalva, não é melhor descansares?

— Quero continuar até minhas forças não mais permitirem!

Fez-se um solavanco maior, pois ao lhe falar ela se distraiu e os dois foram ao chão. Ela tombou para trás, ficando com a cabeça colada à de Ambrósio.

— Sou um desastre, não é?

— Acontece... És uma mulher de muito valor. Tomé tem razão quando diz que és a força na vida dele.

— Não acredite muito nisso, pois o contrário é...

Uma jornada para transformação | 259

Parecia que nada tinha acontecido. Ficaram os dois ali deitados como se nada houvesse ocorrido.

— Será que falta muito?

— Para chegar a casa ou tentar achar a carroça?

— Creio que a carroça; será que terei forças suficientes para puxá-la?

— Não farias isso!

— Claro que farei! Bem... tentarei. Achas mesmo que quem a puxava por lá estará?

— A carroça do tempo resguardada está, pois lhe cobrimos com a lona, a mesma que eu usava em casa. Torrão está acostumado com ela e dela nunca fica muito tempo afastado. Nós o temos há muito tempo. Sempre o deixamos livre, à vontade, se conosco não quisesse mais ficar. No início pensamos tê-lo perdido, pois um dia inteiro ficou fora, mas depois disso por muito tempo fora nunca mais ficou. A carroça era como seu abrigo, pois quando para casa voltava era para ela que ele ia e até debaixo para se abrigar do calor ficava. Espero que assim continue...

— Se a direção tomada é a certa...

— Temos que seguir a marca nas árvores. Não estás com fome ou sede?

— Temos que comer, mas, se o fizermos, com mais sede iremos ficar. Estamos muito longe do rio. Será que morreremos de sede?

— Não dará tempo para isso. Mais uma noite e lá com certeza chegaremos.

Lindalva levantou-se, tentou limpar um pouco a vegetação de sua saia, que na verdade era só roupa de baixo, pois a outra em tiras fora feita, e ajeitou a tira no peito, que a mantinha atrelada à maca.

Mais uma vez, pés bem fincados no chão e facão em punho. Seu rosto estava todo lanhado, seu cabelo pontilhado de musgo a fazia parecer alguém de um conto daquelas histórias contadas por Tomé. Suas mãos estavam inflamadas e doíam... seu peito, por tanto esforço, nem mais o sentia, estava dormente. Quando pensava em parar e um pouco descansar, lembrava-se dos filhos e forças lhe vinham para seguir adiante. Mesmo com solavancos que às vezes, por estar amarrado, não caía, Ambrósio dormia, embalado ainda na fraqueza que lhe deixara a febre. Mesmo cansada, quase chegando à exaustão, Lindalva ainda observava na copa das árvores os pequenos animais que se retiravam à sua passagem. A tarde desceu, avisando que já era hora de procurar um bom abrigo. Uma árvore que mais parecia um gigante a tomar conta da floresta tinha perto de suas raízes uma fenda que parecia uma pequena caverna. Lindalva limpou a entrada, ajeitando Ambrósio de modo que ainda sobraria espaço para ela se aninhar. Cortou umas folhagens, misturando-as a gravetos, e fechou a entrada. Sabia que o cansaço a abateria, então, não queria ser surpreendida por nenhum bicho peçonhento. Antes de a escuridão ser total, ela já tinha adormecido, e Ambrósio, nem sequer despertado.

Enquanto isso, no acampamento:
— Já estão todos despertos! Um pouco tontos, mas de pé — falou Jessé, cumprindo ordens.
— Enquanto eu não souber quem fez tamanho estrago, assim ficarão até amanhecer! Contratei beberrões e não trabalhadores, que deveriam ser ambiciosos e trabalhar mais e mais para encherem os bolsos! Você, Jessé, se quiser descansar seu molambo, pode ir. Eu ficarei em vigília!
— De fato estou moído e tenho que retornar assim que amanhecer. Tenho que render Divino. Ele também tem que dormir. Sabe como é... olho fechado, pássaro fugindo!
— Só me faltava isto: aparecer por aqui quem possa embargar nossa atividade e ainda me colocar no xilindró! Esses bestas aí não têm sua capacidade. Se estivessem em seu lugar,

hoje não teríamos mais o prisioneiro que é um trunfo em nossas mãos. Com essa carta que logo entregarei ao aviador, ficaremos aqui livres de qualquer ameaça!

E, voltando aos homens:

— Vocês três aí, vão ver se aproveitam algum alimento do chão, caso contrário, ficaremos à míngua. Peixe, não suporto mais nem o cheiro!

— Se me permite falar, não creio que nada se aproveite. Está tudo misturado a terra e pegajoso.

— Que peguem de pá! Que cozinhem com terra! Gosmento ou não, vai servir de alimento amanhã.

Jessé deu um toque no chapéu e retirou-se. Agora que aprendera, rezava para que o estrago não fosse pouco. Estava cansado por demais e logo adormeceu. Quando despertou, a claridade já fazia doer os olhos. Sentou-se e ficou a escutar o que se passava lá fora, pois o encarregado estava aos berros:

— Nem café? Nem café? Eu não fico sem meu café!

— Senhor, nada pode ser aproveitado... Tudo culpa de algum animal...

— Que são vocês!

— Não, senhor. Precisa ver o estrago que ele fez na tenda... Aqueles cortes foram feitos por algum felino.

Nesse momento, Jessé achou que era hora de aparecer.

— Jessé, vá averiguar o que esse homem diz. Fala de animal... que diz com certeza não serem eles!

— Vou até lá verificar.

— Só tenho um homem de fato com quem posso contar. Ainda bem que me restou um!

Pobre homem... Preso em sua própria teia, não enxergava o que o rodeava.

Voltando a Jessé:

— Ele tem razão; foi um animal, com certeza, e não era pequeno.

— Azar! Estou com uma uruca de dar gosto! Agora, em vez da derrubada, os poucos homens que tenho para isso terão que caçar e pescar. Isso sem contar os que terão que limpar esta sujeirada toda!

— Bem, tenho que ir andando. Divino já deve estar fulo.

— Vá! Vai que ele cisme de deixar nosso homem sozinho!

Jessé nem esperou mais argumentos. Antes que ele mudasse de ideia, deu nos cascos. Não queria estar ali quando tentassem ligar as máquinas, aí sim o acampamento ferveria. O pouco que dormiu deu para dar uma descansada e impor um bom ritmo às suas pernas, chegando até a correr em certos momentos. O sol já forçava as copas das centenárias árvores para que deixassem passar seus raios. Jessé pegou os alimentos, que ainda estavam intactos, colocou o saco nas costas e se foi, chegando até a cantarolar. Não sabia por que o fazia, mas sentia-se demasiadamente feliz.

Em outro ponto da mata:

— Ambrósio, já se faz tarde, temos que continuar.

— Minha pequena... Tão doce que és, não poderás continuar carregando este fardo... Deixe-me aqui e alguém virá me buscar quando em casa chegares.

— Esqueceu que não sei o caminho? Preciso do senhor. Muitos precisam da sua presença. Não esmoreça agora. Quando chegarmos à carroça, tudo será mais fácil.

— Você é um presente de Deus.

— Somos todos... Cada um do seu jeitinho.

— Deixe-me ver suas mãos. Tens que trocar esta bandagem, melhor seria lavá-la.

— O último pingo d'água coloquei aí em seus lábios; mas farei isso.

Ela tirou a barra da saia e trocou a bandagem, porque o sangue seco formara uma crosta em suas mãos que até o facão era difícil de manejar.

— Enterre o que tirou. Os animais podem seguir nosso rastro pelo cheiro disso aí.

Lindalva fez o que Ambrósio pediu e ajeitou-se para nova caminhada, que parecia interminável. Passavam por várias árvores carregadas do que poderia saciar um pouco da fome, mas os frutos estavam tão alto, que para ela seria impossível pegá-los, e, os que estavam esborrachados no chão, animais já tinham se saciado.

Lindalva avistou uma clareira e ficou tão entusiasmada, que deixou cair o que lhe atrelava à maca, deixando Ambrósio no chão de vez.

— Senhor Ambrósio! Senhor Ambrósio! Creio que chegamos à tal clareira onde falaste ter deixado a carroça!

Ambrósio não a escutava; estava fraco por demais. Lindalva correu até o pequeno descampado, onde, conforme o que havia dito seu amigo, estaria a carroça. Correu os olhos e nada! Parou, conteve a respiração ofegante e tentou visualizar melhor. Quem sabe se estaria coberta de folhas, maquiada naquela imensa floresta. Um barulho que não fazia parte daquele lugar assustou-a e fê-la correr até Ambrósio, agachando-se e ficando a ele colada. Em meio à vegetação não poderiam vê-la, mas ela podia divisar bem quem havia chegado... Assim, entendeu o porquê da clareira. Ali estava o aviador, aquele que abastecia sua pequena cabana e fazia com que não estivessem afastados definitivamente da civilização. Além de abastecê-los com cereais, os nutria com notícias do mundo afora.

No primeiro momento, ela pensou que ali estivesse a salvação. Quando ia levantar-se, uma mão a reteve:

— Dona Lindalva, não o faça... ele não é mais confiável.

— O que importa agora é salvá-lo, mesmo que nos levar para o acampamento.

— Não! Depois de tanto sacrifício...

— É sua vida que está em jogo!

— Uma só? Esqueceu-se de Tomé, João Desbravador, Bira, meu filho, Jessé e, agora, confiando nas palavras de Tomé, Divino? Isso sem falar nesta magnitude por Deus criada com a qual estamos todos envolvidos para protegê-la.

— Desculpe. Não estou fraquejando em minha fé e nem em minhas forças, mas temo pelo senhor.

— Vou ficar bem... Não faça barulho. Não deixe que a veja.

Lindalva colou tanto em Ambrósio, que pareciam um só ser respirando. Não demorou muito e o silêncio se fez. Aos pouquinhos, ela foi levantando e confirmando o que seus ouvidos avisaram.

— Ele se foi. Vou até lá. Quem sabe encontro algo para beber ou quiçá remédio!

Ela se aproximou da aeronave e sorriu ao verificar que estava destrancada. Como ele sabia não haver ninguém nos arredores, não tinha por que ter precaução. Nada encontrou. Sentou-se naquele banco estranho para ela e ficou a pensar. Seria realmente difícil fazer aquela geringonça voar? Sair dali sem ter que arrastar Ambrósio seria a resposta para suas preces. Tentou mexer em alguns botões, mas, quando uma luz acendeu, seu coração disparou e de imediato ela saltou ao chão.

Apesar de muito fraco, Ambrósio estava desperto.

— Meu bom Ambrósio, sua resposta será a solução para nossos problemas. Sabes pilotar aquela coisa?

— Na guerra... era moço ainda; mas não com esse tipo de aparelho.

— Então, meu velho, se eu o ajudasse a chegar até lá, sentadinho, não colocaria esse pirilampo para voar?

— Minhas vistas me falham... Adormeço enquanto falo... Sabe o que isso significaria se algo estivesse fazendo?

— Coma algo! Bem devagarzinho... Quem sabe é falta de sal?

Imediatamente Lindalva ajeitou-o de modo que pudesse ingerir com mais facilidade o que estava a lhe pôr na boca.

— Deve ser tudo igual. Uma vez voando, sempre saberá voar!

— Terás que rezar muito... O dobro do que tens feito...

— Eu o farei! Agora vamos? Não sabemos quanto tempo o piloto ficará no acampamento. Com certeza ainda estará em meio ao caminho, pois com o peso que carrega! Por falar nisso, a estratégia quanto a deixá-los sem alimentos irá por água abaixo, mas vamos deixar de conversa e colocar nosso plano em prática!

— Seu plano! Um plano meio louco, se queres minha opinião. Temes por minha vida, mas colocar aquele aparelho no alto do jeito em que me encontro serão duas vidas.

— Não temo. Sei que dará certo. Agora me ajude. Fique bem quieto que logo lá estaremos!

Foi com muita dificuldade que Lindalva conseguiu que Ambrósio se sentasse de forma que pudesse pilotar.

— Minha criança... não reconheço nenhum destes botões.

— Tente! O que não puder fazer, fale que eu faço!

— És uma guerreira. Sua força de vontade me contagia.

Um barulho mais forte, um sacolejar que mais parecia estarem em um lombo de um animal, e logo Ambrósio, parecendo ter despertado, testando aqueles botões um por vez, conseguiu identificar os que dali os levaria.

Lindalva não temia, acreditava que daria certo. Não estavam ali por acaso; por acaso aquela geringonça ali não estaria.

— Segure-se, minha filha, que vamos voar!

Quase raspando as copas das árvores, a aeronave alçou voo.

— Senhor Ambrósio, não estamos na direção errada?

— Dona Lindalva, vamos em frente, que por enquanto é só o que consegui fazer!

— Veja! Minha casa!

Ninguém estava às vistas, pois, ao escutarem o ronco da aeronave, Tomé pediu que todos se mantivessem dentro da casa para não ficarem às vistas do aviador, já que ele tinha se passado para o outro lado.

Na cabana:
— Tomé, eles receberão provisões; agora só podemos rezar e esperar que as máquinas quebrem!

No ar:
— Seu Ambrósio, veja o acampamento. Olhe só o desmatamento, parecem feridas abertas na floresta!
— Filha, não posso desviar minha atenção. Este bicho é mais forte do que pensei. Temos que voltar, mas ainda não sei como fazer isso.

Lá embaixo:
— Que inferno é esse? Estão comigo a brincar! Trago para vocês provisões e me roubam?
— Tá variando, homem? Do que está falando?
— Olhe! Alguém está pilotando minha aeronave e, como estás a ver, não sou eu!
— Não é seu ajudante?
— Que ajudante? Vim só! Creio mesmo é que caí em uma torpe armadilha!
— Por que está me olhando desse jeito? Não estás a pensar que fui eu o mandante! Por que o faria? Você nos traz provisões e agora, mais do que nunca, estamos precisando do que nos trouxe, pois estamos a zero!

— Isso agora pouco me importa! Quero saber como vou sair daqui. No lombo de um animal? Estás louco!

O aviador saiu socando o ar, fulo da vida. O encarregado ficou a olhar o céu, onde não havia mais vestígios da tal aeronave.

— Quem pode ter sido? — perguntava-se. Ficou escabreado por as coisas ali no acampamento estarem malparadas.

Lá no alto:

— Senhor Ambrósio, temos que voltar! E se o combustível acabar?

— Vou tentar, minha filha. Segure-se que aqui vamos nós...

Deu certo, e logo estavam de novo sobrevoando o acampamento.

— Veja, eles voltaram! Com certeza foi alguém que o pegou para dar um passeio. — O encarregado mal acabou de falar e o aviador já estava numa carreira danada para chegar à tal clareira.

Na cabana:

— Veja, Tomé, ele já está indo embora. Engraçado é que mal deu tempo de pousar. Deve ter jogado as provisões lá do alto! Com certeza está sem tempo.

Ninguém poderia imaginar o que de fato se passava.

— Bem, agora vamos em frente. Sabes pousar esta coisa?

— Minha filha, o pior já foi feito e, como dizem, para descer todo santo ajuda.

Apesar do perigo iminente, Lindalva sentia uma paz inexplicável. Talvez por Ambrósio estar ao seu lado mais vivo do que nunca.

— Já saímos da floresta; no primeiro descampado, vou descer. Comece a orar... e com fervor!

— Vou ver meus meninos; não sei como poderei lhe agradecer. És um enviado de Deus...

— Bom seria se assim fosse, então, em vez de nesse aparelho nos arriscarmos, estarias voando em meus braços.

— Já fazes pilhéria; isso quer dizer que estás se recuperando! Dona Felícia ficará feliz ao vê-lo.

Ao avistar ao largo um descampado, Ambrósio tentou e conseguiu o aparelho pousar.

— Pronto, estamos finalmente em terra. Este velho ainda não está morto!

Lindalva abraçou-o, visivelmente emocionada.

— Agora, fiques aqui que sairei à procura de alguém que possa nos ajudar.

— Estás vendo aquela trilha? Siga ela e chegarás a minha casa. Vais ter que caminhar um pouco e sinto não poder acompanhá-la, já que seria um estorvo, pois, se minhas mãos conduziram este aparelho, não posso dizer o mesmo de minhas pernas.

— Fique aqui. Deixe aberto só o suficiente para o ar entrar. Estamos perto da mata e algum animal pode vir até aqui.

— Eu me comportarei... Vá, minha filha, que Deus lhe guie!

CAPÍTULO 13

Na mata de onde a aeronave partiu:
— Nada! Onde diachos terão ido?
Ao olhar ao redor, o aviador deu de encontro ao que foi deixado para trás. Agora tinha certeza de que o aparelho fora usado para tirar alguém daquele lugar — alguém que, com certeza, não podia caminhar com as próprias pernas.

Voltando ao acampamento:
— Então, achou o aparelho no lugar em que o deixou?
— Isso é pilhéria? Achei, sim, uma maca e uns trapos, indicando que cheguei no lugar errado para mim e na hora certa para alguém. Como vou sair agora deste infecto lugar?

— Que diacho, homem! Eu aqui cheio de problemas e você só porque perdeu aquela geringonça pensa estar por aqui perdido? Já nos chegam a qualquer hora os caminhões e com certeza você terá uma carona. Enquanto aqui estiveres, se quiseres algum ganho...

— Fazer o quê? A única coisa que sei fazer é voar!

— Não precisa de tanto... Se sabes dirigir, será fácil com os maquinários.

— Então é isso? Quanto mais vai colocar na minha mão?

— O suficiente para que fiques satisfeito. Amanhã mesmo começarás. Enquanto esperas o transporte de volta, encherás a burra!

O homenzinho saiu, deixando o aviador para lá de confuso. Perguntava-se se não seria uma armadilha, já que ele precisava de homens para trabalhar.

Enquanto isso, Lindalva prosseguia sua caminhada, prestando atenção ao que lhe fora dito por Ambrósio. Estava com fome, com sede, e o cansaço a abatia...

Depois de uma longa e exaustiva caminhada, chegou à civilização. Só não sabia se era a que procurava. Não precisou de muito para saber onde estava. Risadas que pareceram música aos seus ouvidos deram forças às suas pernas, que chegou até a correr. Logo estava debruçada sobre um cercado vendo dois pequenos e uma moça a brincar de cabra-cega. O coração dela disparou. As lágrimas desceram pelo rosto, e tão emocionada ficou, que parecia uma estátua; nem a voz parecia querer sair a chamar seus meninos. Um tempo ali ficou, até que uma das crianças, querendo se afastar de quem poderia pegá-la, deu com o que mais parecia uma visão.

— Mãe? É você mesmo?

Uma jornada para transformação | 271

Ao invés de ir até ela, Bento correu de volta a Maristela e se colou em suas pernas.

— A brincadeira se inverteu, e agora a presa sou eu? — falou ela, já retirando a venda dos olhos. — Bento, o que aconteceu? Estás tremendo. Será que a febre lhe toma? Vamos entrar, que dona Felícia lhe servirá um bom caldo quente que lhe dará um bom suador!

Bento então pegou o braço dela e apontou para quem mais parecia uma miragem. Diferentemente de Tinoco, que já estava de carreira indo ao encontro da mais bela das figuras.

— É a mãe! É a mãe! Ela voltou!

Com uma rapidez impressionante, ele subiu no cercado e se pendurou no pescoço dela.

— Mãe, você demorou! — Logo a largando... — Pera aí! Volto já!

Ele entrou na casa que nem um furacão.

— Ei, criança! O que acontece? Se estás apertado, lembre que o banheiro é lá fora!

— É a mãe! Ela voltou pra buscar a gente!

Logo aqueles dois bracinhos estavam saindo porta afora a carregar uma trouxinha.

— Vem, Bento! Vamos embora encontrar o pai!

Nesse ínterim, Maristela já tinha chegado até ela e contemplava o estado lastimável em que se encontrava.

— Vem, eu lhe ajudo. Seu nome é Lindalva, não é? Eles falam de você todos os dias, em todos os momentos.

Bento estava agarrado ao pouco que restara de sua saia, e agora com Tinoco, como se já um homenzinho fosse a dar ordens.

— Vamos, mãe, quero ver o pai. Vamos!

— Tinoco, estou exausta... Foi uma longa caminhada. Preciso de um descanso e, se puder, de um pouco d'água.

Agora foi a vez de o menino estancar. Ficou olhando a trilha, esperando mais alguém surgir.

— Ele não vem agora. Está com amigos, mas me pediu que viesse com vocês ficar. Posso?

A limpar as mãos no alvo avental, foi Felícia quem deu a resposta:

— Entre, minha filha! Vocês dois, ajudem sua mãe a casa chegar e logo terão as notícias que querem.

Um de cada lado da barra de sua esfarrapada saia, foram conduzindo-a como se conduz um enfermo: com um cuidado esmerado.

— Sente-se, minha filha. Vou providenciar um bom caldo quente, aí então nos contará o que aconteceu.

— Mais alguém precisa de ajuda. O senhor Ambrósio está um pouco alquebrado pela febre que o abateu e não pôde me acompanhar. Ele está na aeronave em segurança.

— Aeronave? Febre? Minha filha, me diga, por Deus, o que aconteceu — pediu Felícia.

— É uma longa história, que lhe contarei depois. Agora, temos que arranjar um jeito de tirá-lo de lá.

— Eu vou, dona Felícia! — falou Maristela.

— Ele está muito fraco para andar este estirão — explicou Lindalva.

— Em algum lugar está a carroça, mas quem a puxava não voltou. Leve-o, e Ambrósio virá em seu lombo; mas, se encontrarem a carroça, logo todos estarão de volta. Eu aqui ficarei com as crianças, orando para que voltem logo com meu Ambrósio. — disse Felícia.

As crianças tudo escutaram e nada falaram. A mãe estava diferente.

Depois de beber a água, Lindalva ia levantar-se, mas Felícia a reteve.

— Espere um pouco que vou lhe servir um bom caldo. Se tombares em meio ao caminho, serão dois a se ter que carregar!

Felícia foi ter com as panelas e logo estava de volta, limpando as lágrimas que teimavam em escorrer pelo seu rosto.

Uma jornada para transformação | 273

— Ele chegou quase ao mesmo tempo que você... Posso dizer que está muito bem...

Lindalva olhou-a penalizada. Com certeza aquela simpática senhora não era boa das ideias. Ela retornou à cozinha sem mais nada falar; logo estava pondo diante da moça um bom prato de sopa.

— Coma, minha filha. Não precisa se apressar tanto, pois meu velho agora tem todo o tempo do mundo.

— Não entendo suas palavras, porque, quanto mais depressa resgatá-lo, mais cedo poderás tratá-lo.

— O tratamento que terá agora, minha filha, não é deste mundo...

Maristela abraçou-a, querendo animá-la:

— Ela falou que ele está bem... Vamos acreditar nisso!

— Acredito, minha filha... como acredito! Logo eu também estarei fazendo essa caminhada.

— Vó Felícia, a senhora não falou que ia ficar com a gente, enquanto a mãe e a tia Maristela vão buscar o vô? — perguntou Tinoco.

Lindalva, olhando nos olhos daquela boa senhora, entendeu que suas palavras iam mais além do que no momento se passava. Parecia que estava a escutar Tomé.

— Já terminei e agradeço a boa refeição. Já me fortaleci e creio que podemos partir.

— Vou pegar meu xale e algo de que com certeza precisaremos. — disse Felícia.

— Levaremos os meninos?

— Não, Maristela. Esta caminhada eu mesma tenho que fazer para encontrar meu velho...

— Não é melhor esperar o amanhecer? Quando lá chegarem, estará muito escuro. Os perigos rondam as matas, e a noite é uma armadilha. — falou Maristela.

— Tens razão, minha filha. Faremos diferente. Meninos, será que vocês podem ir com tia Maristela colher flores para que eu possa enfeitar esta mesa?

Prontamente, eles, que estavam mudos a prestar atenção no que se desenrolava, puxaram Maristela em direção à porta, pois qualquer ação para eles era brincadeira.

Assim que ficaram a sós:

— Senhora, creio que não entendeu bem. Senhor Ambrósio está sem água, faminto, e creio que a febre ainda persiste.

— Filha, agora ele só tem sede de paz e fome de esclarecimentos...

— A senhora quer dizer...

— Sim. Ele partiu... Agora só temos que resgatar seu corpo. Na verdade, não o traremos para cá. A terra em que aqui pisamos é a mesma que lá encontraremos, e lá deitaremos seu corpo, para que essa matéria volte ao seio da grande mãe, a Mãe Natureza.

Lindalva verteu lágrimas abundantes.

— Não chore, filha. Ele viveu aventuras, desventuras e se foi como queria, ajudando ao próximo. Estou feliz por ele, por mais que saiba quanto me fará falta, enquanto nesta terra eu permanecer. Hoje faremos para ele uma bela oração. Ajude-me a limpar a mesa que eu vou buscar a toalha mais alva que tiver e um jarro para colocar as flores que as crianças com Maristela foram pegar.

Quando ela ia se afastar:

— Senhora, tenho que lhe falar algo...

— Sim, minha filha.

— Ele estava ansioso por chegar, pois lhe trazia uma boa-nova a respeito do seu filho.

— Nosso filho?

— Sim. Senhor Ambrósio tinha certeza de que Bira é o filho de vocês reencarnado.

— Espere um pouco, minha filha. Deixe esta velha sentar pra você me contar tim-tim por tim-tim essa história.

E, a partir daí, tudo foi a ela narrado.

— Então, ele tem a mesma cicatriz de meu filho?

— Como disse seu Ambrósio, igualzinha, sem tirar nem pôr.

Uma jornada para transformação | 275

— Ambrósio não se enganaria... Ele ficou mortificado com o ferimento e a curvatura, o tamanho que tinha. Não existiriam duas iguais. Sabe como foi que ele conseguiu essa marca?

— Pelo que falou, veio com ele no nascimento. Disse que já veio para esta terra marcado.

— Então, ele voltou... Glória a Deus por isso! Quando nosso filho se foi, tivemos muita ajuda para entender essa separação. Sabe, filha, antes de ele partir, voltou para nós... e foram aqueles momentos que ficaram, e como nos ensinaram. Será que quando os destruidores da mata se forem de vez e a paz voltar, Bira nesta casa ficará?

— Pelo que contou, não tem ninguém por ele. Creio mesmo que o senhor Ambrósio já tinha lhe falado sobre.

— Que bênção, minha filha! Agora vamos tudo preparar para mandarmos bons fluidos através das orações para meu velho.

Lá foi ela apanhar o que havia dito, a enxugar as lágrimas que teimavam em escorregar pelo seu rosto.

Nem bem acabaram de a toalha esticar, chegaram as crianças com um ramalhete de flores, entregando-as e rodeando Felícia em pequenos abraços.

— É festa? Vó Felícia, é festa pra volta do pai? — perguntou Bento.

— Sim... Pode se dizer que é uma festa, pois alguém acabou de chegar a um maravilhoso Reino.

— Reino? Aquele que o pai fala que tem rei e princesa? — perguntou Tinoco.

— Deve ser um mundo tão maravilhoso quanto esse das histórias de seu pai. Agora quero que vocês ajudem a fazer uma bela oração para quem foi para esse mundo, e pedindo proteção para todos nós que ainda estamos a caminho.

Lindalva lembrou os últimos momentos em que esteve na companhia daquele bondoso ser; sem ele, com certeza, não estaria agora com seus meninos.

Quando acabaram de orar:

— E agora, vó Felícia, vamos aos doces? Festa sem doce não é festa!

— Tinoco! Já se faz tarde, é hora de ir para a cama. — disse Maristela.

— Mas... não é uma festa? — reclamou Bento.

— Filha, eles estão com toda a razão. Que se lambuzem com doces, pois ninguém nesta casa vai dormir envolto em tristezas.

A jarra de flores foi colocada de lado e logo a alva toalha estava maculada com respingos que vinham da alegria dos dois meninos.

Nem bem tinha amanhecido:

— Filha, desculpe não deixá-la repousar mais, mas temos uma missão a cumprir, e quanto mais cedo chegarmos mais cedo retornaremos, sem que a escuridão nos pegue na mata. Essas roupas são de Maristela e ela deixou para que as use, já que estás ainda com essas roupas de baixo e em frangalhos.

— Quando Bira encontrou esta casa, com certeza foi encaminhado por espíritos bondosos.

— Bira, meu filho... Ambrósio se foi, mas seu lugar à mesa não ficará vazio. Estou orgulhosa de meu velho. Ele se comportou como o herói que sempre foi. Vamos, filha... Pelo caminho conversaremos. Quero que me fale mais sobre meu filho e de Ambrósio.

— Será uma dura caminhada. Agasalhe-se bem, pois lá fora o frio é intenso.

— Por isso temos que ir agora, essa velha tem passadas curtas e um gordo corpo a carregar. Falando em agasalho, essa manta lhe cobrirá, era de meu filho. Na varanda, ao esperá-lo nas madrugadas, este capuz xadrez era o que primeiro eu avistava. Fi-lo com muito carinho, e ele me lembrava quem se foi e agora retorna.

— Então, dona Felícia, guarde-o para que Bira possa usá-lo. As roupas dele estão bem precárias.
— Se você assim diz... vou buscar um de meus agasalhos.
Logo as duas, depois de tomarem um desjejum, estavam na ainda escura estrada.
— Deveríamos ter esperado clarear o dia.
— Quando isso acontecer, estaremos a mata adentrando. Agora me fale do meu velho e de como se desenrolou o encontro dele com nosso filho.
Entre conversas, chegaram elas ao destino desejado.
— Vês? Ele o pousou com maestria!
Ao chegar mais perto, Felícia ficou emocionada.
— Sabe, filha, ele sempre disse que iria partir em grande estilo, e não em cima de uma cama. Seu desejo foi realizado e agradeço a Deus por essa bênção.
Lindalva abraçou-a, pois sabia quanto o momento era difícil para aquela senhorinha, apesar de ter toda a compreensão.
— Olhe, filha! Aquela árvore tem aos seus pés o espaço que será o abrigo de quem muito amava esta terra.
Realmente parecia que ali fora preparado para receber Ambrósio.
— Vou cavar bem fundo, para que animais não violem o túmulo — disse Lindalva.
— Faça até aguentar, eu farei o restante. Suas mãos feridas não ajudarão muito.
Lindalva cavava aquela terra úmida e o sangue que vinha de suas mãos a ela se misturava. Dor não sentia, estava anestesiada pelas orações e cânticos que dona Felícia dirigia àquele corpo que fora de seu companheiro nesta vida terrena.
As aves já estavam em bando, e a mata toda desperta, quando Lindalva, com o auxílio daquela brava senhora, deitou aquele cansado corpo à mãe terra.

Distante dali:

— Bira, estás com uma cara de quem comeu e não gostou!

— João, uma tristeza bateu em meu peito, e sei que diz respeito ao senhor Ambrósio...

— Saudades do paizinho?

— Não faça pilhéria; estou a falar sério!

— Desculpe, Bira. Só estava querendo desanuviar.

— Sei disso. Sinto como se todos aqui fossem irmãos. Ninguém vai querer de propósito magoar ninguém.

— Bela fala, Bira! Estou orgulhoso em escutá-lo. — disse Tomé.

— Ele estava antes a falar que um aperto no peito diz que Ambrósio não está bem.

— Não quis dizer bem isso... é só preocupação.

— Bira, temos que confiar que chegaram ao destino.

De fato, para Ambrósio, o destino tinha providenciado sua passagem em grande escala, mas...

— Não posso acompanhar vocês. Não veem que ainda não terminou a batalha com esses destruidores das matas?

— Ambrósio, fomos encarregados de guiá-lo até onde farão com que tenha alento e compreensão deste momento.

— Saber que vivo não mais estou? Tenho plena consciência disso. Desculpe. Sei quem vocês são e que só querem o meu bem, mas deixem para mais tarde; agora tenho amigos a ajudar. Disse a eles que voltaria, não posso decepcioná-los.

— Ambrósio, pilotaste como ninguém, superando limites, para colocar em terra firme quem precisava chegar até os filhos; foste um bom cristão. A palavra divina sempre fez parte de sua vida... Cumpriste bem a missão...

— Por favor, não termine. Fracassei com meu filho. Manti-ve-o nas alturas e não pude segurá-lo quando despencou... Como pude errar tanto?

— Se tivesse de fato errado tanto quanto pensas, não te-rias, ainda encarnado, de novo ele encontrado.

— Mas... não entendo! Caçador...?

— Não! Sofrendo, junto com os que nas armadilhas caíam! Quer sentimento maior que compartilhar a dor? Bira obede-cia ordens e, ao despelar os animais já sacrificados, muitas vezes chegou a verter lágrimas por eles. Ele tinha que chegar até você com a alma lavada.

— Ele chegou e eu parti...

— A importância está no encontro.

— Minha Felícia, ela entenderá?

— Sua partida?

— Não, o regresso de nosso filho...

— Quer vê-la agora? Me acompanharás depois?

Ambrósio ficou dividido. Queria muito se despedir daquela que tinha sido mais do que uma companheira, mas como po-deria abandonar seus amigos?

— Ambrósio, não os abandonará. Aprenderás como aju-dá-los mesmo estando em outro plano.

— Lê meu pensamento?

— Claro como água... Um dia quiçá poderás fazê-lo. Vai depender exclusivamente de você.

— De mim?

— O primeiro passo é aceitar nossa ajuda. Depois, con-tinuar aprendendo o que começaste nesta terra. Depois, ao pregares os ensinamentos aos irmãozinhos que preci-sam da palavra para se libertarem, aprenderás com eles a se comunicar só usando a mente. Mas é preciso que dês o primeiro passo.

— Que é deixar meus companheiros...

— Não é bem assim, Ambrósio, manterás contato com eles enviando-lhes energias, das quais com certeza irão precisar.

O Pai é sábio em todas as questões. Não seria indiferente a sua preocupação com seus irmãos que se acham empenhados em salvar, além das matas, almas!

— Estás falando de Tomé?

— Bom obreiro de Deus.

— Posso ver agora minha Felícia?

— Isso quer dizer que aceitas nossa ajuda?

— Se assim tem que ser, assim será...

Logo estavam diante de duas mulheres que acabavam de enfeitar o túmulo com flores e vegetação diversas.

— Assim, minha filha, nenhum animal passará em cima da terra fofa, que facilitaria sua entrada. Estas raízes parecem um aconchego para meu velho. Vou marcar esta árvore para quando aqui quiser voltar, e para você e os outros saberem onde devem baixar este corpo quando a hora chegar. Será que nos encontraremos de novo?

— A história de vocês ainda não está finda... — disse Lindalva.

— Lindalva, minha filha, meu velho está aqui perto!

— Bem a seus pés...

— Não, filha. Não digo a matéria, falo que ele aqui está em espírito! Que a luz divina o encaminhe juntamente com os bons espíritos, e digo, meu velho, não reencarne enquanto eu aí não chegar! Sabe como sou quando fico braba!

Ela falava em tão alto e bom som, que suas palavras ecoavam pela floresta.

— Vá lá, Ambrósio. Despeça-se dela que o tempo urge e tenho que regressar. — disse o guia espiritual.

Ambrósio chegou perto daquela que foi o amor de mais de uma vida e osculou sua testa, fazendo com que ela fechasse os olhos e recebesse o gesto como se fosse uma bênção.

— Vá em paz, meu velho, e obrigada por trazer de volta nosso filho. Desta vez, não errarei. Falarei de suas virtudes, mas não esquecerei de apontar os malfeitos.

Lindalva abraçou-a, conduzindo-a de volta para casa.

Em meio à mata:

— Tomé, esse chá é aquele que derrubou a peãozada? — perguntou Bira.

— Ele é ótimo na quantidade certa. Nos tirará o cansaço e amainará as batidas do coração. Bira, vá se esticar na cama dos meninos; não sabemos o que ainda iremos enfrentar e é melhor descansarmos. Divino ficará de olheiro e depois faremos a troca para que ele também descanse.

Bira nem replicou. Estava deveras agoniado. Deitou-se e ficou a fazer o que lhe ensinara aquele bom homem. Orou até adormecer. Em meio ao sonho, viu-se em uma sala com duas pessoas a ler o Evangelho. Escutava bem as palavras, e elas lhe tocavam o coração; só que, mesmo sabendo ser ele, a figura era diferente e um pouco afastada do que podia chamar de família. Sentia toda a emoção nas palavras ditas. O casal virou-se para ele e o rosto deles resplandeceu, mostrando-lhe que as duas figuras já eram conhecidas. Bira encaminhou-se para eles, e a transformação se deu. Agora o que via era sua figura atual.

— Pai! Mãe! — e assim continuou, até ser por Tomé despertado:

— Bira, acorde, meu rapaz.

— Tomé?

— Estava a sonhar ou era um pesadelo? Fiquei preocupado. Escutei que deliravas e, quando aqui cheguei, vi que suavas aos borbotões.

— Pesadelo não era, com certeza, mas estou confuso; meu coração, apesar do chá que ingeri, bate como se fosse pular fora de meu peito!

— Quer me contar ou guardar para si?

— Não; até mesmo possa ser que me explique o que vi.

Tudo a Tomé foi narrado, e a resposta para isso foi simples:

— Isso só vem confirmar o que lhe falou Ambrósio. Tinhas que ver algo mais do que essa cicatriz que trazes no corpo. Lembras que ele contou da leitura do Evangelho para o filho antes da sua passagem?

— Mas o que tem a ver comigo?

— Com certeza o que você viu era quem foste em vida passada... Ver a transformação era para saberes que és o filho de Ambrósio e Felícia retornado!

— Como pode ser? De fato, ao conhecê-los, senti um imenso carinho, algo que só senti uma vez na vida. Quando cheguei naquela casa levando seus filhos, parecia ter ao meu lar, aquele que nesta vida não tive, retornado.

— São os mistérios divinos...

Uma explosão pôs fim ao descanso e ao diálogo.

— Tomé, nossa investida não deu em nada! Estão colocando abaixo o que tentamos a todo custo preservar! — exclamou João.

Logo todos estavam na sala reunidos e assustados.

— Isso foi dinamite! A grande pedra em que vocês ficaram escondidos impedia a passagem das máquinas. Devem tê-la feito em pedacinhos! — disse Tomé.

— Vamos até lá!

— João, temos que ter serenidade ou vamos colocar tudo a perder. Se nos mostrarmos agora só desencadearemos uma luta de que não seremos nós os vencedores. Lembre que eles têm armas e, mesmo que nós as tivéssemos, não usaríamos... Vamos nos acalmar e pensar qual será nosso próximo passo. — disse Tomé.

— Os caminhões que ele esperava devem ter chegado, e a dinamite deve ter vindo com eles, pois tenho certeza de que no acampamento não havia! — falou João.

— Será que as máquinas funcionaram?

— Não! Tenho certeza de que fiz um bom trabalho — exclamou Divino.

No acampamento:

— Moleirões! Não basta explodir a pedra; os destroços têm que sair daí ou de nada adiantará! Como as máquinas vão passar?

O aviador, que já estava pelos gorgomilos com o encarregado, não se conteve:

— Já que falas que aqui tem poucos braços, por que também não arregaças as mangas e põe a mão no trabalho?

— Eu?

— Por que não? Eu não sou de trabalho pesado e estou a fazê-lo. Com mais dois braços, o serviço será mais rápido.

— Está querendo insinuar que terei que colocar a mão na massa?

— Se és bem entendido...

— Estás a brincar, e com fogo, por assim dizer! Só estás pegando no pesado porque serás pago, e regiamente pago! No meu caso, mesmo que não tenha que lhe dar satisfação, tenho que ficar de olho e distribuir os trabalhos. Sou pago para isso!

— E regiamente, com certeza...

— Aviador, já estou arrependido do que lhe propus; se quiseres tomar a estrada, é só falar!

— Como? Em cima de um burrico? Agora que os caminhões chegaram e com eles minha carona, tenho mesmo é que ficar!

— Se é assim, pela sua saúde, é melhor ficar, mas ficar de bico calado!

O encarregado se afastou furioso. Mais cedo, ao tentarem ligar os maquinários, tinha voado peça para tudo que é lado! O prejuízo fora enorme. Sorte foi os caminhões terem chegado e, com eles, a dinamite, pois sempre a traziam para tirar algum empecilho a sua passagem. Tudo estava indo de mal a pior. Ele pensou até em abandonar o acampamento, dispensando a peãozada sem dar-lhes um tostão sequer. Se não tinham trabalhado, direito a ganho não teriam. Se quisessem ficar ali, que ficassem. Mais uma armadilha daquele lugar, assim pensava ele, e abandonaria aquilo tudo. Já tinha até planejado. Sairia na calada da noite carregando o dinheiro que juntara, pois o que vinha para que pagasse os homens, nem metade lhes dava, e nem contato mais queria com quem o contratara. Tinha família lá pelas bandas de Manaus e, com os bolsos recheados, ninguém o acharia. Estava amadurecendo a ideia, pois as dificuldades estavam vindo como uma avalanche.

— Chefe! Chefe!

— Pare com essa berração. Achas que tenho os ouvidos tapados?

— O senhor estava com os olhos tão parados, que parecia estar em outro mundo.

— O da lua, você quer dizer. Diga lá a que veio e por que berras tanto!

— O caminho para os caminhões está liberado.

— Então mexam-se! O que estão esperando? Coloquem as toras neles, o máximo que puderem!

— É que...

— O que foi desta vez?

— Os homens dos caminhões falaram que peso não é com eles, e somos poucos para carregar estes troncos.

— Não ganham pra isso?

— Mas são as máquinas que fazem esse serviço.

— Sem máquinas! Sem máquinas! Usem a força do braço, ou não honram essa fedorenta calça que vestem?

A insatisfação estava estampada no rosto de quem o ouvia e as ordens mal dadas recebia. Ele sabia que os outros não aceitariam e seria debandada geral, já que insatisfeitos estavam por demais.

— O que está esperando? Ordem dada não é ordem executada?

— Espero que seja assim...

— O que dizes?

— Falava comigo mesmo.

— Cérebro de minhocas! São todos uns moleirões! Querem o ganho sem fazerem esforço!

Aquele homem estava a anos-luz da verdade, bondade, amor ao próximo e tudo o que por Deus foi criado. Ele traçava seu caminho, não para Manaus, mas para uma terra onde sentiria saudade do verde, do cheiro da mata, da água límpida dos rios e do cantar da passarada. Pobre ignorante; perdoados sejam aqueles que são pobres de espírito...

Uma gritaria chegou até ele que fez arrepiar seus cabelos. Saiu da barraca correndo, já empunhado seu rifle.

— O que foi desta vez, homens?

— Senhor, senhor! Uma tora caiu sobre dois homens. Creio mesmo que estejam esmagados!

CAPÍTULO 14

Em um ponto dali:

— Ambrósio!

— Senhor, sabes que não tive nada a ver com isso. Só clamei aos céus para que eles não conseguissem o intento...

Indo em direção aos que estavam sob a tora:

— Homens, saiam daí. — disse o espírito que acompanhava Ambrósio.

— Como, se estamos presos?

— Seus corpos estão presos e, pelo que se pode ver, pouco restou deles, mas seus espíritos estão livres e podem perfeitamente sair daí de baixo.

— Espíritos? Pensa que está falando com quem?

— Com dois espíritos que têm muito a resgatar.

— Trabalhar não vamos mais, não. Não vês que estamos em frangalhos?

— Não falo de seus corpos, falo dos espíritos... Venham, ou não querem ajuda?

— É claro que queremos sair daqui, mas tem que levantar este monstro que nos esmaga!

— Dê-me a mão... Deixe que te conduza.

— Vai nos puxar? Arrancará nossos braços, e nosso corpo continuará aqui embaixo!

— Tens que ter fé.

— O que vem a ser isso?

— Creio que falei de algo que realmente não conhecem, senão aí embaixo não estariam. Querem ajuda ou não?

Ambrósio se adiantou:

— Vamos, deixe esses dois aí à mercê da bicharada, que eles merecem. Nada de bom fizeram em vida, então, que vejam o que as feras farão com seus corpos...

— Ambrósio!

— Tá bom! Ajude-nos!

Um por um foram pelo bom espírito tocados e, desse modo, assim tiveram os corpos livres daquele fardo. Pelo menos assim pensaram, pois nem olharam para trás.

Alguém que lá chegara aos berros disse:

— Estão esperando o que para tirá-los daí?

Um olhava para o outro, e assim sucedia, sem que se mexessem.

— O que estão esperando? Que eu o faça?

— Seria melhor, chefe. Eles foram esmagados... Estão mortos, e nada mais se pode fazer.

— Que tal lhes dar uma cova para que os bichos não os destrocem de vez? Vamos, todos juntos! Levantem essa tora, que isso já está virando uma pocilga!

Nisso, intercalando palavras de baixo calão, o homem foi atendido, e logo os dois infelizes estavam terra abaixo.

O encarregado se recolheu blasfemando e deu continuidade ao seu plano. Tudo preparou, pois aquela noite seria a derradeira.

Quando amanheceu, o silêncio no acampamento era completo. Os homens, pelo dia exaustivo que tiveram, e sem o encarregado a acordá-los aos berros, nem se mexiam. Dormiam caídos cada um para um lado, pois poucos à barraca se recolheram. O aviador, que pelos últimos acontecimentos estava doido para dar no pé, foi à barraca do tal. Espantou-se, pois a bagunça era geral; não que aquele homem fosse exemplo de higiene e arrumação, mas dava para ver que algo de anormal acontecia.

— O homenzinho escafedeu-se! Agora estou preso neste lugar asqueroso e sem um níquel no bolso!

Ele saiu da tenda aos berros:

— Acordem! Acordem! O encarregado escafedeu-se!

Os homens, ainda tontos pelo sono cortado, pensavam que aquele aviador estava cheio de manguaça.

— Vou picar a mula. Se vocês quiserem ficar por aqui, saibam que dinheiro não há, pois o encarregado fugiu com tudo. Já revirei tudo e não achei nadica de nada!

— Ambrósio, induza esse homem a ir em busca da aeronave. Faça-o, aprendeste como fazê-lo...

— Ajudá-lo? Não está pedindo demais, depois de tudo o que ele fez a Tomé?

— Não queres este lugar limpo de intrusos? Então comece por ele. Sabes mais do que ninguém onde a aeronave se encontra, então, o guie até lá.

— Não sei se saberei fazê-lo.

— Limpe seu coração de qualquer sentimento impuro e a tarefa conseguirás realizar.

Ambrósio orou, pedindo ajuda para que sentimentos inferiores não se abatessem sobre ele. Logo estava junto ao aviador, induzindo-o:

— Vá procurar sua aviação... Não está tão longe quanto pensas...

De imediato, o homem pegou a mochila, colocou-a nas costas e, sem se dirigir a ninguém, meteu-se na mata.

— Vá em frente, sempre em frente.

— Tenho que achá-lo — disse o aviador —, nem que para isso tenha que andar léguas.

O acampamento era um furdunço só. Estavam revoltados com a morte dos companheiros e o descaso do encarregado, e agora sabiam que era mais que isso: ele tinha abandonado o barco deixando-o à deriva. No afã de acharem o dinheiro, tudo foi revirado, e o acampamento em pouco tempo foi abaixo. Os caminhoneiros, mesmo sem a carga, depois de tantos acontecimentos funestos, saíram em debandada dizendo que, quem quisesse carona, pulasse na boleia. A briga foi feia, pois o espaço não era tanto. Sem as toras, era impossível ir na traseira. Era só uma chapa lisa que não tinha como lá se manter, nem que fossem deitados. Aos poucos que ficaram, colocaram mochila nas costas e foram correndo, tentando seguir a trilha deixada pelos caminhões. Apesar da friagem, dava para visualizar o sol, brecado pelas folhas das árvores. O acampamento era uma desolação bendita. Só se escutava o bater das lonas soltas das barracas, como se fossem bandeiras brancas desfraldadas... Enfim, paz!

Um grupo seletivo de lá se aproximava:

— João, não tinhas por que vir. Sua perna ainda inspira cuidados.

— Não podia ficar de fora. Como diria Ambrósio, estava me sentindo um estorvo.

— Sabes que não é assim. Cada um aqui tem seu valor. Agora vamos ficar em silêncio, que já estamos muito próximo. — disse Tomé.

— Tomé, como sempre fiz, vou na frente. Digo que estranhei a explosão e vim verificar. — disse Jessé.

— Creio que assim deve ser — concordou Tomé —, já que até agora deu tudo certo. Ficaremos aqui.

Jessé se adiantou e logo estava de volta.

— Tomé, algo estranho aconteceu. No caminho encontrei dois túmulos. A cruz tem gravada em carvão o nome de dois peões! Tá um silêncio danado! Não sou medroso e já dei mostras disso; não sendo coisa do outro mundo...

— Viu a alma dos dois? — perguntou o já assustado Divino.

— Tudo o que vi foram dois túmulos, mas está um silêncio macabro!

— Vamos nos adiantar. Um para cada lado, pois, se toparmos com alguém, não seremos todos surpreendidos. — disse Tomé.

Pé ante pé, espalhando-se, entrando cada um por um lado do acampamento, logo se juntaram ao meio deste.

— Vazio! Realmente, como falou Jessé, parece até lugar mal-assombrado! O que será que aconteceu? — perguntou Divino.

— As toras jogadas ao largo e as marcas dos caminhões indicam que tentaram levá-las. Com certeza um acidente aconteceu, que levou para além os dois infelizes.

— Tens razão, João. És um ótimo observador, mas por que será que abandonaram o lugar como se estivessem fugindo? — perguntou Tomé.

— Mistério... Creio que sobre isso ficaremos sem saber. O que faremos agora? — perguntou o agora entusiasmado Bira.

— Desmancharemos o acampamento, levaremos para a cabana os víveres que já vimos que deve ter trazido o aviador e desmontaremos essas parafernálias destruidoras de matas! — disse Tomé.

— Será que algum deles pode voltar?

— Não creio. Picaram a mula e já devem estar longe — falou João, criando alma nova.

— Tomé, se me cabe falar algo, eu diria que podíamos enterrar estes monstros! — disse Jessé.

— Está falando do quê?

— Destas máquinas. Deixá-las aqui, mesmo que avariadas, será como se o acampamento, a qualquer hora, pudesse voltar a funcionar. Vamos aproveitar esta clareira; faremos um bom buraco e um bom túmulo para essas geringonças!

Nem bem ele acabou de falar e João Desbravador já estava com os apetrechos necessários na mão. Trabalharam exaustivamente. Logo a cratera estava pronta e com ferros dentro dela.

— Agora só falta a lápide.

— Jessé, isso se faz com os corpos humanos e quiçá, de alguns animais que muitos têm como membros da família, tamanho o amor por eles. — disse Tomé.

Nesse ínterim, chegou João Desbravador, que não fizera parte do trabalho braçal, com uma cruz de madeira já com a inscrição: "Aqui jaz um monstro que foi guiado por seres sem coração!"

— Isso pode, Tomé? — perguntou ele.

— João, como não poderia? Colocaste apenas a verdade e servirá de alerta a quem neste lugar porventura chegar. Agora, tenho algo a fazer muito importante.

Com seu facão, Tomé iniciou uma coleta de mudas de árvores mais próximas.

— Logo, replantada, esta clareira deixará de existir! Será toda reflorestada, e conto com a ajuda de todos vocês.

— Tomé, agora que a floresta respira paz, creio que cada um seguirá seu rumo. — disse João.

— Não querem mais por aqui ficar? Realmente aqui fica-se isolado, mas, em compensação, também dos atributos maléficos que a vida terrena traz. Se quiserem ficar, serão meus ajudantes. Dividirei com vocês o que ganho, pois aqui gastos não temos, pois a natureza se encarrega de nos prover.

— Bem... — disse João —, como sabes, estou casado, e minha Maristela me espera, como eu também estou ansioso por vê-la...

— Eu também prometi ao Ambrósio que, logo que tudo aqui se resolvesse, iria até sua casa; ele até me ofereceu hospedagem — falou Bira.

— Jessé, Divino? — indagou Tomé.

— Eu não tenho para onde ir nem por que deste paraíso sair. Se puder construir uma cabana perto de sua casa, poderás contar comigo para o que der e vier! — disse Jessé.

— Digo o mesmo! De consertos sei bem; de construir também. Se mereço essa chance... — falou Divino.

— Todos merecem uma nova chance e com você não seria diferente. Já mostraste que seu passado ficou para trás, e o Altíssimo ficará orgulhoso em ver seus filhos cuidando com tanto zelo deste pulmão do mundo.

— Irás até as autoridades contar o que aqui se passou? — perguntou João.

— Agora não importa mais, já que está tudo a contento. É melhor mesmo que nada seja veiculado para não aguçar mentes torpes. O que temos que fazer agora é ir até a cabana deixar lá os víveres e tomarmos o rumo da casa de Ambrósio, ou logo ele aparecerá por aqui; teimoso como é...

Tomé olhou os arredores, respirou fundo e acrescentou:

— Creio que vencemos esta batalha, mas com certeza ainda haverá muitas, enquanto homens gananciosos não respeitarem a natureza; não digo que não a podem usar com consciência, pois minha casa mesmo é oriunda desta floresta, mas abatê-la sem dó nem piedade, deixando um rastro de maldade, é triste de se ver... Por isso, meus amigos, não sou eu que peço ajuda, e sim este lugar. Sozinho não conseguiria afastá-los deste lugar... A ajuda de vocês foi de suma importância. Temos agora que nos apressar para levar as boas-novas àquele que foi o maior incentivador, homem no qual a fé impera...

— Escutou, Ambrósio? Estás agora a colher os louros de uma vida pregressa de feitos memoráveis.
— Tentei fazer e ser o que todo ser humano deveria. Ser um bom cristão e seguir os mandamentos de Deus, não importa a religião que professem. Todos aprendem desde pequenos a não fazer o mal, não tirar a vida de seu irmão, tampouco de animais. Não se viciar e ajudar o próximo como se estivéssemos fazendo para nós mesmos... Tentei seguir todas as leis, só não consegui salvar meu filho. Errei em sua educação, grave erro... Amamos sem limites e o estragamos para um bem viver.
— Ambrósio, vocês o salvaram... Entenderás isso mais tarde.
— Eles vão ficar decepcionados com minha partida, sem ao menos nos despedirmos. Quando lá em casa chegarem, em vez de alegria, mergulharão em tristeza, principalmente Bira, a quem tantas coisas prometi.
— Faça como fez com o aviador. Leve-os até sua última morada, assim não terão surpresas ao se reunirem em sua casa. Até lá chegarem, irão deixando a tristeza para trás.
— Achas que dará certo?
— Você os guiar ou a tristeza nesta mata ficar?
— Não sei bem a importância que tive para eles, mas sei bem como foi importante encontrá-los e fazer algo de bom, ainda que fosse muito pouco...
— Então achas que eles não ficarão tristes com sua partida?
— Eram muito afáveis com este velho, muitas vezes rabugento, teimoso de fato, mas no pouco tempo que juntos

estivemos aprendi muito com Tomé, João e... meu filho Bira. Sentirei falta deles e creio que sentirão o mesmo.

— Então, leve-os até onde está a morada daquele velho corpo cansado...

Em silêncio, Ambrósio aproximou-se de Tomé, sentindo toda a bondade exalada por aquele simples homem.

Sempre acompanhado, porque o guiaria para outros caminhos, Ambrósio seguiu o grupo até a cabana, aonde, como disseram, teriam de ir antes de partirem. Esperou orando que se aprontassem e cuidassem para que a casa não ficasse à mercê dos animais. Porta e janelas bem trancadas, nada de comida que pudesse guiar animais até lá, e retornaram à caminhada.

— Agora é sua vez, Ambrósio, guie-os.

Como Tomé ia à frente, Ambrósio colou nele, intuindo-o sobre a direção a ser tomada.

— Tomé, não estás fazendo o caminho mais longo? — perguntou Bira, que já conhecia bem aquela mata.

— Passaremos ao largo do acampamento. Não é um caminho mais longo, e sim mais seguro.

— Temes que a peãozada volte?

— Se isso acontecer, lá não poderão permanecer, já que o acampamento não mais existe.

Sem mais, acompanharam o líder, que o era sem querer ser.

Caminharam, pararam, pescaram, alimentaram-se, conversaram e retornaram à caminhada, que não era pouca.

— João, quando sentires a perna e esta reclamar, diga-o que pararemos de imediato.

— Tomé, meu descanso foi tanto, me pouparam tanto, que ela está respondendo muito bem. Posso até correr, se quiseres se apressar!

— Não será preciso, a noite já chega e teremos que parar para nos abrigarmos.

— Parar? A noite é longa, e muito tempo perderemos!

— Bira, é melhor termos cautela, pois, por mais que eu conheça este lugar — disse Tomé —, muitos pontos desconheço e podem ser armadilhas. Por falar nisso, esta árvore, ao contrário do que digo, nos abrigará até o amanhecer.

— És sábio, tenho muito a aprender. Desculpe, mas estou ansioso para ter com o velho Ambrósio. Ele falou que eu poderia em sua casa morar e ali com ele trabalhar na lavoura; espero que ele não tenha mudado de ideia. Acredita, Tomé, que sinto até saudade de dona Felícia? E olhe que pouco tempo tive com ela... Depois do sonho e do que me falaste, pensando nos dois, penso mesmo que sou filho deles; isso me comove, mas ao mesmo tempo me lembro da história por ele contada, em como os fiz sofrer...

— Se para eles retornas, tem um porquê. — disse Tomé.

— Estás emocionado, Ambrósio!

— Muito... Minha Felícia ficará muito feliz, e eu mais ainda, por sabê-la amparada agora que lá não mais estou.

— Ambrósio, já é hora de caminhar com eles. Estamos perto do lugar onde saberão de você.

O grupo despertou, comeram o que tinham levado de sobra da cabana e se puseram a caminho.

— Tomé, este não é o melhor caminho. Parece que queres dar uma batida por toda a mata para ver se tudo está a contento!

— Jessé, muitas vezes o caminho mais curto não é o melhor. Não me pergunte por que, mas sei que por aqui tenho que ir.

Intuído por Ambrósio, quando o sol batia nas copas das árvores:

— Um túmulo?! Está bem coberto, mas é um túmulo! — exclamou Tomé.

— A árvore está marcada... Tomé, leia para ver se meus olhos me enganam! — pediu Bira.

— Esta marca foi feita há pouco tempo...

— Fale, Tomé, de quem se trata? — quis saber Bira.

— A inscrição fala *Ambrósio*, mas não deve ser...

— Eu falei! Meu coração apertado dizia que algo com ele acontecia — disse Bira.

— Esperem um pouco! Só estavam ele e dona Lindalva. Como ela faria este túmulo sozinha? — perguntou João Desbravador.

Bira sentou-se no chão, chorando copiosamente.

— Bira, recomponha-se... Não sabemos se de fato é ele. — disse Tomé.

— Meu coração, como a inscrição, diz que sim...

— Deus! Se este túmulo não foi feito por Lindalva, o que poderá ter acontecido com ela?

— Tomé, como só há um túmulo, viva com certeza ela está. — disse João.

— Mas... onde, meu Deus, onde?

— Ambrósio, mande-o seguir em frente. Ambrósio!

Ele não o escutava. Estava ajoelhado ao lado do filho, acalentando-o e envolvendo-o em orações.

— Filho perdido e de novo achado, não sofras... Sua mãe o espera e juntos estaremos para sempre!

— Juntos estaremos para sempre — repetiu Bira, limpando as lágrimas.

— Ambrósio, temos que ir... Lembras? Temos um acordo.

— Sei que não foi o acertado, mas deixe-me chegar até Felícia com ele. Por favor...

— Não depende de mim, Ambrósio. Meu superior nos espera, mas lhe prometo que logo, logo poderá visitá-los. Agora, deixe que Bira os guiará até a casa.

— Posso me despedir?

— Envolva-os de uma só vez em um grande abraço. Estarei contigo formando uma corrente bem forte, para que cheguem em segurança e paz.

— Obrigado, meu amigo... Posso assim chamá-lo?

— Só denominamos amigos os que são dignos de assim serem chamados. Estou feliz por teres captado o amor que vem daquele que é só bondade e misericórdia e nos envia para um bem melhor de seus filhos.

Unidos em um só propósito, eles partiram, deixando naquele lugar conforto e paz.

— Bira, vamos partir? Quem sabe este é o túmulo de alguém com o mesmo nome de nosso amigo e o encontraremos do jeitinho que ele nos deixou? — sugeriu Tomé.

— Não vês que é tudo muito fresco? — falou Bira. — A folhagem que colocaram sobre o túmulo, com certeza para disfarçar e afastar os animais, nem murcha está; sabes bem o que isso significa!

— Que não tem muito tempo que aí foram colocadas — respondeu Tomé. — Mas, lhe peço, vamos agora, pois estou apreensivo com o que possa ter acontecido com minha Lindalva.

— Ela está bem... Sinto isso, como também... sei bem quem está sob esta terra — disse Bira.

Tomé abraçou-o, confortando-o:

— Se é como dizes, foste abençoado em tê-lo encontrado antes que partisse de vez; mas, como ele lhe falou, tem alguém que ficará feliz com sua chegada, por isso, é melhor apressarmos nossos passos.

Bira levantou-se, ainda abraçado a Tomé, e foi andando lentamente com os olhos pregados naquele túmulo como se se despedisse.

— Agora estamos perto; se não dermos mais uma parada, antes de a tarde descer, lá estaremos. — disse Tomé.

Quando das terras de Felícia e Ambrósio se aproximaram, Bira sentiu a sensação de que a casa regressava. Estava emocionado por demais. Não sabia se aquela boa senhora teria os mesmos sentimentos que Ambrósio.

Ultrapassaram a cerca, e o silêncio indicava que a paz habitava aquele lugar.

— Vá na frente, Tomé! Você sabe que vais ser recebido com alegria, já eu...

— Bira, onde está sua fé? Deixou-a no caminho? Já esqueceste tudo o que foi por nosso amigo lhe falado?

— É que eu tenho...

Tomé de pronto interrompeu-o:

— Não temas; confie na generosidade do Senhor.

— Jessé, Divino e João, passem à frente; quero que esse grupo chegue até eles unido. — disse Bira.

— Ô de casa! — gritou Tomé.

Lá dentro:

— Dona Felícia, tem alguém lá fora.

— Deixe que eu vou ver! — falou o espevitado Tinoco. Escancarando a porta e deparando com o grupo, o menino nem falou nada, só se atirou nos braços daquele que, agachado, o esperava de braços abertos.

— Tinoco! Quem é? Sua comida vai esfriar! — disse Felícia.

Felícia e os demais estavam à mesa, revigorando-se diante de um bom prato de uma boa sopa de legumes, preparada pela bondosa Maristela, que sabia quanto as duas dela precisavam depois de uma longa caminhada.

Não precisaram mais chamar pelo menino, pois Tomé apareceu com ele nos braços.

— Virgem Nossa Senhora! Será que eu estou vendo o que estou vendo? — Lindalva foi ao encontro de Tomé com Bento agarrado à sua saia, pois o menino estranhou o grupo que acompanhava o pai. — Tomé, você conseguiu! Eles foram embora?

— A mata está em paz — disse Tomé. — Sumiram como fumaça quando espalhada pelo vento!

— Venha, sente-se. Por Deus, vão adentrando; a casa não é minha, mas sei quanto a dona é hospitaleira! — convidou Lindalva.

— Se cheguem, meus filhos! Se chegue, meu filho... — falou a bondosa mulher, abrindo os braços para Bira.

O rapaz abraçou-a e foi às lágrimas.

— É verdade a inscrição naquele túmulo? Ele se foi?

— Mas teve um enorme prazer em revê-lo... Sei que onde agora habita está bem, pois sabe que não me deixou só. Vais ficar, não vai?

Bira beijou a mão de Felícia e colocou-a no próprio rosto:

— Como poderia deixá-la depois de encontrá-la? Se puder perdoar meus feitos desta e da outra vida, serei o mais feliz habitante desta terra! Sabes, sonhei com a senhora e o senhor Ambrósio. Vocês liam o Evangelho e um rapaz os escutava; depois, sua fisionomia foi mudando e me vi diante de vocês. Tudo muito estranho... o cabelo era encaracolado, pele mais morena que a minha, e a altura, com certeza, media mais do que eu.

— Meu filho, meu filho! Você se descreveu como era de fato em vida passada! Louvado seja Nosso Senhor Jesus

Cristo! Meu menino... Não sei quanto tempo ainda terei nesta terra, mas lhe prometo que serão anos em um dia! Recuperaremos o tempo perdido.

Todos estavam emocionados por demais. Maristela também, nos braços de seu amado, assistia àquela cena se debulhando em fartas lágrimas.

Divino e Jessé, acostumados à dura vida, cheia de escárnios, maledicências, maldades, estavam colados à parede da casa, como se estivessem em outro mundo; de fato estavam: aquele em que tinham vivido até encontrar Tomé havia ficado para trás.

Uma vozinha os despertou daquele momento encantado:

— Tio Bira, se você não parar de chorar, todo mundo vai continuar numa tristeza só! — disse Tinoco.

Bira olhou-o e um largo sorriso desenhou-se em seu rosto. *Tio*... agora tinha certeza de que tinha uma bela família.

— Mãe... posso assim chamá-la?

— És meu filho amado e me enche de júbilo tê-lo de novo em meus braços! Agora é hora de comemorar. Quem partiu não gostará desse tró-ló-ló cheio de lágrimas, como falou nosso sábio pequenino.

— Vó, vai ter bolo? — perguntou Bento.

— Amanhã — respondeu Felícia. — Hoje vamos continuar a degustar esta maravilhosa sopa feita pela nossa querida Maristela e vamos pôr mais pratos na mesa, pois a turma agora é grande!

O movimento começou, e todos se abraçavam efusivamente.

— Tua perna, João, ainda sentes dor? — indagou Maristela.

— Será que a enfermeira não poderia ficar um pouco de lado para que eu possa namorar quem estava em meus pensamentos dias e noites?

— João... temi perdê-lo; só tenho você nesta vida. O que seria de mim se não voltasses?

— Estaria rodeada de amigos — respondeu a rechonchuda e simpática Felícia, ainda abraçada a seu dileto filho.

Uma jornada para transformação | 301

— Tomé, como emagreceste! Estás pálido... Sentes alguma coisa? — perguntou Lindalva.

— João, meu amigo, disseste para Maristela deixar de lado a enfermeira, e eis que ela baixou em minha esposa!

— Não brinque, Tomé. Você estar aqui me parece irreal. O senhor Ambrósio ficou no caminho...

— Vimos o túmulo; quem o fez? — quis saber Tomé.

— Eu e dona Felícia. Ele se despediu voando por aquelas terras que tanto defendeu. Ela quis que lá ficasse seu corpo... Eu sinto tanto... Tantas coisas aconteceram depois que partimos.

Em poucas palavras, ela narrou toda a saga.

— Então, quando a aeronave sobrevoou nossa casa, eram vocês? — disse Tomé.

— Decerto que sim! Ele não sabia como voltar e só conseguiu fazer retorno indo ao largo — explicou Lindalva.

— Mãe, pai! Vão ficar de tró-ló-ló? A sopa já tá fria e minha barriga, roncando! — exclamou Tinoco.

— Viu, Tomé, nada mudou, graças aos céus! Então, vamos à mesa! — falou Lindalva.

Felícia fez a oração para o momento, agradecendo por estar ali seu filho, agora ocupando o lugar do pai.

— Vó, oração de novo? Nós já demos graças antes de comer! — disse Bento.

— Meu filho, já esqueceu que seu pai e os outros não estavam presentes à mesa?

— Tinha esquecido... É que minha barriga ronca tanto que parece que vai estourar!

Os risos ecoaram pelo ambiente, rasgando nuvens escuras, fazendo brilhar a felicidade!

Em outro plano:

— Ambrósio, quero que conheça alguém e o ajude.

— Alguém em especial?

— Aqui todos são especiais... Este tem a ver com Bira.

— Achas que estou pronto; achas que posso ajudá-lo? Não sei como...

— Vamos até ele, e o curso dos acontecimentos fará o resto.

Chegaram a um lugar de pouca luz e muita tristeza.

— É aqui? Quem poderá estar em um lugar como este?

— Todos aqueles que não seguirem as diretrizes de Deus... Mas vamos adiante, que logo o encontraremos. Não se afaste de mim. Só posso dizer que os que estão aqui ainda não têm o entendimento dos erros, e o arrependimento virá junto com o perdão.

Os caminhos eram estreitos e longos. Mãos se esticavam como se quisessem tocá-los. Arrastavam-se que nem os répteis que Ambrósio bem conhecera em vida terrena.

— Vamos demorar neste lugar?

— O tempo que for necessário para acharmos quem procuro... E, por falar nisso, eis que o vejo!

— Onde? Quase não enxergo nada; também, com essa escuridão!

— A luz de que precisas tem que vir de seu espírito, iluminado pela bondade. Vês aquele que está encostado naquele arbusto? Vá até ele e ofereça ajuda.

— Descer até lá? Não vês os braços que quase nos alcançam?

— Estarei logo atrás, e eles não estão tão próximos quanto pensas.

Ambrósio seguiu para o que lhe falaram e, estando diante daquele espírito em estado lastimável, se curvou perante tanta dor.

— Queres ajuda ou preferes aí continuar a sofrer?

— De novo? Ajudado já fui, mas me disseram que seria um lugar de muitos prazeres e o que me mostraram foi um lugar de estudo e trabalho. Não vou ficar aprisionado a nada nem a ninguém! Prefiro ficar aqui com meus lamentos, como em toda a minha vida!

— É sua escolha, mas posso lhe garantir que está errado. Tudo pode mudar... Todos podem mudar, encarnados ou desencarnados, só basta querer ter fé.

— Fé? Em quê?

— Em um Deus que ama seus filhos acima de qualquer coisa. Falando em mudança, há pouco, antes da minha partida para este mundo, vi várias... conversões sem que se tentasse convertê-los. Bira, meu filho, é um grande exemplo disso.

— Bira? Estás falando de meu sobrinho?

— Sobrinho? — Virando-se para quem o acompanhava, esperou dele a resposta: — Não é por acaso que o trouxe até aqui. Vocês têm uma ligação e sabes quem é o elo.

Quem estava caído e absorto agora punha-se de pé e estava ansioso.

— Ele está aqui também? Me fale dele; queria tanto ter-lhe dito que o amava como a um filho e nada disse, e ainda o pensei traidor! Por isso mesmo tenho que aqui ficar; eu e meus ais!

— Se puderes me escutar e tiveres um pouco de paciência, eu lhe falarei de Bira.

— Estou bem... — falou ele, já voltando para o lugar onde anteriormente estava.

Ambrósio contou sua história e sobre a alegria do filho retornado.

— Temos algo em comum, ou assim, a bem dizer, um amor em comum... Por ele, não queres vir comigo e recomeçar?

— Não! Quero aqui continuar e quem sabe um dia possa acompanhá-lo.

Ambrósio foi no ombro tocado, indicando que era hora de partir.

— Voltarei sempre. Tenho fé que um dia, depois de muitas reflexões sobre o que fizeste e a mão estendida de Deus Pai, não fraquejarás e aceitarás ajuda...

Não houve resposta, e Ambrósio foi se afastando, orando por aquela pobre alma.

— Não tive êxito em minha primeira missão.

— Muitas vezes, o resgate dura muitas décadas; às vezes, muito mais. Mas quem sabe não terás êxito na próxima vez? Agora, vamos nos apressar que nova missão nos espera.

CAPÍTULO 15

Anos se passaram...

A fogueira agora era maior, o fogo crepitava, soltando fagulhas, fazendo aquele lugar maravilhoso ficar ainda mais místico.

Com seis anos a mais, Bento e Tinoco lideravam as novas crianças que faziam parte daquela roda.

Maristela, embevecida com mais um rebento a caminho, olhava seus gêmeos como uma leoa a farejar possíveis perigos às suas crias.

Mais dois casebres foram feitos e abrigavam Jessé, Divino e, ao lado, João com sua prole e a doce Maristela. Agora, de tempos em tempos, João ia até a cidade e negociava os artesanatos por eles feitos. Além de guardarem a floresta, todos viraram ótimos artesãos. Maristela não deixou seu lado enfermeira, mas tomou como obrigação ensinar as crianças desde as primeiras palavras escritas, bem como devorar os livros que Tomé adquiria cada vez que ia com João até a cidade. Com Tomé, aprenderam como continuar a missão de preservar aquela magnitude por Deus criada.

Ali naquela roda, cada um contava seus causos, e Jessé falava em como fora salvo, pelo agora amigo Bira, de uma cascavel. O que se passara naquela floresta, além da história a ser contada, virou ensinamento para lidarem com cada situação sem derramamento de sangue.

Em um outro ponto:
— Bira, meu filho, não é hora de nos recolhermos? Nos esperam na matina, e não quero decepcioná-los. Além do que, estou com muitas saudades de meus netos!
— A carroça está pronta, os caixotes com as frutas, legumes e hortaliças, preparados! Está tudo a contento. Mãe, não deixo de pensar em como falarei a João e Tomé que eu era o sexto homem daquele acam...
— Filho, não termine de falar! O passado está enterrado junto com aquelas máquinas que destruíram a mata. Você é meu filho, um obreiro de Deus. Aquele grupo que adentrou a floresta ficou no passado! Vamos viver o presente com esses presentes que Deus em sua infinita bondade nos agraciou... Agora vamos nos recolher, e não me deixe esquecer os quitutes que fiz com tanto esmero.

Antes que o dia clareasse, Felícia já estava com seu agasalho nos ombros e uma manta xadrez nas mãos.
— Filho, vista isso que lá fora o frio é intenso!
— Mãe, vou atrelar Torrão à carroça e venho apanhar os quitutes!

Felícia sorriu de felicidade. *Mãe*... palavra que calava sua alma. A idade a abatia, os cabelos cada vez mais branqueavam, mas o coração pulsava como se fosse novo, impulsionado pelo amor de quem retornara.

Se fosse para caminhar, Felícia certamente não conseguiria, tamanha era a dificuldade, tanto por suas pernas já cansadas como pelo seu corpo, que se mantinha roliço apesar de agora Bira a policiar nas guloseimas; mas uma picada fora feita para dar passagem à carroça, como também aos animais que levavam os artesanatos. Ela fora feita de forma sinuosa, muitas vezes beirando o rio, para preservar o que tinha de mais valioso naquele lugar.

A chegada deles, apesar de o dia não ter clareado, foi uma festa! Até as crianças estavam acesas.

— Vó Felícia! Tio Bira! — exclamou Tinoco.

Os gêmeos, ainda esfregando os olhinhos pelo sono cortado, eram só sorrisos estampados!

Mais tarde, uma mesa colocada fora de casa com seus largos bancos reunia toda a família.

Um ronco acima de suas cabeças fê-los silenciar.

— É o aviador! Pai, não vai esperá-lo?

— Não, Bento; ele virá até aqui, como de costume. É um bom homem e merece compartilhar dessa mesa.

— Tomé, ainda não tem notícia daquele outro?

— Não. Depois de anos passados, pararam as buscas. Dizem que se escafedeu com a aeronave por esse mundo de meu Deus. Uns dizem que caiu no rio, mas destroços não foram achados; outros, que se espatifou em alguma árvore. Seja lá o que aconteceu com ele, não devemos guardar em nossos corações nenhum sentimento que possa atrapalhar sua caminhada, seja aqui ou quiçá, em outro mundo paralelo a esse!

Quando o aviador chegou até eles:

— Um belo dia para todos! Tomé, peço desculpas por trazer até sua morada alguém que, de tanto me ouvir falar de vocês, quis conhecê-los! Esta é minha filha Luanda. Meu xodó!

Olhares se cruzaram e Bira ficou extasiado. Ela era uma bela morena de cabelos trançados, olhos cor de mel e um sorriso que expressava sua meiguice.

Ali também retornaria uma linda história de amor.

— Vês, Ambrósio, um novo reencontro...

— Não a conheci ou, se tanto, não a reconheço como amiga de meu filho que fosse nos tempos de escola.

— Ela, sem querer, foi o pivô que levou seu filho à morte, e, como sabes, antes, bem torturado. Tudo por ciúmes de quem pensava ser dela o dono.

— Quer dizer que meu filho tinha uma namorada e nós não sabíamos?

— Não é bem assim. Justamente no período em que você e Felícia começaram a ler o Evangelho, ele conheceu Anita. Foram poucos encontros, mas muitos olhares, que foram percebidos por seu padrasto, que não viu esse interesse com bons olhos. Ele atiçou os comparsas dizendo ter seu filho sumido com a droga, que de fato o fez, enterrando-a. Queria mudar o rumo da sua vida; queria aquela bela moça esposar, isso lhes contaria no dia em que pediu para a mãe tudo preparar para a hora da leitura do Evangelho. Anita viria com o padrasto e dois irmãos. A mãe falecera, deixando-a nas mãos de quem lhe tinha mais do que amor, digamos, paterno. Ele a isolava e dizia aos irmãos que era para preservá-la de algum mau-caráter. Como os dois boa índole não tinham, pouco se importavam com a vida a ela imposta. Seu filho teve contato com eles quando começou a caçar para ganhos ilícitos com a venda das peles dos pobres animais; fora as drogas, que também usavam e comercializavam. Como era sigiloso, não teve como o homem impedir que seu filho fosse até a moradia deles e mantivesse contato com Anita. O desfecho não preciso lhe narrar, mas o que não sabes é que, logo que soube da morte do rapaz, ela adoeceu e acabou por em meses findar. Agora, os dois, livres das amarras, se reencontram para viverem uma bela história de amor. Ambrósio, ainda me escutas?

Uma jornada para transformação | 309

— Estou muito emocionado... Em vida terrena, quanta coisa se passava e não sabemos, pensando sabermos de tudo! Que tolos que somos...

— Mas hoje é um dia de felicidade, e é essa energia que tens que exalar para os seus entes queridos!

No plano terreno:
— Luanda... bonito nome! Será que já não nos vimos antes? — perguntou Bira.
— Creio que não, mas parece que o conheço há tempos!

Esse foi o primeiro diálogo de uma vida repleta de amor e ensinamentos.

Voltando à mesa:
— Tomé, já que este lugar está em paz, vocês todos poderiam um tempo ficar em minha casa.
— Agradeço de coração o convite, minha boa Felícia, mas o trabalho tem que continuar. A vigília tem que ser intensa; com certeza outros caçadores aparecerão e temos que aqui estar; além do que, me pagam para isso, o que nem precisavam, tal é a satisfação de aqui estar. Vamos erguer nossos copos para brindarmos e darmos graças a essa linda e enorme família que Deus, em sua infinita bondade, reuniu! Quando desse lado eu não mais estiver, peço de coração que meus filhos e os filhos deles continuem esse trabalho, que é preservar a obra de Deus. Todos os que aqui estão sabem que não é uma tarefa fácil. Depredadores virão e tem que se lutar; não com armas, mas com inteligência e muito, mas muito amor. As famílias que aqui se instalaram darão continuidade ao nosso trabalho. Nós nos tornamos artesãos da floresta, onde tudo é aproveitado. Jessé e Divino, quando também formarem suas famílias, construirão uma habitação melhor e assim, com as graças de Deus, viveremos neste mar verdejante, onde o dia nasce mais cedo e a noite é um manto estrelado!

Ainda hoje lá estão descendentes daquelas famílias que ajudaram a preservar aquele verdejante mar. Como foram ensinados, viveram com simplicidade, com uma horta pequena nos fundos de casa, suficiente para alimentar a família. A família cresceu e muitos tornaram-se ribeirinhos, vivendo quase exclusivamente da pesca, sempre olhando para as matas como se fossem um altar celestial. Os ensinamentos deixados por Tomé e sua doce Lindalva, como Tomé pedira, passaram de filhos para filhos; até hoje, uma fogueira é acesa para contarem os causos; histórias como um monstro de ferro enterrado, figuras fantasmagóricas que espantaram os que se diziam sem temor a nada, e de um obreiro de Deus que mudou o curso do rio das vidas de muitos, fazendo com que ficassem límpidas como as águas daquele imenso e caudaloso rio!

Em outro plano:
— Vês, Ambrósio, que bela família?
— Minha Felícia. Sinto saudades. Meu filho, como está diferente... Forte como um touro!
— Ele cuida da plantação e da casa como ninguém! Já tem até um ajudante, um rapazola que estava meio perdido como um dia ele também esteve. Com os ensinamentos de Tomé, ele sabe que uma mão estendida pode fazer diferença para toda uma vida. Quanto a Felícia, logo, logo se encontrarão.
— Quer dizer que ela...
— Fará a passagem daquele para este mundo que já bem conheces...
— Bira se entristecerá, como ficou com minha partida. De novo ficará só...
— Vês aquela bela moça com quem ele fala? Formarão uma bela família com a ajuda daqueles que nunca o abandonarão. Um elo forte entre todos se formou e levarão isso até a eternidade.

— Se é assim, ficarei ansioso para tê-la ao meu lado!

— Sabes que não é bem assim... Terás permissão de ir ter com ela na hora derradeira e ajudá-la a transpassar para este nosso mundo paralelo. Depois, sabes que a missão continua; como você, ela trabalhará em resgates. Com certeza farão um belo trabalho!

— Estou deveras emocionado. Depois de noites escuras à espera de meu filho, um clarão trouxe-o de volta, clareando minha vida e a de minha Felícia. Sou grato ao Altíssimo por sua extrema bondade para com a gente. Espero retribuir ajudando aos que ainda estão perdidos, afundados em um mar de lama pelos feitos em vida terrena.

— Agora é hora de despedida. Só voltarás quando tiveres a grata missão de com seus irmãozinhos conduzir sua Felícia.

Ambrósio olhou mais uma vez para a mesa onde estavam todos reunidos e o sorriso que via em cada rosto foi um alento para sua alma.

Nesse exato momento:
— Peço a todos que nos unamos em uma corrente de oração e a enviemos para quem não está de corpo presente, mas com certeza seu espírito sempre estará com quem fechou em vida terrena sua história.

Tomé começou a oração, seguido pelos demais, e lágrimas de felicidade brilhavam nos rostos de Felícia e Lindalva. A mata parecia querer fazer parte daquele momento, sacudindo das árvores suas folhas, que caíam sobre eles como se fossem pétalas de rosas.

A natureza assim agradecia àqueles homens a solicitude para com ela, e a magia das matas fortificava a união entre todos.

DOIS CORAÇÕES E UM DESTINO

Vanir Mattos Torres

ROMANCE PELO ESPÍRITO
Daniel

LÚMEN EDITORIAL

Romance | 14x21 cm | 288 páginas

Ricardo, um estudante de Direito prestes a se formar, vai passar férias na fazenda do pai, o austero e rústico senhor Augustus. Em sua companhia leva Lídia, a namorada da cidade, que vê em Ricardo uma grande oportunidade de realizar um excelente casamento. O que Ricardo não sabia é que Tereza, sua amiga de infância na fazenda, estava agora uma bela e graciosa moça, despertando nele sentimentos até então esquecidos. Mas um grande segredo era mantido às escondidas naquela fazenda. Augustus, que atudo comandava com mão-de-ferro, sofre um grave acidente e tudo vem à tona, modificando o destino e os desejos de cada um. Uma nova vida surge para todos.

Entre em contato com nossos consultores e confira as condições
Catanduva-SP 17 3531.4444 | boanova@boanova.net | www.boanova.net

PLANTANDO O AMOR
Vanir Mattos Torres
ROMANCE PELO ESPÍRITO Daniel

Romance | 14x21 cm | 208 páginas

Portugal, 1792. Em meio a mudanças políticas em Lisboa e ainda vivendo sob os ecos da Inquisição, uma pacata cidadezinha interiorana é o cenário da história de Leopoldo, um humilde jardineiro que possui um dom especial: o poder da palavra. Sem perceber, elas fluem de sua boca e enchem os corações com amor e renovação. Neste livro, o espírito Daniel, por intermédio da psicografia de Vanir Mattos Torres, mostra, com ternura e carinho, que os verdadeiros sentimentos do coração, mesmo diante das maiores dificuldades, sempre serão o alicerce inabalável de nossa trajetória, esteja onde estivermos.

Entre em contato com nossos consultores e confira as condições
Catanduva-SP 17 3531.4444 | boanova@boanova.net | www.boanova.net

Vanir Mattos Torres
ROMANCE PELO ESPÍRITO Daniel

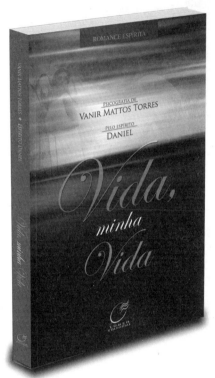

LÚMEN EDITORIAL

Romance | 14x21 cm | 224 páginas

Minas Gerais, 1855. Numa pequena cidade do interior, o jovem Daniel chega ao lugar à procura de trabalho. Paisagem bonita e muito romantismo cercam ambiente tão inspirador. Mas um fenômeno acontece: Daniel sempre vê a figura de uma moça andando a cavalo. O jovem retorna várias dias ao mesmo local, à espera do encontro, e o fato se repete: a mulher surge do nada, cavalgando com destreza e brincando com ele. Daniel apaixona-se pela hábil mulher. Finalmente eles conversam. O nome dela era Vida e um sentimento forte aproxima os dois, uma sensação de já terem se conhecido antes. Ao retornar para a cidade, passa, aos poucos, a perceber que um mistério envolvia aquela mulher: ninguém no vilarejo queria falar de Vida...

Entre em contato com nossos consultores e confira as condições
Catanduva-SP 17 3531.4444 | boanova@boanova.net | www.boanova.net

Vanir Mattos Torres
ROMANCE PELO ESPÍRITO Daniel

Romance | 14x21 cm | 200 páginas

Marco Antonio, filho de um artesão, começa a trabalhar muito cedo e, assim, envolve-se no mundo dos negócios. Logo, torna-se milionário, mas passa grande parte de sua vida sozinho. Cansado da solidão, procura uma noiva para desfrutar sua riqueza e ter filhos. Conhece Bárbara, filha de um industrial falido e muito mais jovem do que ele, e por ela se apaixona. Eles se casam e a vida dele muda. Bárbara é excelente esposa e supera suas expectativas. Juntos, eles têm três filhos. Contudo, uma fatalidade acontece! E Marco Antonio se desvia por cursos nada navegáveis. A ganância, o orgulho e a estupidez não o deixam enxergar o amor!

Entre em contato com nossos consultores e confira as condições
Catanduva-SP 17 3531.4444 | boanova@boanova.net | www.boanova.net

O AMOR É PARA OS FORTES

MARCELO CEZAR
ROMANCE PELO ESPÍRITO MARCO AURÉLIO

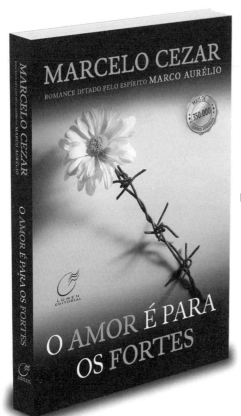

Romance | 16x23 cm | 352 páginas

Muitos de nós, perdidos nas ilusões afetivas e sedentos de intimidade, buscamos a relação amorosa perfeita. Este romance nos ensina a não ter a ideia da relação perfeita, mas da relação possível. É na relação possível que a alma vive as experiências mais sublimes, decifra os mistérios do coração e entende que o amor é destinado tão somente aos fortes de espírito.

LÚMEN EDITORIAL

Entre em contato com nossos consultores e confira as condições
Catanduva-SP 17 3531.4444 | boanova@boanova.net | www.boanova.net

Eliana Machado Coelho & Schellida
...em romances que encantam, instruem, e emocionam... e que podem mudar sua vida!

A CONQUISTA DA PAZ
Eliana Machado Coelho/Schellida
Romance | 16x23 cm | 512 páginas

Bárbara é uma jovem esforçada e inteligente. Realizada profissionalmente, aos poucos perde todas as suas conquistas, ao se tornar alvo da perseguição de Perceval, implacável obsessor. Bárbara e sua família são envolvidas em tramas para que percam a fé, uma vez que a vida só lhes apresenta perdas. Como superar? Como criar novamente vontade e ânimo para viver? Como não ceder aos desejos do obsessor e preservar a própria vida? Deus nunca nos abandona. Mas é preciso buscá-Lo.

Entre em contato com nossos consultores e confira as condições
Catanduva-SP 17 3531.4444 | boanova@boanova.net | www.boanova.net

Levamos o livro espírita cada vez mais longe!

Av. Porto Ferreira, 1031 | Parque Iracema
CEP 15809-020 | Catanduva-SP

www.**lumeneditorial**.com.br
www.**boanova**.net

atendimento@lumeneditorial.com.br
boanova@boanova.net

17 3531.4444

17 99777.7413

Siga-nos em nossas redes sociais.

@boanovaed

boanovaeditora

CURTA, COMENTE, COMPARTILHE E SALVE.
utilize #boanovaeditora

Acesse nossa loja

Fale pelo whatsapp